산티아고, 나에게로 가는 길

산티아고, 나에게로 가는 길

초 판 1쇄 2023년 08월 28일

지은이 현각
펴낸이 류종렬

펴낸곳 미다스북스
본부장 임종익
편집장 이다경
책임진행 김가영, 신은서, 박유진, 윤가희, 정보미

등록 2001년 3월 21일 제2001-000040호
주소 서울시 마포구 양화로 133 서교타워 711호
전화 02) 322-7802~3
팩스 02) 6007-1845
블로그 http://blog.naver.com/midasbooks
전자주소 midasbooks@hanmail.net
페이스북 https://www.facebook.com/midasbooks425
인스타그램 https://www.instagram/midasbooks

© 현각, 미다스북스 2023, *Printed in Korea*.

ISBN 979-11-6910-306-0 03810

값 20,000원

미다스북스는 다음세대에게 필요한 지혜와 교양을 생각합니다.

800킬로미터를 걸으며 깨달은 어느 스님의 고백록

산티아고, 나에게로 가는 길

현각 지음

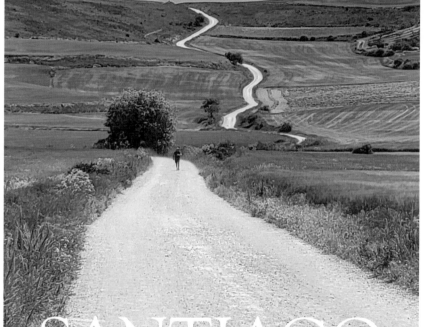

SANTIAGO

프롤로그

'상대를 용서하고 운명과 화해하라.'는
말에 속지 마라!

'이 고비만 넘기면 좋은 시절 오겠지.'
그 말도 틀렸다!

이 책을 단순히 산티아고 순례길 안내서나 여행기로 여기고 펼친 분들
은 조용히 책을 내려놓으시길 권합니다. 이 책은 인간과 인생에 대한 책이
자 운명과 운명의 극복에 관한 책입니다.

거대한 운명의 폭풍은 30년간 불교 수행자로 살아가는 저에게도 예외는
없었습니다.

작은 이익 앞에서 드러나는 가까운 사람들의 추악한 실상들은 마침내 인간에 대한 절망과 환멸을 불러 일으켰습니다.

그러다 문득 저의 인생이 인간과 종교에 대한 절망과 환멸로만 채워져 있음을 깨달았습니다. 인간과 종교에 대한 충격보다 저의 인생이 인간과 종교에 대한 충격으로 채워져 있다는 사실이 더 충격적이었습니다.

지난 해 5월 배낭 하나 메고 산티아고 순례길을 시작했습니다. 걸으면서 가끔 뒤를 돌아보니 그때마다 저의 지난 삶들이 보이기 시작했습니다.

지금 이 순간을 어떻게 살아야 할지도 보였습니다.

이제 더 이상 '상대를 용서하고 운명과 화해하라.'는 기만적인 말에 속지 말아야 한다는 것도 깨달았습니다. '이 고비만 넘기면 좋은 시절 오겠지.' 하는 생각도 틀렸음을 알게 되었습니다.

이 한 권의 책은 '왜 그런가'에 대한 독자 여러분들의 의문에 대한 답변서가 되어 드릴 것입니다.

우리는 목적지에 가서야 비로소 즐거워하는 관광객의 삶이 아닌, 가는 과정에서 이미 행복한 여행자의 삶을 살아야 합니다.

딱 한 번뿐인 인생을 자책이나 원망으로 물들여서도 안 됩니다. 자기연민에 빠져서도 안 됩니다. 셀프 연민은 인생의 병살타일 뿐입니다. 어떤 상황에서도 무너지지 않고 한 발을 앞으로 내밀 때 운명은 조용히 길을 내어 줍니다. 무너지지만 않으면 그것이 운명을 극복하는 길입니다.

이 책은 800킬로미터 까미노를 걷는 순례자의 걸음을 씨줄로 하고, 제가 걸어온 60년 인생길을 날줄로 하여 직조한 길과 인생에 관한 책입니다. 독자 여러분들도 800킬로미터 산티아고 순례길을 따라 걸으면서 자신을 돌아보며 삶의 영감을 얻으시기 바랍니다.

이 책이 산티아고 순례길의 가이드 북은 아니지만 인생의 어느 어두운 골목길에서 방황하고 있을 많은 이들에게 작은 도움이 될 가이드 북이 되어 드릴 것입니다.

본문에서 지명과 고유 명사의 표기는 한글표기법을 원칙으로 하였으나 까미노, 또르띠야, 빠에야, 꼬레아노 등 일부 용어는 현지식 발음을 따랐음을 밝혀 둡니다.

그리고 십수 년째 벼르기만 하던 순례길에 나설 동기를 부여해 준 불교 진각종금강원 대전도량 법성혜 법우님에게 진심어린 감사를 전합니다. 아울러 묘심정 큰스승님을 비롯한 행원심, 보광행, 상진혜, 심지행, 심진화,

지계심, 원융경, 정진행 등 성원해 주신 서울, 대구도량의 많은 법우님들에게도 깊은 감사를 올립니다.

  끝으로 출판 의지를 북돋워주신 경상매일신문 허경태 편집국장님, 이 책이 나오기까지 애써주신 미다스북스 출판사 이다경 편집장님과 정보미 님, 보아디야의 심판의 기둥 사진을 제공해 주신 순례자 이진실 님께도 각별한 감사의 인사를 전합니다.

  옴마니반메훔.

2023년 8월
저자 현각 합장

SANTIAGO

저자가 속한 불교진각종금강원은 매월 월초불공 등 불공기간 이외에는 특별히 음식을 가리지 않습니다. 본문의 몇몇 장면에 대해 독자 여러분의 오해 없으시기 바랍니다.

3부
삶에 대한 절망 없이는 삶에 대한 사랑도 없다

4부
여행자는 가는 도중에 이미 행복하다

SANTIAGO

1부

스님,
산티아고에는
왜 가요?

세상의 끝에 서다

검푸른 대서양이 꿈틀대고 있다.

나는 지금 세상의 끝에 있다. 이베리아 반도의 끝인 이곳을 사람들은 피스테라, 즉 세상의 끝이라고 부른다. 땅 끝도 아니고 세상의 끝이라니. 왠지 비장한 이 한 마디 탓일까. 1시간이 넘게 나는 세상의 끝에서 저 너머를 바라보며 상념에 젖어 있다.

땅의 끝은 바다의 시작이고, 세상의 끝은 돌아서면 다시 세상의 시작인데 나는 무엇을 시작하려 하는가. 곳곳에는 순례자들이 자신의 소지품을 태우며 제각기 의식을 치른 흔적들이 보이건만 나는 무엇을 태워 내 의지를 다지려 하고, 무엇을 버려 가벼워지고 싶은 것일까.

저 아득한 벼랑 아래 끝없이 밀려와 부서지는 파도는 대답을 재촉하고, 느릿느릿 물살을 가르는 작은 배들은 침묵으로 대신하라 이른다.

사람들아, 내가 죽고 없더라도

　프랑스의 생장피에드포르를 떠나 800킬로미터의 대장정을 시작한 것
은 5월 28일. 한국인들과 동행하지 않는다. 경쟁적으로 악착같이 걷지 않
는다. 머리가 아닌 마음을 따른다는 원칙 중 첫 번째 원칙은 출발지 생장

에서부터 깨졌다. 생장의 알베르게(순례자 숙소)에서 만난 30대의 아름다운 한국 젊은이들은 스페인어는커녕 영어도 안 되는 굼뜨고 허술한 노인네를 혼자 내버려 두지 않았다.

그렇게 네 명이 첫 번째 목적지 론세스바예스를 향해 함께 출발했다.

까미노 800킬로미터가 사람의 일생이라면 이제 우리는 갓 출생하는 신생아에 해당될 것이다. 아직 미련이 남은 어둠이 사위를 휘감고 안간힘을 쓰며 버티는 새벽 5시 30분. 모든 중생의 출생이 그러하듯 우리의 출발도 엉성하고 요량 없었다. 탄생의 축복도, 덕담도 없이 얼떨결에 까미노는 시작되었다.

잠이 덜 깬 탓인지 방향조차 가늠되지 않았다. 간신히 구글 맵의 도움으로 방향을 잡고 휴대전화기의 불빛을 밟으며 길을 열어나갔다. 차츰 날이 밝아오자 어느새 피레네산맥을 오르고 있는 길벗들의 모습이 또렷해지기 시작했다.

그 옛날 포르투갈 정벌에 나선 나폴레옹 보나파르트가 지나갔다는 이른바 나폴레옹 루트는 내가 이 세상에서 걸었던 길 중 가장 아름다운 길이었다. 이렇게 아름다운 길을 걸어서 남의 나라를 치러 갔다는 게 믿기지 않을 정도였다.

오늘 이 길을 걸어보지 못 하고 죽게 된다면 얼마나 볼품없는 생이 되어버릴까 생각하니 아찔하기까지 하다.

사람의 일생 중 유소년기가 가장 아름답듯이 산티아고 길도 처음이 가장 아름다웠다. 인생이든, 까미노든 나중의 험난한 노정은 논외로 두고.

얼마나 올랐을까. 해발 1,450미터 정상을 한참 앞두었을 때, 우리는 우리들이 구름 위에 올라와 있음을 깨닫고 화들짝 놀라 급히 카메라 셔터를 눌러대기 시작했다. 저 아래로 솜털 같은 구름이 세상을 뒤덮고 있는 모습을 보자 가슴이 웅장해지면서 뜬금없이 왈칵 눈물이 솟는다. 아마 조물주도 자신이 이룬 이 업적에 놀라 눈시울을 붉혔으리라. '기가 막힌다, 기가 막혀! 나 아니면 누가 또 이런 걸 만들겠어!' 무릎을 치면서.

나는 조물주 대역(代役)이라도 하듯 구름 위에 앉은 채 두 팔을 벌려 세상을 품에 안았다.

―세상아, 더도 말고 덜도 말고 딱 이 만큼만 아름답거라. 사람들아, 이 아름다운 세상을 더럽히지 말거라. 너희들은 나를 본떠서 만들었으니 내가 죽고 없더라도 부디 내 뜻대로 살아라.

조물주는 '내가 죽고 나면 이 세상이 어찌 될꼬.' 하는 멍청한 한탄은 하지 않았을 것이다. 그런데 만약 저 마지막 당부의 말을 했다면 그도 내심 한 가닥 불안감은 느꼈다는 얘기다. 아, 물론 대역의 말이긴 하지만.

거대한 도시는 인간을 압도하고 인간을 왜소하게 만들어 소외감과 열패감을 안겨 준다. 반면 웅대한 자연은 인간을 압도하되 인간을 겸허하게 만들고 성찰하게 한다. 한동안 피레네산맥과 하늘이 연출하는 대자연의 화려한 향연을 넋을 놓고 바라보았다. 전지적 조물주 시점으로.

피레네산맥 어디쯤에선가 프랑스와 스페인 국경이라는 작은 표식을 만났다. 출입국 심사는 양국의 나무들이 했고 여권은 내 왼발, 비자는 내 오른발이었다. 입국 금지도, 지연도 없었다. 그저 바람의 환송과 산새들의 환영만 있었다.

우리는 언제쯤 이렇게 자유롭게 국경을 넘나드는 날이 올까. 중국과 러시아 국경을 이렇게 부지불식중에 넘을 수 있는 날은 통일 조국 아래에서도 어려울 것이라는 생각에 잠시 암울해졌다.

조금 더 오르니 오리손 산장이 반긴다. 산장 앞 야외 테이블에서도 저 아래로 세상을 뒤덮고 펼쳐져 있는 흰 구름바다가 내려다보인다.

크림빵과 샌드위치, 오렌지 주스로 먹는 늦은 아침은 마네의 〈풀밭 위의 식사〉 못지않은 구름 위의 식사였다. 천지창조 후에 즐기는 조찬이라니 내 생에 이런 식사가 또 있을까.

까미노 중 가장 힘든 구간이 피레네를 넘는 첫날 일정이라고들 하나 내게는 피레네가 주는 감동이 고통을 덮고도 남았다.

론세스바예스~수비리 구간을 지나 어니스트 헤밍웨이가 사랑한 도시 팜플로나로 가는 길은 거리도 짧고 평탄한 구간이다. 그러나 아침에 일어나자 온몸이 결리고 아파서 오늘 과연 제대로 갈 수 있을까 불안이 밀려온다.

새벽부터 비까지 내린다. 판초우의를 꺼내 입고 무거운 몸을 떠밀어 간신히 출발한다.

제대로 갈 수 있을까 싶어도 가다 보니 가진다. 마치 이렇게 살아갈 수 있을까 싶어도 살아보면 살아지는 인생을 빼닮았다. 어느새 비도 그쳤다.

만날 인연, 못 만날 인연

까미노는 인생길과 같아서 짐이 무거우면 안 된다. 하루 이틀도 아니고 오래 갈 길에 무거운 짐은 가장 큰 적이다. 또한 만남과 이별은 기습적으로 온다.

알베르게에 짐을 풀어놓고 길벗들과 함께 팜플로나 우체국을 찾아간 건 이 길 최대의 적인 짐을 줄이기 위해서였다.

길벗들이 내 짐까지 대신 부쳐줄 때 나는 우체국 의자에 매우 무책임한 상태로 앉아 있었다. 세상이 무너지더라도 나는 그냥 그 상태로 가만히 앉아 있고만 싶었다. 그때 웬 늙수그레한 여인이 내 앞에 나타나더니 눈을 둥그렇게 뜨고는 손짓까지 해가며 뭐라고 뭐라고 흥분에 찬 소리를 지른다. 헝클어진 머리, 화장기 없는 얼굴, 초라하고 지친 행색.

순간, '뭘 어쩌라는 거야? 내가 무슨 피해를 주기라도 했나?' 하는 생각과 '혹시 실성한 사람인가?' 하는 생각이 동시에 스쳐 간다. 어느 쪽이든 세상이 무너진 일은 아니었으므로 나는 계속 무책임하게 앉아 있고 싶어서 아무런 말도 하지 않았다.

내가 대꾸도 하지 않고 멀뚱멀뚱 바라만 보자 그녀가 이번엔 윙크를 한다. 아…. 실성한 사람이 맞구나! 나는 사실 윙크를 잘하지 못 한다. 눈보다 입이 더 나댄다. 그래도 최선을 다해 눈높이를 맞춰 나도 실성한 사람처럼 윙크를 해 줬다.

같은 류(類)를 만난 기쁨 탓일까, 그녀의 목소리가 점점 커진다. 이제는 실실 웃기까지 한다. 제대로 실성한 것 같다. 저렇게 제정신이 아닌 사람도 유창하게 영어를 하는데 멀쩡한 나는 꿀 먹은 벙어리다. 주위 사람들은 되레 나를 실성한 사람으로 보았을 게다. 그때 그녀의 입에서 나온 단어 하나가 정신을 번쩍 일깨운다.

"…바욘…."

바, 바욘? 바욘이라면? 혹시? 아! 그럼 이 여자가 그녀란 말인가? 내가 바욘에 갔다는 것은 딱 한 사람 외에는 귀신도 모르는 일 아닌가.

"아, 아엠 쏘리, 쏘리…."

실성은 내가 했구나. 나는 벌떡 일어나 그녀와 손을 맞잡았다.

까미노 출발지인 프랑스 생장으로 가기 전 나는 열흘 가까이 파리와 피레네 국립공원 근처에서 머문 적이 있었다. 바욘은 피레네 국립공원으로 가기 위해 파리 몽파르나스에서 버스를 타고 10시간 넘게 달려 도착한 프랑스 항구도시다.

새벽에 도착 후 숙소를 찾지 못해 쩔쩔맬 때 만난 사람이 그녀였다. 그 어두운 새벽에 언어도 통하지 않는 낯선 아시아 남자에게 베풀어 준 친절은 감동적이었다. 파리에서 같은 버스를 타고 오며 나를 봤다는 이유 하나만으로 40여 분간 새벽 길거리에서 친절을 베풀어 주던 그녀였다. 그런 그녀를 실성한 여자로 취급하다니. 진작 '바욘'이라는 말을 했으면 알아봤을 걸.

그날 그녀는 오직 한국어만 할 줄 아는 나를 대신해 숙소를 찾아 주겠다며 여기저기 벨을 눌러 물어봐 주기도 하고, 걱정스럽게 내게 이것저것 물어보기도 했다. '바욘에는 왜 왔냐?' 나도 여기 교회에서 자고 예배올린 후 까미노를 시작한다. 같이 가는 건 어떠냐?' '혼자 온 거냐?' '다음에는 어디로 가냐?' 흡사 미아 센터의 친절한 직원 같은 그녀에게 나는 세 살 배기 아동처럼 더듬거리며 착하게 대답해 주었다. 그나마 번역기의 조력이 있었기에 가능한 일이었다.

길벗들이 소포를 발송하고 자연스럽게 통역이 돼 준다. 그녀는 '당신들을 만났다니 정말 다행이다.' '언제부터 이 사람과 동행하고 있냐?' '생장으로는 잘 갔더냐?' '그날 새벽 정말 걱정되더라.' '계속 함께 다녀 줄거냐?' '피레네산맥 넘을 때 힘들지 않았냐?' 속사포처럼 길벗들에게 물어댔다.

나는 '그날 새벽 당신의 인내심과 친절에 크게 감동했다.'고 뒤늦은 사의를 전했다. 또 '그날 어두워서 당신을 제대로 못 본 탓에 오늘 당신을 알아보지 못했다. 정말 미안하다.'고 사과했다.

그녀는 벨기에 사람이며 이름은 제네비이브라고 했다. 나는 한국인이며 실제 이름과 발음이 유사한 제이슨이라고 영어식으로 알려줬다. 이름만은 영어에 아주 능통한 사람이다.

내가 벨기에도 꼭 가보고 싶은 나라라고 하자 그녀는 정색을 하며, 오는 건 환영하지만 영어를 배워서 오란다. 말하자면 다음 생에나 오라는 얘기다. 그날 바욘에서도, 오늘 여기서도 얼마나 답답했으면 그랬을까. 이해는 하지만 서양 사람들은 참 솔직하기도 하지. 나는 실성한 사람인 줄 알았다는 말은 입 밖에 내지도 않았는데.

점심을 사겠다고 하자 손사래를 치며 그녀는 표표히 도심의 인파 속으로 사라졌다. 바욘에서 고집부리는 나를 두고 교회로 향하던 새벽에는 차마 발길을 떼지 못하던 그녀가 오늘은 횅하니 사라져 버렸다. 또 어디선가 다시 만나는 순간이 올까, 오늘처럼 무방비 상태에 있을 때 기습적으로.

팜플로나의 카스티요 광장 한 쪽에 있는 카페 이루나를 찾은 것은 늦은 점심도 점심이지만 무엇보다 어니스트 헤밍웨이를 만나기 위해서였다.

그러나 헤밍웨이의 단골 카페 이루나에 헤밍웨이의 그림자라고는 눈을 씻고 봐도 없었다. 까미노를 시작하기 전 파리의 한 카페를 찾은 적이 있었다. 알베르 카뮈, 장 폴 사르트르, 시몬 드 보바르, 파블로 피카소, 브리지트 바르도, 이브 몽땅 등 수많은 사상가, 예술가들이 드나들었다는 카페였다. 거기도 사진 한 장 뵈지 않더니 어쩜 유럽 사람들은 이 모양이야? 헤밍웨이가 자주 앉아 커피를 마시며 원고를 썼던 테이블 하나라도 전시해 놓지, 그저 헤밍웨이를 팔아 장사만 하다니 투덜거리며 야외 테이블에 앉았다.

카페 이루나에 헤밍웨이를 위한 별도의 공간이 마련되어 있다는 것을 안 것은 나중 부르고스에서 만나게 되는 정진규 선생의 전언에 의해서였다. 파리의 그 카페에도 별도의 공간이 마련되어 있었던 게 아닐까. 한 마디 물어보기라도 했더라면…. 언어가 안 돼서 일어난 비극이자 희극이었다.

'만인어만 못인어못(만날 인연은 어떻게 해서든 만나지고, 만나지 못할 인연은 어떻게 해도 만나지지 않는다.)'이라는 말로 아쉬움을 달랬다.

식사 자리에는 전날 수비리에서 처음 만난 P신부님도 함께했다. 신부님은 내게 '아무리 봐도 스님 같은데 맞으시죠?' 거듭 물었다. 나는 '그렇게 보이십니까?' 라며 거듭 웃었다.

신부님은 피레네 중턱 오리손 산장에서 1박 할 때 자기소개 하는 식사 자리에서 마지못해 신부라고 공개한 것이 퍼져나가 순례길 여기저기서 빠드레, 빠드레(신부님) 한다며 마뜩찮은 듯 웃었다.

팜플로나의 밤은 더디게 익어갔다. 생장에서 함께 출발한 길벗들은 이 밤을 끝으로 해산했다. 까미노에서 배운 것 중 하나가 이별하는 법이다. 까미노 이별법은 인생길에서도 매우 유용하다. 우연히 동행이 되었다가 우연히 헤어져 각자의 길을 간다. 만날 땐 '올라(안녕)' 하면 그만이고 헤어질 땐 '부엔 까미노(잘 가)' 하면 그뿐이다.

자연에 맡기고 흐름에 맡기는 것을 자연스럽게 터득한 덕이다. 그렇게 만남과 이별이 반복되는 것이 까미노다. 어제까지 동행하던 사람의 알베르게 베드가 다음 날 아침 비어 있으면 '먼저 떠났구나.' 하면 되고 며칠 후 다시 만나면 '올라' 하면 되는 길, 그게 까미노다.

　팜플로나에서 이틀을 묵고 처음으로 혼자 걷는 까미노는 참신하고 매력적이었다. 길벗들과 함께 걸을 때는 보이지 않던 것들이 보이기 시작했고, 느끼지 못했던 많은 것들이 느껴졌다.

　역시 길은 홀로 가는 길이 최고다. 특히 까미노를 떼 지어 가는 것은 조야하다. 고독과 만나지 못하면 여행이 아닌 관광이다. 인간은 고독할 때 깊어지고, 고독할 때 자신을 만난다. 까미노는 단순히 산티아고로 가는 길이 아니다. 자신에게로 다가가는 의식이다. 함께 가면 타인이 보이고, 홀로 가면 자신이 보인다. 모든 길은 자신에게 이르는 길이고, 모든 인생은 자신을 찾아가는 과정이다.

　많은 순례자들이 서로 묻는다. 왜 까미노를 걷느냐고. 자신도 까미노를 걷고 있으면서 던지는 이 질문을 받을 때는 살짝 당황스러웠다. 내게는 마치 왜 사느냐는 질문처럼 들렸다. 누구나 알면서도 아무도 모르는 이 질문에 대한 답은 자신에게 던졌을 때 제대로 나오지 않을까. 대답은 사람마다 다 다르기 때문이다. 아, 어쩌면 다 다르니까 물어보는 것인지도 모르겠다.

　출발을 앞두고 있을 때도 지인들은 한결같이 물었다. '스님이 거기는 왜 가요?' 그때마다 나는 한 마디로 답해 주었다. '예쁜 길이 좋아서….' 이건 부동의 사실이자 진실이다. 나는 이번 까미노에서 내가 왜 그토록 아름다운 길, 특히 개울처럼 휘돌아가는 오솔길을 좋아하는지, 왜 휴대전화에 길 사진만 편집적으로 채우고 있는지 그 이유를 알게 되었다. 아무튼.

　여기에 두 가지를 덧붙이자면 머릿속 안개를 걷어내고 싶었다는 것, 야고보 사도의 마음을 조금이라도 느껴보고 싶었다는 것이다.

길은 냉혹하다

6월 3일 아예기에서 로스 아르코스를 거쳐 토레스 델 리오까지 가는 28킬로미터의 길은 가장 힘들고 고독한 길이었다.

이른 아침 출발할 때부터 소나기가 쏟아졌다. 급히 판초우의를 꺼내 둘러썼다. 몇 발짝이나 갔을까. 산을 넘는 길과 우측으로 빠져 돌아가는 길로 나뉜다. 어느 쪽으로 가도 나중에 합류하게 된다고 까미노의 노란 화살표가 알려준다. 나는 조금 긴 길, 사람들이 많이 가지 않을 것 같은 길을 선택했다. 북적이며 여러 사람들과 줄지어 걷는 것을 좀 피해 볼 요량이었다. 의도하지는 않았지만 R. 프로스트를 흉내 낸 셈이었다.

소나기가 가랑비로 바뀌더니 오다 말다를 반복한다. 잠시 후 지방도로가 나타난다. 언제부턴가 노란 화살표는 슬그머니 빠져버리고 구글 맵은 집요하게 지방도로로 끌고 간다. 서쪽으로 가고 있으니 큰 걱정이야 아니지만 혼자만 가는, 길 아닌 길이 내심 불안하다. 오락가락하는 비도, 화살표가 언제 나타나 줄지 알 수 없는 것도 갈 길 먼 나그네의 마음을 조급하게 만든다.

그래도 갈림길에서 먼 길을 선택한 것도, 그 길에서 화살표를 놓치고 다른 길로 접어든 것도 나였기에 온전히 감수해야 할 일이었다.

계속해서 갓길도 없는 포장도로를 아슬아슬 홀로 걷자니 불안감과 소외감이 배낭 무게보다 더 무겁게 짓누른다.

간간이 지나가는 차량들을 향해 손을 흔들어 본다. 위태롭게 차도를 걷는 행인이 반가울 리 없는 운전자들은 답례할 기분이 아닌지 매연만 살포해 놓고 지나갈 뿐이다.

외로워서 그러는데 손 한 번 흔들어 주지, 힘들어서 그러는데 경적이라도 한 번 울려 주지, 혼자 중얼거리다가 가사도 가물거리는 흘러간 대중가요도 불러가며 꾸역꾸역 걸었다.

800킬로미터의 까미노가 한 사람의 생애라면 120킬로미터 지점을 통과하고 있는 나는 지금 꿈 많은 소년기를 걷고 있는 셈이다. 인류애를 실현한 슈바이처를 동경하고 책 읽기를 좋아했던 열두 살 소년의 성장기는 비교적 평범했다.

지금 걷는 이 길과 같은 시련은 청년기로 접어들 무렵부터 시작되었다.

그 시절 나는 사람들이 잘 가지 않는 길로 접어들었다. 그저 그 길이 아름다워 보였고, 그 길 끝에서 행복했노라, 말할 수 있을 것 같아서였다. 단 한 번의 생이기에 힘들지만 가고 싶은 길을 가고 싶었다. 스스로 선택한 길이므로 후회하는 일은 없으리라 확신했다.

외로움과 불안감도 있었고, 소외감도 있었음을 기억한다. 가다 보니 서러움도 가세했다. 그것들과 싸워낸 것은 열정이라 포장하고 싶은 치기와 객기, 혹은 오기였음을 오늘 나는 고백한다.

인생의 중반기에도 비슷한 일이 있었다. 그때는 내가 가고자 아니했으나 갈 수밖에 없는 길로 접어들었다.

나는 그때 가고 싶지 않은 길을 가는 자의 고통이 가고 싶은 길을 가지 못하는 자의 고통보다 비할 바 없이 크다는 것을 알았다.

또한 힘들어도 가고 싶어서 가는 길은 고통이 절반으로 줄어들지만, 힘들면서도 가고 싶지 않은 길을 가는 고통은 갑절로 늘어난다는 것도 알게되었다. 두 길이 주는 고통은 같으면서도 전혀 달랐다. 그만 길에서 내려서 버릴까, 하는 유혹마저 일었다. 기권도 선택이고 권리라고 생각했던 시기였다.

거리상으로는 인생의 소년기에 해당될 지점이지만 지금 내게 펼쳐지는 일은 20대 청년기에 겪었던 조바심과 불안감이 그대로 재연된 듯 했다. 내가 선택한 이 길이 맞을 것이라는 자신감과 다른 사람들과는 다른 길이라는 불안감 사이에서 청년은 때때로 풀잎처럼 흔들렸다.

조급한 마음과는 달리 끝이 보이지 않는 포장도로에 지쳐 적당한 길가 숲에 배낭을 내려놓고 잠시 쉬기로 했다.

물을 몇 모금 마시고 지친 심신을 추스르다 문득 내가 가야 할 길을 원망에 찬 눈으로 흘기는데 거기에 거짓말처럼 오색 창연한 쌍무지개가 드리워져 있다. 내가 가야 할 도로는 정확히 무지개 한가운데로 곧게 뻗어 있다.

마치 내가 가는 길도 결코 잘못 든 길이 아니라고 일러 주기라도 하는 것 같았다. 이 길은 이 길대로 다 의미 있는 길이니 너무 조바심 갖지 말라고 다독거려 주기라도 하는 듯 무지개는 활짝 팔을 벌리고 있었다.

나는 재빨리 바지 뒷주머니에서 휴대전화기를 뽑아 카메라 셔터를 눌러댔다. 무지개가 뭐라고 어느새 나는 울먹이고 있었다.

누가 내게 물었다. 왜 순례길 종착지에 도착했을 때 별 감흥이 없었냐고. 그때는 다른 답을 내놨지만 어쩌면 이때 내가 미리 울컥해 버려서 그랬는지도 혹 모를 일이다.

출발 직후부터 다른 길로 접어들어 하릴없이 나 홀로 먼 길을 돌아간 탓에 이날은 순례길 중 가장 악전고투한 날이었다. 물 대신 지역특산품인 와인이 쏟아지는 수도꼭지가 있다는 이라체, 몬 하르딘 성이 있는 비야마요르 데 몬하르딘 등을 거치는 공식 까미노 루트를 벗어난 대가치고는 혹독한 대가였다.

오후 1시 마침내 까미노 정식 루트에 있는 로스 아르코스에 도착했다. 가게에 들러 1.5리터짜리 이온 음료를 구입해 단숨에 절반 이상을 들이켰다. 남은 거리를 확인해 본다. 오늘 몸을 뉠 알베르게가 있는 토레스 델 리오까지는 7킬로미터 남짓.

이때까지만 해도 남은 7킬로미터가 지나온 21킬로미터보다 몇 배로 힘든 길이 될 줄은 몰랐다. 방향은 맞건만 아직도 나타나지 않는 노란 까미노 화살표와 자꾸만 걷게 되는 지방도로가 썩 내키지 않았다. 며칠 전부터 여기저기 생겨난 양쪽 발바닥의 물집은 가뜩이나 무거운 걸음을 더욱 힘들게 했다. 부자연스럽게 걷다 보니 왼쪽 발목 윗부분에 피멍까지 들어 이중으로 힘들다. 까미노 초반부터 혹을 달고 가는 걸음이 걱정이다.

느려도 한 걸음, 한 걸음의 힘을 믿으며 마침내 작은 마을 산솔에 이르렀다. 아까부터 가도 가도 자꾸 뒷걸음치며 물러서던 산솔을 기어코 붙든 것이다.

토레스 델 리오까지 1킬로미터쯤 남기고 마침내 그토록 그리던 노란 화살표가 모습을 드러낸다. 따로 가던 길이 산솔에서 다시 만난 것이다. 진작 좀 만나지. 눈물겹게 반갑고 고맙다. 내가 걸은 길도 틀린 길이 아니라 조금 다른 길일 뿐인데도 불안감에 소외감까지 얹어 줄 건 뭐야. 그래도 노란 화살표를 보자마자 집요하게 따라붙던 소외감이 눈 녹듯 사라져 준다.

긴장이 풀리자 간신히 붙들고 있던 몸이 막대기처럼 쓰러진다. 차도 근처에 쓰러진 몸을 남의 집 벽 쪽 그늘로 끌고 와 아무렇게나 드러누웠다.

푸른 하늘과 흰 구름이 대책 없이 한가롭다. 이렇게 땅에 등을 붙이고 누워 하늘을 올려다보는 게 얼마만인가. 족히 반세기는 된 것 같다. 어린 시절 평상에 드러누워 팔베개하고 올려다보던 하늘을 스페인 시골 길바닥에 쓰러져 누워 50년 만에 올려다보는 기분이라니. 생각지도 못했던 '경우의 수'를 받아 들었던 이날은 행이었을까, 불행이었을까.

온갖 상념들이 구름을 타고 맥락 없이 나타났다가 사라져갔다. 일어나기 싫어 30여 분을 누워서 구름과 함께 흘려보냈다.

간신히 몸을 일으켜 다시 걷기 시작한다. 길은 아직 끝나지 않았다. 내 몫의 길은 내가 가야 한다. 한 발짝도 남이 대신 걸어줄 수 없다는 점에서도 길과 인생은 빼닮았다. 길은 인생만큼 냉혹하고, 인생은 길 만큼 지엄하다.

드디어 오늘의 종착지 토레스 델 리오에 들어섰다. 맵을 보니 알베르게까지 350미터 남았다. 다시 지푸라기처럼 길바닥에 드러누웠다. 거의 다 왔다는 안도감 때문이 아니었다. 아직도 350미터를 더 가야 된다는 낭패감 때문이었다.

힘겹게 심신을 수습한 후 동구나무 아래 수도꼭지에 입을 연결해서 원 없이 물을 빨아들이고 그 힘으로 남은 350미터를 1센티미터도 빼놓지 않고 걸었다. 길도, 인생도 적당히 봐주는 법이 없다. 그러므로 무릇 길 가는 자들은 누구에게도 값싼 동정이나 휴머니즘 따위는 바라지 말 것.

아예기 출발 10시간 30분 만인 5시가 넘어서야 도착했다. 공식적인 거리는 28킬로미터건만 나는 대체 이날 몇 킬로미터를 걸었던 것일까. 이라체 등을 거치는 공식 루트를 걸으며 당연히 보고 느꼈을 많은 것들을 놓쳐버리고 삭막하고 위험한 아스팔트를 홀로 걸으며 소외감과 불안감을 뒤집어 써야 했던 10시간 30분이 조금은 억울했다. 하지만 내가 선택해서 걸은 길을 억울해 하면 할수록 자기연민의 늪에 빠져들 뿐이다.

사르트르는 인생은 B(Birth, 탄생)와 D(Death, 죽음) 사이의 C(Choice, 선택)라고 했다. 안전하고 정해진 길보다는 불안하지만 자신이 선택한 길을 가라고 했다. 인생은 어떠해야 한다는 정해진 본질이 존재하지 않으며 단지 개개인의 선택과 결단만 있을 뿐이므로 불안을 두려워하지 말라는 것이다.

관광객과 여행자는 다르다. 관광객은 지름길을 좋아하지만 여행자는 둘러가는 길마저 즐긴다. 관광객은 무리지어 가지만 여행자는 홀로 간다. 관광객은 목적지에 도착해서 즐거워하지만 여행자는 가는 도중에 이미 행복하다. 가는 과정에 이미 행복한 여행자에게 목적지 도착 여부는 상관없다. 그 과정에서 이미 자신을 성장시켰고 충분히 즐겼기 때문이다. 인생의 목표를 이룬 후 비로소 행복해 하는 이들에게는 목표를 이루기 전까지의 삶은 헌신짝에 불과하다.

관광객으로 살든, 여행자로 살든 그것은 오직 자신의 선택에 달려 있다. 이날 나는 관광객으로 걸었던가, 여행자로 걸었던가. 자신감과 불안감 사이에서 풀잎처럼 흔들렸던 청년은 관광객이었던가, 여행자였던가.

까미노도 인생도 네 박자

이날 아예기에서 토레스 델 리오까지의 길은 내 청년기와 중년기의 압축파일이었다. 걷는 내내 청년기와 중년기의 파일이 자동 재생되어 머리도, 몸도 무거웠고 마음은 더 무거웠다. 그러나 그 길 또한 내 까미노의 일부였으니 억울해 할 것도, 아쉬워 할 것도 없다. 까미노든 인생이든 자신의 선택에 대한 책임만 지면 되는 것이다. 어떤 경우의 수도 오롯이 내 몫으로 받아들이는 것, 인연과보에 수순하는 것, 그것이 책임지는 자의 자세일 것이다. 그날 무지개도 그것을 말해주려 홀연히 모습을 보였는지도 모를 일이다.

다음 날 토레스 델 리오에서 로그로뇨 가는 길은 평이했으나 발이 편하지 않으니 역시 고난의 행군을 피할 수는 없었다. 엊그제 옷핀으로 물집의 배를 갈라 진물을 제거한 후 방치해 둔 것 중 하나가 말썽을 부리는 모양이었다. 절룩거리며 걷느니 차라리 진흙탕을 걷는 게 낫겠다 싶은 생각이 들어 잠시 쉴 곳을 찾는 내 시야에 지방도로를 건너는 육교가 들어온다.

육교 맨 아래 계단에 한 순례자가 앉아 쉬다가 자리를 털며 일어선다. 조금 더 가까워지면 '올라!' 할 요량으로 다가서는 나를 향해 그 순례자가 갑자기 비명을 지르듯 소리친다.

"제이슨!"

깜짝 놀라 심 봉사처럼 눈을 둥그렇게 뜨고 보니 제네비이브다.

"오, 마이 갓! 제네비이브, 나이스 투 미튜."

나는 할 수 있는 완벽한 영어 문장 중 하나를 구사했다. 제이슨이라는 이름값을 조금이라도 해야 했으니까.

그녀는 그새 검게 그을리고 살도 훌쩍 빠진 내 얼굴을 보며 다른 사람 같다며 웃었다. 나는 그런 그녀의 빨갛게 익은 콧등을 가리키며 웃었다. 육교 계단을 올라 함께 사진을 찍으며 내가 말했다.

"제네비이브, 지금까지 우리는 세 번 만났다. 그때마다 당신이 먼저 나를 알아봤으니 다음에 만날 때는 꼭 내가 먼저 당신을 알아보겠다."

그녀가 고개를 끄덕이며 재미있다는 듯 웃는다.

잠시 함께 걷다가 우리는 이번에도 까미노식으로 헤어졌다. 세 번을 만났으니 네 번인들 아니 만나질까. 그땐 어디서 어떤 모습으로 만나게 될까. 내가 먼저 알아보겠다는 약속을 지킬 수는 있을까.

다시 말하지만 까미노에서도 인생에서도 만날 사람은 만나지고, 만나지 못할 사람은 만나지 못한다. 이 무슨 '있어야 할 건 다 있고요. 없을 건 없답니다. 화개장터' 같은 얘기냐고? 너무 따지지 말고 세상 한 번 살아 보시라. 살다 보면 알게 되리라. 이 말이 최소한 절반의 진실은 담고 있다는 사실을.

로그로뇨의 무니시팔 알베르게(시립 순례자 숙소)에 도착하니 12시 30분이다. 일찌감치 도착하게 된 건 온전치 못한 왼발 덕분이었다. 더 가고 싶어도 발이 허락하지 않으면 도리 없는 일이었다.

체크인이 1시부터라 벌써부터 도착한 순례자들이 정원에서 대기 중이다. 수용인원이 몇 명일지, 나도 투숙 가능한 순번에 들지 체크인이 시작돼 봐야 알 수 있다. 다행히 무난히 체크인이 됐다. 몇몇은 지친 몸을 이끌고 다른 알베르게를 찾아 배낭을 둘러메고 나간다.

까미노를 찾는 사람들은 경쟁과 바쁜 일상에 지친 심신에 자유와 여유를 주고 싶기 때문일 텐데, 까미노의 실상은 조금 달랐다. 스치는 사람마다 '올라', '부엔 까미노'를 던지고 받아야 하며, 지금처럼 시설이 좋거나 저렴한 알베르게에 먼저 가기 위해 예약을 하거나 선착순 경쟁을 해야 한다. 무니시팔은 예약을 받지 않으니 더욱 그렇다.

경쟁을 피해 예약 없이 짧은 거리를 느긋이 음미하며 쉬엄쉬엄 가는 방법도 있다. 대신 많은 시간과 비용이 들어가야 한다. 때로는 차렷 자세로 샤워기 물만 맞아야 할 만큼 좁은 샤워 부스에서 땀을 씻어야 할 수도 있다.

사실 많은 알베르게가 다 어슷비슷하다. 옷을 걸어둘 곳도 없고 비누 한 장 놓을 곳이 없다. 세워진 관 속에 들어간 기분마저 든다. 옷은 문틀 위에 걸쳐놓고 비누는 바닥에 놓아두고 차렷 자세로 물을 맞는다. 비누를 줍기 위해 조심히 몸을 구부린다. 엉덩이가 뒤쪽 벽에 부딪혀 튕긴다. 몸이 앞으로 쏠리자 이번엔 앞쪽 벽에 머리를 부딪친다. 그때 센서 등이 센스 없이 꺼진다. 어둠 속에서 파리 쫓듯이 손을 휘저어 불을 밝히고 나면 이번엔 샤워기 물이 끊긴다. 샤워 꼭지를 서너 번 누르고 우물쭈물하는 사이에 다시 센서 등이 꺼져버린다. 손을 휘젓다가 차렷 자세를 취했다가 수도꼭지를 누르는 동작을 반복하는 몸 개그를 몇 번 시전한 후 뒷사람에게 샤워 부스를 내주고 나오면 필경 이런 의문과 마주하게 된다. '내가 지금 뭘 하고 나온 거지?'

까미노의 역설은 또 있다. 까미노는 낭만적인 곳도, 휴머니즘만 있는 곳도 아니다. 알베르게에서 코를 고는 문제로 시비가 일었다는 얘기는 흔해 빠졌다. 창문을 열어라, 닫아라에서부터 은근한 인종차별까지 인생에서 일어나는 모든 일들이 까미노에 다 있다. 소지품 절도도 있고, 배신도 있고, 오해와 음해, 무성한 소문도 있다. 경쟁과 갈등을 피해서 온 사람들끼리 경쟁하고 다투면서 절룩이는 사람에게 괜찮냐? 힘내라! 격려하는 곳, 누군가에게는 쉽게 마음을 열면서도 누군가에게는 경멸의 눈총을 쏘아대기도 하는 곳, 그러면서도 모두가 친구가 될 수 있는 길이라고 입 모아 상찬하는 역설과 모순에 찬 길, 그게 까미노다. 어떤가, 까미노는 인생의 축소판이라는 말이.

침대 끝에 걸터앉아 문제의 왼발을 들여다본다. 터뜨린 물집 옆에 또 하나의 물집이 잡혀있다. 사실 어제 얼핏 본 적이 있다. 피곤하기도 하고 작기도 해서 대수롭잖게 여기고 잊어버린 것이 화근이었다.

내가 옷핀으로 집도를 시작하자 내 연배의 스페인 남자가 바늘과 실을 준다. 별로 반갑잖다. 침침한 눈으로 도통 실을 꿸 수 있어야지. 그래도 이번엔 쉽게 꿰어진다. 덕분에 말끔하게 진물을 제거하고 내일 제대로 걸을 수 있게 됐다. 그라시아스!

물집을 잡고 나자 오늘은 뭘 좀 제대로 먹어 보자 싶은 생각이 든다. 이른 아침에 길을 나서는 순례자들은 아침을 잘 먹지 못한다. 알베르게에 딸린 대부분의 레스토랑은 7시, 8시나 돼야 시리얼과 빵, 주스, 과일 등으로 아침을 내어놓기 때문이다. 나도 매번 아침은 먹지 못 하고 출발했다.

부지런한 사람들은 전날 마트에서 사온 식재료로 저녁을 지어 먹고, 아침밥까지 준비해 뒀다가 다음 날 일찍 먹고 출발하기도 한다. 하지만 대부분은 거르고 출발, 중간에 바에서 빵이나 또르띠야 등으로 간단하게 요기를 한다.

아침을 먹지 않고 일찍 출발하는 데는 이유가 있다. 하루에 20~30킬로미터를 걷자면 6~9시간이 걸린다. 아침 7시에 출발해도 도착시각은 오후 1시~4시. 동쪽에서 서쪽으로 가는 까미노의 방향을 감안하면 태양이 등 뒤에서 비추는 오전 시간대에 최대한 많은 거리를 걷는 게 유리하다.

얼마 전 아예기에서 로스 아르코스를 거쳐 토레스 델 리오까지 28킬로미터를 악전고투한 것도 따지고 보면 오후의 햇빛을 정면으로 받으며 걸어야 했던 것이 가장 큰 이유 중 하나였다. 그때는 그걸 미처 알지 못하다가 나중에야 그걸 알고는 가급적 오후에는 짧게 걷는 쪽으로 전략을 바꿨다. 그러다 보니 아침식사는 자연스럽게 포기하게 되고 중간에 푸드 트럭이나 바를 만나면 간단히 허기만 달래고 다시 걷는 것이 패턴으로 굳어졌다.

나는 거의 매번 삶은 감자와 달걀로 만든 또르띠야에 오렌지 주스로 때웠다. 제대로 된 식사는 알베르게 도착 후 샤워와 세탁을 마치고 오후 3, 4시에 먹는 점심 겸 저녁 한 끼다.

한참 시내를 뒤진 끝에 반찬가게에서 음식을 사긴 했지만 먹을 곳이 마땅찮다. 여기가 아무리 자유분방한 유럽이지만 동방예의지국에서 온 사람이 길거리 혼밥을 하려니 통 내키지 않는다. 알베르게 주방으로 가면 되건만 평소에 잘 이용하지 않은 탓에 당시에는 생각도 떠오르지 않았다.

때마침 나타난 벤치에 앉는다.

사실 유럽인들은 실내보다 식당 야외 테이블에서 식사하기를 좋아한다. 야외 테이블에서 먹는 것이나 야외벤치에 앉아 먹는 것이나 별반 다를 것도 없다.

길거리 혼밥도 생각보다 괜찮다.

모처럼 배불리 잘 먹었더니 여유도 생긴다. 숙소 테이블 의자에 앉아 육자진언 옴마니반메훔을 염송한다. 내가 몸담고 있는 불교진각종금강원은 곧 6월 월초불공을 시작할 것이다. 모든 스승님들과 신도들이 마음을 닦고 육바라밀 행을 하는 동안 나는 몸뚱이를 닦고, 먹이고 재우는 일에 집착하느라 불공을 제대로 할 수나 있을지 의문이다. 모처럼 등 따숩고 배부를 때 좀 많이 해 두자 싶어 한동안 불보살을 관하며 진언을 염송하는 진각종금강원의 수행법인 삼밀행에 들었다.

사람이 좋다, 시골이 좋다

나헤라~산토 도밍고~그라뇽~벨로라도~아헤스 구간을 거치며 홀로
가는 자의 온갖 호사를 다 누리며 걸었다. 10여 년을 벼르고 벼르다 마침
내 까미노를 걷게 된 자신에게 축하도 건네고, 인생에서 가장 잘 한 일이

라고 칭찬도 해 주고, 목청껏 소리 내어 육자진언 염송도 하면서, 심지어 음정박자 무시한 옛 노래로 자축공연까지 펼치면서 걸었다.

아헤스의 무니시팔 알베르게에 도착했다. 뜻밖에도 리셉션의 젊은 흑인 청년이 구면이다.

2, 3일 전이었던가. 슬리퍼를 신고 걷는 모습이 어쩐지 조금은 지쳐 보이고 우울해 보이던 친구였다. 내 앞에서 걷다가 엉뚱한 길로 접어 드는 것을 보고 그쪽이 아니라고 일러 준 게 첫 만남이었다. 앞서거니 뒤서거니 걷다가 만날 때마다 가볍게 눈인사만 나누었는데 여기서 만나다니!

순례자용 여권인 크레덴시알에 세요(스탬프)를 찍어 건네주는 그에게 원래 여기 직원이냐고 묻자 자기는 스위스 사람인데 이곳 알베르게 리셉션에 취직이 돼서 면접 겸 오리엔테이션 받으러 왔단다. 오늘은 리허설 삼아 첫 근무고, 내일부터 계속 레온까지 까미노를 걷고 레온에서 스위스로 갔다가 일주일 후에 다시 와서 정식 근무를 시작한단다. 크리스티안, 열일곱 살이란다. 어린 나이에 참 대견하다. 수줍음도 많아 보이는 청소년이 스위스에서 스페인으로 취업해 왔단다. 토닥토닥 등을 두드려 주며 응원해 준다. 크리스티안이 또 수줍게 웃는다.

숙박비를 지불하려고 카드를 건네자 24유로 미만은 현금 결제란다. 무니시팔 알베르게(시립 순례자 숙소)가 왜 이래? 소리가 절로 난다. 현금은 진즉 동이 난 상태다. 부르고스쯤 가서 현금을 찾을 요량이었는데 당장 낭패다. 이런 사정은 봐 주는 법이 없다는 걸 알기에 잠시 난감해 하는 나를 본 크리스티안이 일단 들어가란다. 인턴 직원으로서는 담대한 결정이다. 지친 나그네를 배려해 준 그의 마음이 고맙다. 크리스티안 덕분에 특혜 아닌 특혜를 입어 무사히 체크인했다. 까미노에서 전무후무했던 지인 찬스였다.

늦은 점심 겸 저녁을 먹으러 가까운 레스토랑으로 간다. 순례자들로 북적인다. 주방에서 끓이고 있는 스프의 비주얼이 한국식 얼큰한 탕 같다. 스프와 메인 음식을 주문하고 앉아 있으니 '안토니오! 안토니오!' 하는 소리가 쩌렁쩌렁하다. 주방에서 안주인이 남편을 윽박지르는 소리다. 조금 전 내게 식전 빵과 음료수를 가져다주었던 남편이 쩔쩔매면서 달려간다. 그걸 보는 순간 아차, 이곳에서도 카드 결제가 안 되면 어떡하지? 저 드센 여주인에게 호되게 당하는 건 아닌가 하는 걱정과 불안이 밀려온다. 밥을 먹는 내내 신경이 쓰인다.

막무가내로 현금을 내어놓으라고 요구하면 저 여장부 같은 사람을 어떻게 감당할까. 온 동네가 떠나가게 '이봐요! 당신 어느 나라에서 왔어? 이런 시골동네에서 카드로 결제를 하겠다고? 밥 다 먹고 이제 와서 현금이 없다고? 안토니오! 당장 이리 와서 이 사람 여권 받아놓고 경찰 불러요!' 이렇게 나오면 어떻게 대처해야 하지? 한류로 한껏 높아진 한국의 국격이 나 하나 때문에 추락하는 불상사는 피해야 할 텐데…. 아무리 국가 간 감정이 안 좋다고 하지만 '스미마셍, 스미마셍….' 할 수도 없고.

식사를 마치고 계산대로 간다. 다행히 카드 단말기가 보인다. 그래도 단말기가 작동하지 않는 곳도 있었던 기억이 떠올라 끝까지 긴장을 놓을 수 없다.

슬쩍 안색을 살피며 카드를 건네주자 여주인이 방긋 웃으며 나긋한 목소리로 잘 먹었냐고 묻는다. 다행이다. 나는 아주, 아주 좋았다고 과장된 동작으로 엄지손가락을 세워서 흔들어 보였다. 여주인이 카드와 영수증을 건네며 그러냐고, 고맙다고 사람 좋은 표정을 지어 보인다. 이럴 때는 영락없는 시골 아낙이다. 나도 싱긋 웃어주며 홀을 가로질러 밖으로 나가는데 등 뒤에서 여주인이 스페인어로 '안토니오' 어쩌고 하면서 두어 마디를 더 한다. 그녀의 말에 스페인 사람들로 보이는 홀 안의 여러 순례자들이 일제히 폭소를 터뜨리며 뒤집어진다.

여주인이 무슨 말을 했을까. 어쩌면 자기 남편 안토니오 이름을 거론한 걸로 봐서 '내가 안토니오 잡는 걸 보고 쫄아서 맛있었다고 한 거 아냐?' 이 정도의 발언이 아니었을까 싶다. 그러거나 말거나 나는 뒤를 돌아 웃으며 손을 흔들어 주는 여유까지 부렸다.

식당 카드 결제에 성공하고 가서 크리스티안에게 '결제해야지?' 하자 여전히 난처해한다. 첫 출근한 인턴 직원에게도, 현금 한 푼 없는 나에게도 쉬운 문제는 아니다.

오늘은 운영하지 않는다는 리셉션 안쪽의 레스토랑이 보인다. 그래도 간단한 음료와 빵, 주전부리 같은 것들은 판매한단다. 잘됐다. 내일 먹을 몇 가지 간식거리를 사고 크리스티안과 다른 직원들에게 아이스크림을 하나씩 돌리자 카드 결제가 가능한 24유로를 넘길 수 있었다. 생각지도 않던 아이스크림을 받아 든 직원들이 고맙다고 끌어안고 야단이다. 아이스크림 하나에 웬…. 현금이 없던 차에 이런 해결책이라도 찾았으니 내가 고맙지 이 사람들아. 주방장인가 싶은 직원 하나가 잰걸음으로 주방으로 들어가며 '와인을 줄까, 맥주를 줄까?' 묻는다. '노 알코올, 노 알코올, 온리 콜라.' 나는 호의를 거절하기 어려워서 제일 만만한 콜라를 골랐다.

아시아든 유럽이든 시골사람들은 다들 이렇게 순수하다.

안녕, 내가 사랑했던 모든 것들아

아헤스에서 부르고스까지는 자갈밭과 아스팔트길이 많았다. 다행히 발
이 잘 견뎌주어서 큰 어려움은 없었다.

스페인의 태양은 소문대로 강렬하기는 해도 그늘에 잠시 앉아 있는 동안만은 웬만한 더위는 잊어버리게 된다. 살랑살랑 나뭇잎을 희롱하는 바람이라도 불어오면 가벼운 추위를 느낄 때도 있을 정도다. 다만 태양을 좋아하는 사람들의 나라라 그런지 나무그늘을 만들어 놓는 친절은 좀 인색하다는 점이 아쉽다.

2000년 11월 유네스코 세계문화유산으로 등재된 아타푸에르카의 선사시대 유적지를 지나 얼마쯤 갔을까. 낡은 버스를 활용한 알베르게 광고가 시선을 끈다. 버스 상단에는 몇 개국의 국기를 그려 놓았고 그 중간에는 자랑스러운 태극기도 있다. 한국인들이 까미노를 많이 찾는다는 점에 착안한 상술이 귀엽다.

불현듯 간밤에 꾼 꿈이 떠오른다. 우리나라 어느 섬 해안 절벽 위를 버스를 타고 가는 도중 그만 시동이 꺼져버렸다. 달려가는 탄력으로 지체 없이 통과해야 하는 곳에서 버스가 멈춰버린 것이다. 조금씩 벼랑 아래로 기울던 버스가 결국 까마득한 벼랑 아래로 추락하기 시작한다.

아, 여기서 내 생이 끝나는구나. 착잡한 가운데서도 마지막 작별 인사는 남겨야겠다는 생각이 들었다. 나는 급한 대로 이렇게 간략한 인생 퇴임사를 남겼다.

'안녕, 내가 사랑했던 모든 것들아….'

깨고 보니 꿈인데 퇴임사는 그럴 듯했다. 그 짧은 찰나에 이런 퇴임사가 나온 걸 보아 내 아뢰야식에 함장됐던 생각이 저절로 재생된 모양이었다.

내가 지금 종착지인 산티아고를 향해 걷고 있듯이 나는 지금 죽음을 향해 한 발 두 발 다가가고 있다. 내가 언젠가 이 길을 끝낼 때 누군가는 이 길을 시작할 것이다. 길은 나를 기억하지 못할 것이고, 나는 길을 추억하며 안녕을 고할 것이다. 그렇게 길과 나는 완벽히 분리되면서 별개의 존재가 되어갈 것이다. 그때 가장 적절한 스페인식 인사는 아디오스겠다. 안녕…….

여기까지는 좋은데 정작 내가 사랑한 것들이 무엇이었는지는 잘 떠오르지 않았다. 대충 짐작 가는 것들이 전혀 없지는 않다. 다만 그것들을 사랑했다고 이름할 수 있을지 의문이다. 그것들은 차라리 절망과 환멸에 가깝지 않았던가. 그런데도 나의 아뢰야식은 그것들을 사랑했단 말인가.

10여 년 전 농 반 진 반으로 미리 적어본 내 묘비명.

'인간을 사랑하고, 인간을 경멸했으며, 인간을 그리워한 인간'

아마 내가 사랑했던 모든 것들의 목록에는 인간이 포함돼 있을 것이다. 대체 인간은 어떤 존재이기에 이토록 나를 파훼하는 것인가. 대체 나는 어떤 존재이기에 '인간'과 한 치도 다르지 않은 인간인가. 인간은 왜 갈등과 분쟁의 소용돌이에서 벗어나지 못하는가. 인간은 왜 인간적이지 않은가. 인간은 왜.

길 포식자 정 선생

부르고스 대성당 인근의 알베르게에 여장을 풀고 근처 벤치에 앉아 있다 우연히 P신부님을 만났다. 성당 저녁 미사에 신부님과 함께 동참한 후 저녁을 먹는 자리에서 신부님이 정진규 선생을 소개한다. 인사를 나누다

보니 마침 나와 같은 알베르게에 투숙했다고 한다.

40대 후반으로 보이는 정 선생은 프랑스 아레스에서 출발해 1,100여 킬로미터를 걸어왔다고 한다. 입이 떡 벌어진다. 건장한 체구와 검게 그을린 얼굴, 검고 굵은 종아리가 예사롭지 않더라니.

알고 보니 순례자들 중에는 네덜란드 암스테르담에서 자전거로 출발한 사람, 프랑스 스트라스브르에서부터 걸어온 사람 등, 유럽 각국의 자기 집에서부터 걸어온 사람들이 많았다. 그들의 배낭 속엔 산티아고 길을 배경으로 한 휴먼 영화 〈더 웨이〉의 스토리 못지않은 수많은 사연들이 쟁여져 있을 것이다. 그 숱한 사연들의 중심에는 인간이 있으리라. 사랑과 경멸과 그리움의 대상인 인간.

부르고스의 알베르게는 최악이었다. 10인실 정도의 룸에 딱 하나 뿐인 화장실은 번호표라도 뽑고 대기해야 할 판이다. 오래된 이층침대는 숨만 크게 쉬어도 삐걱삐걱 앓는 소리를 냈고, 순례자들의 물품보관용 캐비닛은 열고 닫을 때마다 호들갑 섞인 비명을 질러댔다. 숙소 바깥에서는 젊은 이들의 환호와 노랫소리, 웃음소리가 끊임없이 들려와 숙면을 방해했다.

어떻게 잠이 들었는지 눈을 떠보니 그래도 어김없이 다음 날이 와 있다. 정 선생의 침대를 보니 비어 있다. 일찍 출발한 모양이다. 어디선가 다시 만나게 되겠지, 마음속으로 작별 인사를 보내고 배낭을 둘러멨다.

발 상태를 감안하여 오늘은 일단 오르니요스 델 까미노까지 21킬로미터를 걷기로 한다. 숙소예약 없이 부르고스를 출발했다. 숙소를 예약해 놓으면 안정적이긴 하지만 더 가고 싶어져도 더 갈 수 없고, 더 가고 싶지 않아도 더 가지 않을 수가 없다. 기를 쓰고 숙소 예약에 매달리는 자신을 보는 일도 꼴불견이었다. 나는 조금 불안하지만 자유로운 쪽을 선택했다. 미상 불 여행이나 인생의 묘미는 불가측성에 있기도 하고.

출발하고 얼마나 지났을까, 어디선가 귀에 익은 목소리가 나를 부른다. 돌아보니 신부님이다. 제네비이브도, 신부님도 매번 나보다 먼저 알아본 다.

숙소는 달라도 나와 비슷한 시각에 출발한 모양이다. 팜플로나 이후 줄곧 혼자만 걷다가 함께 걷자 또 다른 길맛이 난다. 길은 묘하다. 함께 걸을 때 는 홀로 걷고 싶어지고, 홀로 걷다 보면 다시 누군가와 함께 걷고 싶어진다.

언젠가 홀로 걷고 싶어질 때까지 동행하기로 우리는 무언의 약속을 하 고 함께 걷기 시작했다.

신부님은 정 선생이 오늘은 40여 킬로미터를 걸을 예정이라고 하더라며 놀라워했다. 나의 이틀 치 거리를 하루 만에 걷는다니 길 포식자가 따로 없다. 정 선생은 어느 날 건강에 문제가 생겨 무작정 걷기 시작한 것이 길 포식자가 된 계기였다고 한다. 그러고 보면 적당한 결핍은 삶을 더욱 풍요 롭게 한다는 역설 속에 삶의 비의가 담겨 있는지도 모른다.

삶의 가장 큰 동력은 결핍이다. 아마 지옥은 완벽할 것이다. 완벽한 것 은 아무런 동력을 일으키지 못하니 완벽이야말로 완벽한 결핍이다. 내가 지옥의 설계자라면 그 곳을 완벽하게 만들어 놓겠다. 그러면 지옥중생들 은 아무것도 할 게 없을 것이고 그러면 그들은 제대로 '찐 지옥 맛'을 보게 될 것이다.

결핍을 동력 삼아 1,100킬로미터를 걸어온 정 선생은 지금 어디쯤 가고 있을까. 지금 이곳은 언제 지나갔을까.

중이 신부를 만나

　물집 탓에 한 발 한 발이 부담스러운 나와는 달리 신부님은 가볍고 리드
미컬하게 걸었다. 어떻게 그렇게 경쾌하게 걷느냐는 물음에 성령의 힘으
로 걷기 때문이라는 대답이 돌아온다. 나도 그 성령 좀 받으면 안 되겠냐

니까 스님이 별말씀을 다한다며 웃는다.

신부님은 야고보 사도가 무시아까지 가서 전도하다 예루살렘에서 참수 당해 순교한 이야기, 그의 시신이 산티아고 데 콤포스텔라에서 발견될 때까지의 과정에서 가리비가 야고보 사도의 시신이 실린 배를 보호해 주었으며 그 인연으로 가리비가 까미노의 시그니처가 된 이야기 등을 들려주었다.

신부님은 또 이 길을 걷는 자신의 소회를 밝히고 신부로서 초심을 되돌아보게 된다고 말했다.

"세상의 끝까지 가서 사람들을 전도하며 살다가 순교하신 성인의 생애를 생각하면 저도 처음 사제의 길에 접어 들었을 때와 지금의 저를 돌아보며 성찰하게 됩니다."

나도 똑같은 마음이었다. 나는 슬그머니 속도를 늦췄다. 쥐구멍까지는 아니라도 몸을 조금이라도 가리고 싶었는지 모른다.

"야고보 성인이 수많은 중생들에게 복음을 전할 때 그 중에는 복음을 비웃고 비난한 사람들도 있었을 텐데 그때 성인의 마음은 어땠을까요. 복음을 복음으로 받아들이지 못하고, 진리를 진리로 받아들이지 못 하는 중생들 앞에서 얼마나 절망감을 느꼈을지…. 그럼에도 불구하고 그들을 긍휼히 여기셨겠지요, 성인께서는."

신부님은 말없이 고개를 끄덕였다.

잠시 말이 없던 신부님은 가톨릭을 비롯한 종교가 권위주의에 함몰되어 권력화하고 있는 현실을 안타까워했다.

"야고보 성인처럼 절박하고 간절한 마음으로 낮은 곳에서 그들과 눈높이를 맞춰 인도해야 할 교회가 루터의 종교개혁을 무색하게 만든 점은 반드시 성찰해야 합니다."

"종교 안에서 인간의 구원은 여전히 가능할까요?"

나의 물음에 신부님은 다시 짧게 침묵하다가 대답했다.

"이런 상태라면 매우 어려운 일이라고 봅니다. 예수님은 낮은 곳으로 임해서 실천적 삶을 살 때 우리가 구원될 수 있다고 하는 것을 몸소 보여 주셨는데 많은 기독교인들이 교회와 성경 안에서만 구원을 찾고 있으니…. 불교에서도 해탈을 위해서는 문자에 매이지 말아야 한다고 언어도단, 불립문자를 강조하지 않나요? 기독교인들도 교회와 성경이 아닌 그리스도의 삶을 통해서 깨닫지 않으면 안 됩니다."

신부님은 불교에 대해서도 깊은 관심과 애정을 보였다. 불교의 가르침을 매우 높게 평가하면서 가톨릭의 가르침과 유사한 점도 많아 자주 영감을 얻는다고 했다.

나는 두 성인의 탄생과 출가에 관련한 상징적 의미에 대해서 얘기를 꺼냈다.

"아기 예수가 미천한 마구간에서 가난한 목수의 아들로 탄생하신 것은 장차 그 분이 가난하고 미천한 사람들과 함께할 것임을 예고하는 퍼포먼스였고, 고오타마 싯다르타가 한 나라의 태자 자리를 버리고 출가한 것은 인간은 부와 권력으로 결코 행복해질 수 없다는 것을 보여주기 위한 퍼포먼스가 아니었을까요?

"그리고 보니 정말 그런 것 같군요."

신부님이 크게 공감을 표시하며 말을 이었다.

"그런데 사람들은 그분들의 삶을 보고 따르려 하지 않고 더 높은 곳을 탐하고, 더 많은 것을 소유하려고만 하니 구원과 해탈은 점점 멀어질 수밖에 없지요. 당장 저 자신부터도 회개해야 할 점이 많습니다."

"두 성인이 낮은 곳으로 임해서 마침내 스스로 해탈과 구원에 이르렀듯이 우리도 하염없이 낮아질 때 해탈과 구원을 얻을 수 있다는 말씀이시군요."

"그렇습니다."

중과 신부가 동시에 고개를 끄덕였다.

에고, 인간

여기서 한 가지 의문이 고개를 든다.

"욕심도, 기득권도 비우고 버려야 비로소 낮은 곳으로 임할 수 있을 텐데 에고(ego)를 가진 중생들이 과연 비우고 버려서 낮은 곳으로 임할 수 있을까요?"

"그래서 불교에서는 수행을 하지 않나요? 끊임없는 수행을 통해서 에고를 깨부숴야 해탈과 구원에 이를 수 있겠지요. 해탈과 구원은 부처님이나 하나님이 해 주시는 것이 아니라 스스로의 의지와 노력으로 가능한 것이니까요. 기독교인들의 기도도 불교인들의 수행처럼 에고를 타파하려는 의지와 노력의 한 형태여야 하고요."

나는 명색이 수행자라면서도 에고의 한 귀퉁이조차 지워버리지 못하고 있는 자신이 부끄러워져서 발 물집을 핑계로 속도를 점점 더 늦췄다. 까미노는 자신만의 템포와 페이스로 걸어야 한다. 자칫 과하게 속도를 내면 탈이 나기 십상이고, 길벗과 속도를 맞춘답시고 걸음을 늦췄다가는 오히려 자기 페이스를 잃어 피로가 가중되기도 한다. 차라리 자기 페이스대로 앞서 가다 적당한 곳에서 쉬면서 기다리는 편이 서로에게 좋다. 까미노에서는 '나는 틀렸어. 너 먼저 가' 하면 '그래, 그럼 나 먼저' 이러고 지체 없이 앞서 가야 한다. 이럴 때 어쭙잖은 휴머니즘은 배낭 안에 살짝 넣어 둘 것. 그렇다고 너무 깊숙이 넣어 두지는 말 것.

여전히 경쾌한 걸음으로 앞서 가는 신부님을 보며 인간은 왜 구원받아야 하는지, 인간은 왜 구원받고 해탈하지 않으면 안 되는 불완전한 존재로 세상에 내동댕이쳐진 것인지, 묻고 싶었지만 참았다. 어차피 신부님이 그리 만든 장본인도 아닌 터에 뭐.

어쩌면 결핍이라는 키워드가 의문을 풀어줄지도 모르겠다. 결핍을 동력 삼아 부단히 영적인 자기고양을 시도할 때 인간은 불완전성을 최소화 하고 성령에 가까워지고 불성에 가까워지는 것일 게다. 인간은 불완전과 완전 사이를 걷는 미완의 존재이고 그 길은 아무에게나 종착지를 허락하지 않는 험하고 가파른 길이리라.

인류 역사상 가장 완전한 인간반열에 오른 이들은 석가세존과 예수 그리스도 정도일 것이다. 두 성인이 간 길을 보아라. 그 길이 얼마나 멀고도 험한 길인가를. 두 성인이 가신 길을 다시 한 번 보아라. 그 길이 얼마나 가깝고도 아름다운 길인가를.

자신을 해탈과 구원의 길로 이끌었던 영적 고양의 신화적 실존인물인 이 두 성인을 신봉하는 인류만 해도 30억이 넘는데도 세상은 갈수록 가관이다. 대낮에 등불을 켜 들고 거리로 나가 인간을 찾기라도 해야 할 판이다.

오죽하면 인간을 알면 알수록 우리 집 개를 더 사랑하게 된다느니, 마흔이 넘어도 인간이 싫어지지 않는 사람은 인간을 사랑해 본 적이 없는 사람이라느니 하는 말들이 떠돌까. 더하여 '인간을 사랑하고, 인간을 경멸했으며, 인간을 그리워한 인간'이라는 나의 인간타령까지.

신부님과 앞서거니 뒤서거니 하며 가다 보니 10시쯤 타르다호스가 나타난다. 길가에 작은 바가 보인다. 우리는 누가 먼저랄 것 없이 바 야외 테이블에 자리를 잡고 음료와 간식을 사 허기를 달랬다.

버려진 돌이 주춧돌로

    얼마쯤 더 가자 작은 마을의 한 건물외벽에 2020년 도쿄올림픽 여자역
도 금메달리스트 히들린 디아즈(필리핀. 30)의 웃는 사진이 붙어있다. 자세
히 보니 한 손에는 금메달을, 다른 한 손에는 성모상이 새겨진 작은 메달

을 들고 있다. 신부님이 기적의 메달이라고 알려 준다. 한 성녀가 성모 마리아의 요청에 의해 만든 메달이다.

몸에 지니는 사람에게 특별한 은총을 내려 준다는 이 기적의 메달을 히들린 디아즈 선수도 어떤 인연으로 간직해 오다가 올림픽에서 금메달을 땄던 모양이다.

필리핀의 가난한 집안에서 태어난 디아즈는 매일같이 먼 곳으로 우물물을 길러 다녀야 했다. 무거운 물동이를 들고 다닌 어린 디아즈는 이때부터 이미 역사(力士)의 길로 접어들었는지도 모른다.

올림픽을 앞두고 그녀는 체계적인 훈련은 고사하고 정부의 지원도 제대로 받지 못했다. 심지어 2019년에는 로드리고 두테르테 당시 필리핀 대통령에 의해 반정부인물로 지목돼 가족들이 살해협박까지 받아 왔다고 한다. 반정부인물에서 일약 국민적 영웅이 된 것이다. 체중 55킬로그램의 그녀는 인상, 용상 합계 224킬로그램을 들어 올리면서 자신의 인생도 함께 들어 올린 것이다. 버려진 돌이 대웅전의 주춧돌이 된 셈이었다.

디아즈의 인생역전이 꼭 기적의 메달 덕분만은 아니겠으나 종교는 때때로 숨어있는 1인치를 드러내는 강력한 힘을 갖고 있다. 『화엄경』「현수보살품」에도 '믿음은 도의 근본이자 공덕의 어머니.' '신심은 썩지 않는 공덕의 씨앗'이라 했다.

지나친 종교적 신념, 교조적인 신앙이 문제일 뿐 종교는 아무런 죄가 없다. 교조적 신앙에 머물거나 종교적 신념이 지나치면 광기에 찬 근본주의자가 된다. 천강천월이라, 하늘의 달은 하나건만 강에는 낱낱이 다른 천개의 달이 있듯이 가르침은 하나일지라도 그것을 받아 지니는 이들에겐 제각기 다른 형태가 되는 것이다. 인연조건이 다르고 업이 다르니 당연한 일이다.

1830년 7월 18일 밤 프랑스 파리의 한 수녀원.

곤한 잠에 빠져 있던 가타리나 라브레 수녀는 너무나 아름다운 목소리에 잠을 깼다. 머리맡에는 찬연한 빛에 둘러싸인 소년이 서 있었다.

"수녀님, 지금 저와 함께 성당으로 가요. 성당에는 복되신 동정녀께서 기다리고 있습니다."

깜짝 놀란 가타리나 수녀는 소년에 이끌려 성당으로 향했다. 성당 입구는 대낮처럼 밝았다. 소년이 성당 문에 손을 대자 문이 저절로 열렸다. 성당 내부도 바깥처럼 밝았다. 천사로 추정되는 소년이 이렇게 세 번 말했다.

"복되신 동정녀께서 여기에 계십니다."

그때 눈부신 광명에 휩싸인 성모 마리아가 가타리나 수녀 앞에 나타났다. 말로만 듣던 성모의 발현이었다.

성모는 머리에 흰 베일을 쓰고 상아빛 부인복에 푸른 망토를 걸치고 의자에 앉았다. 놀라움과 감동에 겨운 가타리나 수녀는 무릎을 꿇고 합장한 두 손을 성모의 무릎 위에 얹었다.

성모 마리아가 말했다.

"하나님께서는 네가 사명을 맡아주기를 원하신다. 그 일을 하려면 너에게 많은 고통이 따를 것이다. 그러나 두려워 마라. 지금은 악의 시대이다. 프랑스에 곧 무서운 일이 닥쳐온다. 프랑스 왕실은 무너질 것이고 세계는 거대한 재난에 휩싸일 것이다. 십자가에 많은 박해와 고난이 있을 것이다.

그러나 열심히 믿고 행하는 자에게는 누구에게나 은총이 있을 것이다. 나는 항상 너를 지켜볼 것이며 너에게 많은 은총이 있으리라."

가타리나 수녀에게 놀라운 기적을 보인 성모는 순식간에 눈앞에서 사라졌다. 충격과 감동에서 깨어나지 못한 수녀를 곁에 서 있던 소년 천사가 다시 침실로 이끌어 주고 역시 거짓말처럼 사라졌다.

가타리나 수녀는 훗날 이렇게 말했다.

"내 생애 가장 감동적인 순간이었다. 그 일을 말로 표현한다는 것은 불가능하다."

성모의 발현 후 며칠이 지나자 파리는 7월 혁명의 소용돌이에 휩싸였다. 사흘간에 걸친 큰 시가전도 벌어졌다.

많은 인명피해가 발생했고, 수녀원과 성당들은 큰 피해를 입었다. 그러나 가타리나 수녀와 수녀원은 아무런 피해를 입지 않았다고 한다.

혁명 발발 한 달 후인 11월 27일 가타리나 수녀는 다른 수녀들과 함께 수녀원에서 묵상 중에 있었다. 그때 다시 성모가 발현했다.

성모의 주위에 알 수 없는 타원형의 테두리가 나타났다. 성모가 가타리나 수녀에게 명했다.

"이런 형태의 메달을 만들어 목에 걸고 다니면 누구나 큰 은총을 받을 것이다."

M자 위에 십자가가 서 있었다. 아래에는 심장을 상징하는 하트형태도 보였다. 수녀는 그 모양을 눈여겨보았다.

다시 한 달 뒤인 그해 연말 경 성모가 세 번째 발현했다. 성모는 다시 한 번 메달을 만들라고 당부했다.

가타리나는 고해 사제에게 이 사실을 알리고 메달 제작을 허락해 달라고 청했다. 사제는 2년여에 걸친 가타리나 수녀에 대한 면밀한 관찰 끝에 메달제작의 청을 받아들였다.

이렇게 해서 앞면은 성모 마리아의 전신, 뒷면은 십자가와 M자와 심장을 상징하는 하트가 들어간 메달이 세상에 나왔다. 그 후 메달을 목에 건 사람들에게 치유와 기적 같은 일들이 일어났다는 것이 보고되었다. 사람들은 이 메달을 기적의 메달이라고 부르기 시작했다.

나는 이러한 기적 같은 신비체험이 종교의 본질은 아니라고 본다. 그러나 가타리나 수녀처럼 강한 믿음을 가진 이들은 얼마든지, 어떤 종교를 신봉하든지 이와 유사한 형태의 신비체험을 할 수 있다고 생각한다. 다만 배타적 신념과 교조적 근본주의가 문제일 뿐 종교는 아무런 죄가 없다.

진각성존 회당 대조사는 '불교는 인도에서 중국으로 가면 중국불교가 되고, 중국에서 한국으로 오면 한국불교가 되며, 한국에서 일본으로 가면 일본의 불교가 된다.'고 했다.

사실 모든 종교는 믿는 사람에 따라 제각기 다른 형태로 다가간다. 인연이 다르고 근기차별이 있기 때문이다. 따라서 욕먹을 대상은 종교를 잘못 믿는 자들이지 종교 자체는 아니다.

종교의 존재 이유는 우리가 행복하기 위해서이다. 종교는 행복한 삶을 위한 방편과 수단에 불과하다. 나를 이롭게 하고 타인과 사회를 이롭게 하고, 마침내 세상을 행복하게 하는 데 기여하는 것이 종교의 역할이다.

종교는 우산이다.

우산이 필요할 때는 비가 올 때지만 비가 오지 않을 때도 잘 관리해야 한다. 우산을 미리 준비해 놓지 않는 것도 문제고 망가진 우산을 쓰는 것도 아무런 도움이 되지 못한다.

우산은 잘 써야 한다. 비가 내리는 방향에 따라 잘 기울이고 숙여야 한다. 요령없이 써서는 안 된다는 것이다.

또 하나 중요한 사실은 우산을 제 아무리 잘 쓴다고 해도 비를 완전히 피할 수는 없다는 사실을 인정해야 한다는 점이다. 맞아야 할 비는 맞아야 한다. 우산을 썼는데도 왜 비를 맞게 되냐고 투덜거린다면 우산의 잘못이 아니라 자신이 잘못 돼 있다는 사실을 빨리 깨달아야 한다. 대개 우산은 죄가 없다.

비가 오는데도 좋은 우산이라며 품에 소중히 안고 가는 사람이 있다면 그는 천하의 어리석은 사람일 것이다. 자신의 우산으로 타인을 해치려 하는 사람도 마찬가지다.

우산은 비를 덜 맞기 위해 사용하는 수단에 불과하다. 종교는 좀 더 행복해지기 위한 수단일 뿐이다. 종교로 인해 고통 받고 불화하고, 종교로 인해 분쟁과 전쟁을 일삼는다면 품 속에 우산을 끌어안고 있다가 남을 공격하는 천하의 어리석은 자와 다를 바 없다.

종교와 종교 간, 종파와 종파 간의 갈등도 어제 오늘의 문제가 아니다. 가르침을 편 선각자들은 자비와 사랑, 포용과 조화를 그토록 강조했건만 그 종교를 믿는 수십 억 인류가 서로 반목하고 갈등하는 한심한 현실은 얼치기 종교인들 탓이다. 그것은 결국 종교 지도자들의 책임이고 지금 함께 길을 걷는 P신부님이나 나도 예외가 아닐 것이다.

반정부 인물로 낙인 찍혀 가족 암살 협박까지 당해야 했던 히들린 디아즈에게 신앙과 기적의 메달은 큰 우산이었을 것이다. 작은 그녀 앞에 닥쳐온 고난과 역경 앞에서 끝까지 무너지지 않고 앞으로 한 발을 내딛게 해준 힘의 원천이었을 것이다.

50만 년 후의 내가 교신할 때

히들린 디아즈의 사진이 붙어 있는 건물을 지나 조금 더 가자 저 앞쪽

작은 건물에서 한 무리의 학생들이 쏟아져 나온다. 신부님과 나는 잰걸음

으로 학생들 사이를 뚫고 그 쪽으로 간다. 작고 오래 된 성당이다. 손때 묻

은 문갑같다. 입구에는 산악자전거로 까미노를 달리는 바이크 족들이 수녀님과 기념촬영 중이다.

신부님을 따라 성당 안으로 들어간다. 소박하고 아늑한 성당내부가 지친 나그네를 편안하게 감싸준다. 나이가 지긋하고 체구가 작은 수녀님이 인사를 건네면서 순례자 여권인 크레덴시알에 세요를 찍어준다.

수녀님이 신부님과 나의 목에 차례로 기적의 메달을 걸어주며 산티아고까지 무탈하게 잘 가라고 따뜻한 덕담을 건넨다. 한국인에 대한 각별한 애정표현과 함께 한국어 안내책자도 준다.

이 날 수녀님이 걸어준 기적의 메달은 이튿날까지만 내 목에 걸려 있었다. 외가닥 실로 된 메달의 줄이 어디선가 끊어진 모양이었다. 물론 그때까지 특별한 기적은 일어나지 않았다. 지금쯤 기적이 필요한 누군가의 목에 걸려 있기를. 당신의 기적 뒤에는 나의 부주의와 축원이 있었음을 기억해 주기를.

2시간쯤 가자 오르니요스 델 까미노가 나타났다. 당초 나는 오늘 이곳 오르니요스까지 21킬로미터를 걷기로 했었다. 물집을 감안한 비교적 짧은 노정이었다. 그런데 함께 걸으니 걸음이 가벼워져서 신부님 제안대로 산볼까지 26킬로미터를 가기로 한 것이다. 이 작은 마을에 있는 유일한 알베르게에서 보는 밤하늘의 별이 특별히 아름답다는 얘기에 귀가 솔깃한 탓도 있었다. 이때까지만 해도 이게 전부인 줄 알았다.

어느새 정수리를 타고 넘어온 태양이 앞에서 전신을 비추기 시작한다. 퍼질러 앉아 쉴 만한 그늘 하나 없다. 끝없는 밀밭을 벗어나기 위해 악착같이 걷는다. 악착같이 걷지 않겠다던 내 까미노 3대 원칙 중 두 번째 원칙이 진즉에 무색해졌다 싶어 혼자 머쓱해진다. 한국인들과 동행하지 않는다는 첫 번째 원칙은 타인에게 의지하지 않으면서 홀로 걷는 즐거움을 누리고 싶어 세웠었다.

두 번째 원칙은 까미노를 즐기려면 최선을 다해 걷기보다는 여유롭게 걸어야 한다고 생각했기 때문이었다. 악착같이 걷는다는 것은 또 하나의 싸움일 뿐 즐거움과는 거리가 멀다.

인생도 헝그리 정신으로 악착같이 사는 것이 미덕이던 시절도 있었지만 그것이 꼭 최고의 선은 아니다. 거문고 줄을 너무 풀어도, 너무 조여도 소리가 잘 나지 않듯이 까미노도, 인생도 중도를 취하고 싶었다.

머리가 아닌 마음을 따른다는 세 번째 원칙은 여행의 참맛을 느끼려면 자연스러워야 하고, 자연스럽기 위해서는 가슴이나, 마음이 시키는 대로 해야 한다고 믿었기 때문이다. 이건 뭐 평소에도 너무 잘 지켜서 탈이긴 하지만.

그러나 나는 처음부터 한국인들과 동행하고 있었고, 어느새 악착같이 기를 쓰고 최선을 다해 경쟁하듯 걷고 있었다. 타인에게 의지하지 않고 살고, 악착같이 경쟁적으로 살지 않으려고 해도 살다보면 본의 아니게 누군가에게 의지하게 되고, 팍팍하고 악착스럽게 살게 되듯이 까미노도 그랬다. 누구도 비난할 내용은 아니건만 간단한 원칙조차 지키기 어려운 상황, 혹은 내 의지 부족이 조금은 실망스럽게 느껴지는 순간이었다.

물집과 햇빛이라는 이중고를 안고 걷는 길이라 자꾸 걸음이 처진다. 신부님은 여전히 리드미컬한 걸음으로 앞서가고 나는 바람만바람만 뒤처져 걸었다. 혼자였다면 이 날 역시 말도 못 하게 힘들었을 것이다.

모퉁이 돌아 사라진 신부님을 따라잡으려 기를 쓰며 걷는다. 저 멀리 2,

3백 미터 쯤 앞에서 직진하지 않고 왼쪽으로 꺾어 들어간 신부님이 두 팔을 크게 휘젓는다. 이제 다 왔다는 신호다. 들판 한 가운데 있는 마을과 마을 초입의 분위기가 마음에 쏙 든다.

마을이라 할 것도 없었다. 초입의 건물 두어 동은 이미 지붕도 없이 벽면만 간신히 서 있는 폐가였고, 100여 미터 더 들어간 곳에 있는 알베르게만이 홀로 이곳이 산볼 마을임을 알려주고 있었다.

알베르게 뒤쪽으로는 산들이 낮게 엎드려 있고 오른쪽으로는 야트막한 구릉이 누워 있다. 길 왼쪽에 나지막이 들어선 알베르게 건물이 고적하다. 사실 건물 자체는 좀 이상하다. 건물 왼쪽 부분은 컨테이너 박스를 두 개 포개 놓은 것 같고, 오른쪽 부분은 컨테이너 박스 위에 벽돌로 만든 작은 돔을 올려놓았다. 생뚱맞다고 해야 할까, 기괴하다고 해야 할까. 얼핏 보면 농막이나 창고 정도로 보이는 너절하고 추레한 건물이다. 지금 생각해 보면 돔 형태의 구조물은 천문대를 본떠 지은 것이 아닌가 싶다. 그것만 봐도 산볼 밤하늘의 별들이 얼마나 아름다울지 짐작이 간다.

오직 바람에 나부끼는 스페인 국기 로히구알다와 핀란드 국기같은 청십자기가 살아 있는 건물임을 말해줄 뿐이다.

그런데도 어쩐지 주변은 마음에 쏙 든다. 오는 동안엔 이런 구릉조차 없었던 탓일까. 마음이 한결 포근해지면서 정감이 느껴진다. 조금 무리해서 26킬로미터를 거의 8시간 동안 걸었다. 이쯤에서 알베르게가 나타나줘서 천만다행이었다. 단 1킬로미터만 더 멀리 있었어도 보통 문제가 아니었을 텐데 때맞춰 나타나 주니 고맙다고 등이라도 두드려 주고 싶어진다. 게다가 이렇게 고적하면서도 정감 있는 모습으로 길손을 반겨 주니 더할 나위없다.

밤이 되면 별빛은 또 얼마나 고울까. 먼 이국땅에서 밤하늘의 별을 올려다보는 그 기분은 어떨까. 50만 년 전 내가 수천 번 전의 전생에 살았을 어느 행성에서 날아온 광선을 바라보며 전생의 나와 교신하는 그 황홀함은 얼마나 오랫동안 가슴속에서 반짝일까.

뜨거운 오후 햇살에 지칠 대로 지친 탓에 입구를 보자 마무 데나 드러누워 버리고 싶어진다. 그래도 내 침대에 드러누워야지, 남은 힘을 쥐어짜며 입구를 들어선다,

분위기가 조금 이상하다. 너무 적막하다. 여느 알베르게 같은 분위기나 느낌이 전혀 아니다. 흡사 폐쇄된 알베르게 같다. 먼저 들어간 신부님이 아직 뒤돌아 나오지 않는 것으로 보아 그건 아니겠지 하면서도 알 수 없는 불안감에 휩싸인다. 입구를 들어서자 야외 테이블에 앉아 다른 순례자들과 대화 중인 신부님이 보인다.

나를 본 신부님이 허탈한 표정으로 '예약자만 받는대요. 빈 침대도 없고….' 한다. 사지에서 힘이 다 빠져나가 버린다. 배낭을 내던지고 털퍼덕 야외 테이블 의자에 주저앉았다.

대부분의 무니시팔은 예약 없이 선착순인데 이곳은 규모도 작고 순례자가 몰려 예약제로 운영하는 모양이었다. 이러니 순례길마저 경쟁으로 물들 수밖에 없다.

50만 년 전의 나와 교신해 볼 기회가 순식간에 날아가 버리는 순간이었다.

아쉽지만 지금부터 50만 년 후 어느 별에서 오늘 밤에 출발한 지구의 빛을 볼 때는 제대로 볼 수 있기를 기원해 본다. 그때 나는 어떤 모습, 어떤

마음으로 오늘 출발한 이 지구의 별빛을 올려다보게 될까. 그래, 어떤 모습, 어떤 마음이든 50만 년 후의 나를 응원한다. 무너지지만 말아라. 밤하늘의 별빛을 올려다 볼 마음 하나 있다면 그만해도 됐다. 그러니 그곳이 어디이건 부디 무너지지만 말아라. 기어이 삶은 이어질 것이고 기필코 내일은 올 것이다.

밤하늘 별빛이 유독 아름답다는 산볼 마을에서 50만 년 전의 나와 교신할 기회를 놓친 것은 숙소예약을 하지 않은 탓이다. 그렇다면 오늘 아예 50만 년 후의 나를 예약해 버리자. 지금보다 더 도량 크고 더 너그러운 사람, 인간을 사랑하지만 경멸하거나 그리워하지 않아도 되는 그런 사람으로.

50만 년 후 나는 지금보다 50배는 더 나은 사람으로 오늘 이 지구에서 출발한 별빛을 바라볼 것이다. 50만 년 전의 나는 저 별에서 어떤 마음으로 살았을까를 생각하면서. 그때 바로 옆에서 흔들리는 풀잎 하나 있거든 50만 년 전의 나도 저렇게 푸른 잎 하나 피워보려 흔들리며 흔들리며 그렇게 살았겠거니 생각해 주기를.

야외 테이블 의자에 앉아 우선 신발부터 벗었다. 벗는 김에 양말까지 벗었다. 화끈거리던 두 발이 오늘 하루 일과가 다 끝난 줄 알고 제 먼저 좋아한다.

잠시 발을 식힌 후 주방으로 가 시원한 물을 받아 숨도 쉬지 않고 마셨다. 순례자들은 대부분 알베르게의 화장실 세면기에서 물을 받아 출발한다. 까미노 어느 알베르게에서도 정수기를 본 적이 없다. 생수를 사 먹지 않으면 그냥 수돗물이다. 처음엔 썩 내키지 않았지만 금세 적응됐다. 안전한가 하는 따위의 의문은 사치다. 그저 탈이 나지 않는 것에 감사할 뿐이다.

고난과 맞서라, 고통을 마주보라

예약을 통해 투숙한 한국인 연인 한 쌍과 잠시 얘기를 나눈 우리는 다시 길을 나섰다.

산볼 마을 이정표가 있는 초입으로 되돌아나가는데 저 멀리에서 이쪽으로 걸어오는 한 순례자가 보인다. 고개를 숙인채 좁은 보폭으로 느리게 걷는 걸음이 한눈에도 크게 지쳐 보인다. 인생의 모든 짐을 다 짊어진 듯하다. 또 한 사람의 순례자가 낙담하며 뒤돌아서게 되는구나.

와인색 모자를 눌러쓴 지친 순례자와 거리가 점점 좁혀진다. 여성이다. 더 가까이 다가가서 보니 맙소사, 제네비이브다. 프랑스 바욘에서 새벽에 40분 이상 나를 도와주었던 벨기에에서 온 순례자. 팜플로나 우체국에서 극적으로 만나 헤어졌다가 잊을 만하면 다시 만나게 되던 특별한 인연의 그녀 제네비이브. 그녀와 세 번째 만났을 때 '지금까지는 언제나 당신이 먼저 나를 알아봤으니 다음에 만날 때는 내가 먼저 당신을 알아보겠다.'고 한 약속을 무려 일곱 번의 만남 끝에 지키게 됐다. 그동안 세 번을 더 만났을 때는 서로 동시에 보거나 여전히 그녀가 먼저 나를 알아보았었다.

"아, 제네비이브!"

내가 비명을 지르듯 이름을 부르자 그녀도 깜짝 놀라며 눈을 동그랗게 뜬다. 반가움을 표시할 틈도 없이 왜 다시 나오냐고 묻는다. 표정에는 이미 불길함이 깃들어 있다. 상황을 설명하자 순식간에 실의에 빠진다. 전에 없이 지친 모습을 보니 베드가 없는 것이 내 잘못이라도 되는 양 미안한 마음까지 든다.

간단하게 그녀를 위로해 주고 5킬로미터 앞에 있는 온타나스까지 셋이 동행을 시작했다.

모르긴 해도 제네비이브도 산볼 마을의 밤하늘이 특별히 아름답다는 사실을 알고 무리해서 산볼까지 일정을 잡았을 것이다. 우리처럼 예약제라는 사실은 모른 채.

인생도 때때로 우리의 기대와 계획을 매몰차게 저버리는 경우가 얼마나 많은가. 그럴 때마다 우리는 좌절하고 실망하지만 인생이란 꼭 그래야 한다는 법도 없고, 꼭 그러지 말아야 한다는 법도 없다. 어쩌면 인간의 불행은 반드시 이렇게 돼야 한다는 생각이 만들어내는 것인지도 모른다. 거기에 들어맞으면 좋아 하고, 그 틀에 맞지 않으면 싫어하는 치우친 생각이 모든 불행의 근원인지도 모른다. 일찍이 공자도 『논어』에서 '무가무불가(無可無不可)'라 하지 않았던가.

세상만사 모두 그럴 수도 있는 법이라고 여기고 살면 괴로울 일도, 서러울 일도 없다. 세상 많은 사람들이 겪는 비극과 불행을 나도 겪지 말라는 법은 없다. '하필이면 왜 내가….'라는 말은 자신의 불행을 극대화하는 병살타다.

셋은 말이 없다. 그저 온몸을 뜨거운 태양에 고스란히 내어주고 기계적으로 걷는다. 처음부터 제네비이브가 뒤로 처진다. 발끝만 내려다보며 힘없이 걷는다. 금방이라도 지푸라기처럼 쓰러질 것 같다.

신부님은 조금씩 앞서가기 시작한다. 나는 제네비이브를 의식해 속도를 조금씩 늦춘다. 그래도 그녀가 점점 더 멀어진다.

잠시 갈등이 인다. 힘들어 하는 사람을 남겨 두고 먼저 가는 게 옳은 일일까, 하는 생각과 어설픈 동정은 오히려 아니 갖는 것만 못 하다는 생각이 교차한다.

나도 모르게 어느새 속도는 신부님과 맞추고 간간이 뒤를 돌아보며 제네비이브의 상태를 확인해 가며 걷는다. 잠시 돌아서서 폴대를 든 손을 흔들어 줘도 힘없이 고개를 떨군 채 걷는 제네비이브는 아무런 반응이 없다.

같은 길을 걸어도 길은 이렇게 철저하게 개별적이다. 같은 길을 걷는 동행도 결국은 각자가 다른 길을 간다. 함께 사는 사람들도 실은 제각기 다른 삶을 사는 것처럼.

까미노도, 인생도 외로운 것은 인간은 결국 혼자이기 때문이다. 고독이 두려우면 여행하지 말라는 여행 작가 폴 서루의 일갈은 인생에 대한 통찰이기도 하다.

알고 봤더니 이날 우리는 악명 높은 메세타(고원) 구간에 접어들어 있었다. 해발 800~900미터의 고원지대를 지나는 부르고스에서 레온까지의 178킬로미터 구간은 많은 순례자들이 이른바 점프를 하는 구간이다. 끝없이 고독한 황무지 길로 알려진 이 구간에는 알베르게나 바는 물론 마땅히 쉴만한 그늘도 찾기 어려워 많은 순례자들이 부담스러워 한다. 나는 신문사와 약속한 까미노 원고마감 날짜를 맞추기 위해 메세타 구간을 점프할 것인가, 아니면 하루 걷는 거리를 늘일 것인가를 놓고 저울질하며 걷는 중이었다. 풀코스로 걷자니 원고마감이 부담스럽고, 점프를 하자니 두고두고 개운찮을 것 같아 결정을 차일피일 미루고 있던 참이었다.

당시 나는 메세타 구간이 까미노 후반부에 있는 것으로 오인하고 있었던 것이다. 이 구간이 메세타 구간이라는 것을 안 것은 메세타에 진입하고도 한참 지난 후였으니 지금 생각하면 행인지 불행인지, 웃어야 할지 울어야 할지 모를 일이다.

까미노 800킬로미터를 인생 80년으로 대입하면 20대 후반에서 40대 중반 정도 되는 시기에 고통의 터널 속으로 들어선 셈이다.

고통은 피하려고 하는 사람에게 가장 고통스럽게 군다. 고통은 피하는 것이 아니라 맞서는 것이다. 굳이 고통을 극복하려고 할 필요도 없다. 그저 두려움 없이 맞서기만 하면 된다. 고통극복이란 그것을 때려눕히는 것이 아니라 어떤 상황에서도 피하지 않고 끝까지 무너지지 않는 것이다.

이 고통의 시간이 지나면 좋은 시절이 올 것이라는 식의 자기 위안도 일시적인 마취효과는 줄지언정 삶을 온전히 자기 주도적으로 사는 방법은 되지 못한다. 훗날 그 고통의 시간들이 모두 내 인생이었음을 뒤늦게 알게 되는 부조리를 피하지 못하기 때문이다.

이미 지나갔거나 아직 오지 않은 벨 에포크(아름다운 시절)는 아무 소용없다. 바로 지금 이 순간 여기서 충분한 의미 실현이 이루어져야 한다. 삶의 총력을 과거나 미래가 아닌 현재에 쏟아 붓는 삶을 사는 것이 중요하다.

시지프스처럼 고통을 온몸으로 마주하는 것, 니체가 말한 것처럼 스스로 위험 속으로 들어가는 것, 그것이 자기 주도적 삶, 실존적 삶을 사는 길이다. 니체는 '풍파 없는 항해란 얼마나 단조로운가. 고난은 나의 심장을 뛰게 한다. 위험하게 살아라. 베수비오 화산의 비탈에 그대의 도시를 세우라.'고 했다.

실존적 삶의 3대 조건은 메멘토 모리, 까르페 디엠, 아모르 파티가 아닐까. 인간은 죽음을 기억(메멘토 모리)할 때 비로소 순간순간에 충실(까르페 디엠)할 수 있고, 그런 사람이라야 자신의 운명을 사랑(아모르 파티)할 수 있다. 인간의 유한성과 개별성을 인식하지 못하면 현재에 충실한 태도를 취하기 어렵다. 현재에 충실하지 못한 사람은 결코 자신의 운명을 사랑하지 못한다. 환경을 탓하고 운명을 한탄한다.

이러한 부조리를 피할 수 있는 유일한 길은 고통조차도 온전한 내 몫으로 끌어안는 것이다. '강하다는 것은 이를 악물고 견뎌낸다는 것이 아니라 어떤 상황에서도 행복할 수 있다는 것'이라고 한 산악인 고(故) 고미영은 그러므로 아모르 파티의 경지에 오른 실존적 인물이라 할 만하다.

오직 인간만이 스스로를 고통과 위험 속으로 몰아넣는 동물이다. 고통과 위험은 인간을 인간일 수 있게 만들고, 인간을 고양시키고 성장시킨다. 스스로 무너지지만 않는다면 고난과 고통은 우리를 결코 패배시킬 수 없다.

178킬로미터의 황량한 메세타 구간은 분명 힘든 구간이긴 하다. 그러나 또한 어떤 구간보다 아름다운 길이기도 하다. 어쩌면 인생길도 힘든 그 시간들이 인생의 벨 에포크일지도 모른다.

SANTIAGO

2부

인간을 사랑하고,
경멸하고,
그리워한 인간

아디오스, 제네비이브

3킬로미터쯤 가자 저 멀리 오른쪽으로 집 한 채가 보인다. 거리가 멀어 농가인지 알베르게인지 구분이 가지 않는다. 제발 알베르게이기를 기대하며 한 발 한 발 기도하듯 다가간다. 이 상태에서 제네비이브가 2킬로미터를 더 간다는 것은 내가 20킬로미터를 더 가는 것과 같다. 저렇게 기진맥진한 사람에게도 길은 적당히 봐주는 법이 없다. 노자의 말처럼 하늘과 땅은 불인(不仁)하다. 하늘은 아무도 특별히 사랑하지 않는다. 그저 전지적 관찰자 시점을 유지할 뿐이다.

가물가물 스페인 국기 로히구알다가 펄럭이고 있다. 알베르게라는 얘기다. 나중 알고 봤더니 산볼 마을처럼 딱 건물 한 채가 있는 카스테야노스 마을이었다. 온타나스 전에 이런 마을이 있다는 걸 미처 알지 못했던 터라 거의 횡재하는 기분이었다.

안도의 한숨을 몰아쉬며 초입에서 잠시 배낭을 내려놓고 물을 마신다. 물병의 물도 그새 더위에 지쳐 한껏 늘어졌다. 그제야 산볼 초입에서 만났을 때 제네비이브에게 시원한 물 한 모금 건네주지 못 한 것이 떠오른다. 내게는 산볼 알베르게에서 금방 받은 시원한 물이 물병 가득 있었건만.

제네비이브는 아직 보이지 않는다. 얼마나 뒤처진 것일까. 나는 길에서 100여 미터 들어간 곳에 있는 알베르게로 갔다. 베드가 있는지부터 알아보아야 했다. 그녀의 수고를 조금은 덜어 주고 싶었다.

잔뜩 긴장한 채 문을 열고 들어간다. 제발 빈 침대가 있어야 할 텐데 직전 알베르게가 만원이라면 이곳도 알 수 없다.

내부가 깔끔하고 아담하다. 입구에서 '올라!' 하자 리셉션 여직원이 바에서 일을 하다가 밝은 미소를 지으며 '올라!' 하고 받는다. 예감이 좋다. 침대가 있냐고 물으니 다행히 한 개가 남았단다. 내가 예약을 하겠다. 잠시 후 제네비이브라는 순례자가 오면 그녀에게 침대를 내어달라고 하자 흔쾌히 그러겠단다.

조금은 못 미더워서 그녀가 몹시 지쳐 있다. 다른 사람에게 주지 말고 꼭 그녀에게 줘야 한다. 그녀를 잘 부탁한다고 신신당부하자 '오케이, 걱정 마라.'며 활짝 웃는다.

여직원의 환한 미소에 비로소 마음이 놓인다.

알베르게로 들어오는 어귀에 제네비이브가 도착해서 신부님과 대화 중인 모습이 보인다. 생각보다 빨리 왔다. 내가 두 팔을 높이 들어올려 동그라미를 그리며 침대가 있다는 신호를 보냈다.

"제네비이브, 베드 오케이, 체크인 오케이."

내가 두 사람에게 다가가며 기괴한 콩글리시로 소리치자 제네비이브가 찰떡같이 알아듣고는 고마움과 안도감이 범벅이 된 얼굴로 이쪽으로 걸어온다.

"오, 제이슨. 정말 고마워요."

"유어 웰컴."

나는 서양 사람처럼 어깨를 으쓱하며 유창한 영어로 대답해 주었다.

"제네비이브. 오늘은 아무것도 하지 말고 푹 쉬어요."

위태롭게 걷는 그녀의 등 뒤에다 한 마디를 더 건네자 뒤돌아보며 연신 고맙다 한다.

제네비이브가 알베르게로 들어서다 뒤돌아서서 손을 흔든다. 힘든데 그 냥 들어가서 냅다 드러누워 버리지 않고. 신부님과 나도 손을 흔들어주었 다.

혹시 뭐가 잘못돼 그녀가 되돌아 나올세라 잠시 멀리서 지켜보다가 다 시 배낭을 짊어졌다. 배낭을 둘러메며 신부님이 내게 '베드가 있는지 알아 보러 갔다고 하니 제네비이브가 정말 고마워하더라.' 한다. 나는 괜히 객 쩍어져서 프랑스 바욘에서 내가 받은 것에 비하면 아무것도 아니라고 했 지만 어쩐지 마음이 훈훈해진다.

몇 발짝이나 옮겼을까. 신부님이 제네비이브가 손을 흔들고 있다고 전 해 준다. 돌아보니 알베르게 마당으로 나온 제네비이브가 크게 팔을 휘젓 고 있다. 나도 덩달아 팔을 휘두르며 답례했다.

우리가 길을 돌아 갈 때까지 그녀는 알베르게 마당에서 오래오래 손을 흔들었다. 안녕, 제네비이브. 다시 만날 그날까지 언제나 꾸이다떼!(몸 성 히!)

우리는 온타나스 초입의 첫 건물이자 첫 번째 알베르게로 두말없이 빨 려 들어갔다. 깔끔한 새 목재로 만든 큼직한 이층침대가 띄엄띄엄 놓여 있 다. 마침 스트라스부르의 집에서부터 걸어온 프랑스 순례자도 투숙해 있 다. 그는 까미노 첫 알베르게인 피레네산맥 중턱의 오리손 산장에서 신부 님과 함께 1박 하면서 통성명했다는 신부님의 오랜 길벗이다. 그와는 이후 에도 자주 마주쳤다.

알베르게에서 뷔페식 저녁식사를 제공했다. 샐러드와 빠에야다. 빠에야는 해산물과 육미, 채소 등을 넣어 볶은 다음 쌀을 넣어 익힌 스페인 전통 음식 중의 하나다. 이 집에서는 닭고기를 넣었다. 살점도 후하다. 노랗게 물든 밥알들이 마냥 매혹적이다.

모처럼 쌀이 주재료인 빠에야를 보자 피로가 싹 사라지는 기분이다.

까미노 매직을 아시나요?

다음 날 온타나스에서 프로미스타까지 34킬로미터의 여정이 시작됐다. 간밤 모처럼 쾌적한 환경에서 한 번도 깨지 않고 잘 잔 덕분에 컨디션은 좋다. 물집도 어느 정도 진정국면이다. 절뚝거리면서 걷지 않는 것만 해도 감지덕지다. 이른 아침이라 그런지 순례자들도 잘 보이지 않는다. 잠시 낮은 산등성이를 넘어가는 좁은 오솔길을 지나자 아스팔트길이 펼쳐진다. 비포장 흙길이 아니라 아쉽다. 그래도 고요한 이른 아침에 늦잠 자는 사물들을 깨우면서 신부님과 함께 걷는 길은 싱그럽다.

싱싱한 아침 햇살을 받으며 걷는 길이 기대 이상으로 운치 있고 정감도 넘친다. 끝없는 밀밭만 펼쳐진 지나온 길들과는 비교도 되지 않는다.

적막하기까지 한 아침의 아스팔트 위를 혼자 앞서 가고 있는 한 여성 순례자가 보인다. 배낭도 없이 한 발 한 발 느리게 걷는 모습이 참 한가롭다. 거리가 좁혀질수록 한국인 같다.

그렇게 가톨릭 신자인 이정화 씨와 첫 만남이 이루어졌다. 배낭은 동키 서비스로 보냈단다. 현지인들은 모칠라라고 하는 동키는 택시 등 차량으로 원하는 목적지에 배낭을 먼저 보내는 서비스다. 대개 알베르게를 통해서 이용한다. 이용요금은 15킬로그램 이하 가방 한 개당 7, 8유로다. 나는 동키가 미덥지도 않은 데다 마음의 여유가 없어서 낙타처럼 미련하게 등짐을 지고 가는데 정화 씨는 노련한 순례자인 듯 했다.

역시나 정화 씨는 이번이 세 번째 순례길이라고 한다. '세 번이나?' 내가 놀라며 묻자 당연하다는 표정으로 '까미노를 한 번도 오지 않은 사람은 있어도 한 번만 오는 사람은 없다는 말이 있어요.' 한다. 내게는 놀라운 말이었다. 아무리 아름다운 길이라지만 세상은 넓고 갈 곳은 많은데 같은 길을 다시 온다니.

그녀는 웬만한 세계 각지를 다 여행해 봤지만 까미노만큼 특별한 곳은 없다며 이렇게 덧붙였다.

"내가 어떤 까미노 천사로부터 도움을 받게 되면 나도 다른 사람에게 천사가 돼요. 이런 까미노 매직을 경험하게 되면 언제나 다시 찾고 싶어지죠."

근래 내가 들은 말 중 가장 놀랍고 아름다운 말이었다. 듣는 순간 까미노의 본질을 꿰뚫은 말임을 직감할 수 있었다. 그녀의 이 말이 『화엄경』에 나오는 중중무진(重重無盡) 인드라의 그물과 같은 만다라 세상을 가장 신박하게 표현한 말 아닐까 싶다.

까미노를 몇 발짝이라도 걸어 본 사람이라면, 인간을 사랑하고 인간을 경멸했으며 인간을 그리워하는 인간이라면 누구나 공감이 가는 촌철살인이었다. 이것은 역설적으로 우리가 얼마나 인간애에 목말라 있는 외로운 존재인가를 반증하는 말이기도 했다.

생각해 보면 까미노에서 만나는 천사들이 다른 사람은 아닐 것이다. 그들은 일상에서 수시로 만나던 바로 그 사람일 가능성이 높다. 서로가 서로에게 상처를 입히고 입는 바로 그 '잉간' 말이다. 세상에 나쁜 사람은 없다. 때론 악하고 때론 선한 인간만 있을 뿐이다. 아주 가끔은 인간의 탈을 쓴 악마도 섞여 있고, 인간의 모습으로 온 보살도 있지만 여기서는 일단 논외로 두고.

불교에서는 지옥계, 아귀계, 축생계, 수라계, 인간계, 천상계, 성문계, 연각계, 보살계, 불 세계 등 10법계(十法界)가 있다고 전한다. 최상위 세계인 불 세계는 100% 선만으로 이루어진 곳이고 나머지 아홉 세계는 선악이 혼재하는 곳이다.

불 세계 바로 아래인 보살계부터 지옥계까지 내려갈수록 선은 10%씩 감소하고 악은 10%씩 증가한다. 일테면 보살계는 90%의 선과 10%의 악으로, 맨 아래 지옥계는 10%의 선과 90%의 악으로 이루어져 있다. 이렇게 보면 중간에 있는 인간계는 선과 악이 반반씩이다.

악의 비중이 높은 인간세계 아래 세계의 중생들은 굳이 악을 감추려 하지 않는다. 악이 선을 압도할 수 있기 때문이다. 악의 비중이 낮은 인간계 위의 세계도 굳이 악을 감출 필요가 없다. 능히 선이 악을 지배하거나 압도할 수 있기 때문이다.

문제는 인간세계다. 선과 악이 반반인 인간세계는 악을 철저히 감추는 게 유리하다. 평소에는 50%의 선으로 50%의 악을 은폐하고 위장했다가 결정적인 순간에 숨겨둔 악을 비수처럼 꺼내 드는 게 유리하다. 적어도 이론적으로는 그렇다.

그래서 일상에서 사람들은 악은 감추고 위장된 선을 앞세운다. 위장된 선, 이것을 우리는 위선이라고 한다. '그 잉간이 그럴 줄 몰랐다.' '브루투스 너마저….' 이런 흔한 한탄은 얼마나 인간세계가 위선적인지, 위선이 어떤 파괴력을 가지고 있는지를 잘 대변해 준다. 자신 역시 '그 잉간'이고

'브루투스'면서도 그 순간의 자신은 선 100퍼센트의 부처다.

이렇게 표리가 부동한 사람들이 많다는 것은 그것이 생존에 유리하다는 것을 경험으로 알고 있기 때문이다. 특별한 뭔가를 쥐고 있지 않다면 일단 이런 위장술이 매력적이긴 하다. 겉 다르고 속 다른 사람들이 많을 수밖에 없는 이유다.

하지만 이건 결국 자기 발에 자기가 걸려 넘어지는 결과로 이어진다. 내가 표리부동한 위장술로 이득을 보면 다른 사람들도 그 대열에 가담하게 되고 나도 누군가로부터 피해를 입게 된다. 결국 인간세계는 위선과 거짓으로 점철된 비루한 곳이 되고 만다.

인간세계 중생은 누구나 어느 정도는 표리부동을 피할 수 없다. 선과 악이 반반이다 보니 나타나는 불가피한 현상이다. 그러므로 이런 인간세계라면 인간적이라는 말은 차라리 '표리부동 하면서 적당한 거짓과 위선으로 사람을 속이는 스킬이 있는 것'이라는 의미로 사용되어야 마땅하다. 반대로 비인간적이라는 말은 '겉과 속이 같으면서 거짓과 위선 없이 정직하고 순수해서 인간세계와 어울리지 않는 허황된 것'으로 정의되어야 한다.

불교에서 말하는 수행이란 부처되기 위한 수련이 아니다. 서로 멀어질 대로 멀어진 겉과 속의 거리를 좁혀 가는 행위가 수행이다. 흔히 마음을 닦는다고 하는 것도 마찬가지다. 막연히 마음을 깨끗하게 하자는 의미로만 이해하면 공염불에만 머물고 만다. 겉과 속이 같으면 적어도 나의 위선에 타자가 다칠 일은 없다.

인간세계의 선악비율이 반반이라면 악을 선으로 둘러싸는 위장술을 사용할 게 아니라 있는 그대로 선과 악을 노출해 버리면 될 일이다. 악으로 보이는 것에는 악이 들어 있고, 선으로 보이는 것에는 선이 들어 있다면 그것은 최소한 정직한 것이다. 피차가 서로의 선악을 알아보고 대처하면 그만이니까 속고 속일 일도 없다.

우리가 꿈꾸는 사람 사는 세상이란 겉과 속이 비슷한 사람들이 많아지는 세상일 것이다. 수행한다는 사람들이 그 가능성들을 먼저 좀 보여 주었으면 좋겠다. 신도들에게 마음 닦으라고 하기 전에 먼저 수행자 자신들의 가식과 위선과 표리부동을 해결해 보여 준다면 그들의 법문과 설교를 나도 믿을 수 있을 것 같다.

그래도 누가 알겠는가? 그런 사람들도 까미노에 서면 까미노 매직의 주인공이 될지. 이렇게 나처럼 말이다.

세상은 좋은 사람과 나쁜 사람이 반반씩 있는 곳이 아니다. 가끔씩 좋은 사람이 되기도 했다가 나쁜 사람이 되기도 하는 인간들로 이루어진 곳이다.

까미노의 천사가 궁금한가? 당신이 누구이건, 설령 직장 동료를 모함하고, 친구에게 빌린 돈을 떼어 먹은 적이 있다 해도 거울을 보면 금방 알게 된다.

천사, 인간, 잉간

    놀랍게도 세상의 모든 분쟁과 갈등을 보면 거개가 좋은 사람과 좋은 사람 간의 싸움이다.

    오늘도 지지고 볶는 저 부부, 부모의 유산을 놓고 소송전을 펼치는 저

형제들, 퇴근길에 멱살잡이를 하는 저 직장 동료들, 도로 중앙에 차를 세워 놓고 마구 삿대를 휘두르고 육두문자를 내뱉는 저 운전자들의 분쟁은 좋은 사람과 나쁜 사람들 간의 분쟁이 아니다.

대부분은 좋은 사람 간의 분쟁이거나 혹은 나쁜 사람들 간의 분쟁이다. 우리의 불행은 거기에 있다. 차라리 둘 중 하나가 명확하게 나쁜 사람이라면 우리의 삶이 얼마나 심플하고 명쾌할까. 나쁜 놈만 욕해 버리면 되니까. 그런데 인간세계 대부분의 분쟁은 명확하게 나쁜 사람들과 명확하게 좋은 사람들 간의 분쟁이 아니라 불명확하게 좋은 사람과 애매하게 좋은 사람들 간의 싸움이라는 게 함정이다.

대부분의 분쟁이 좋은 사람과 나쁜 사람의 분쟁이 아니라면 이 싸움들은 무엇인가? 선과 악의 구도도 아니고, 그저 왼손과 오른손이 싸우거나 엄지와 검지가 싸우는 것에 지나지 않는 것 아닌가. 우리는 너나없이 저런 부부이며, 저런 형제이며, 저런 동료이며, 저런 운전자면서 '내가 저런 잉간 때문에 못 산다.'며 혀를 찬다. 누구도 다른 사람에게는 자신이 '저런 잉간'이기도 하다는 사실은 알지도 못 하고, 인정하지도 않는다. 군대에서 괴롭힘 당한 졸병만 있고, 첫사랑에 버림받은 사람만 있는 기괴한 현상은 바로 이런 이유 때문이다. 피해자가 동시에 가해자이기도 하다는 생각을 하지 못 하는 것은 인간이 얼마나 편향적인가를 극명하게 보여준다.

층간소음 문제의 해법은 위층을 향한 항의가 아니라 아래층을 향한 미안함으로 방향을 바꾸는 데서 찾아야 한다. 위층 소음에 의한 피해자가 아닌 아래층 소음의 가해자 입장에서 접근해야 비로소 해법이 보인다. 모두가 위층으로 올라가면 지옥세계가 펼쳐질 것이고 아래층으로 내려가면 천국이 펼쳐지게 될 것이다.

'우리 모두는 누군가의 천사이자 동시에 누군가의 악마'라는 말은 요지경 속 인간세계를 이해하는 데 중요한 단서를 제공해 준다.

그런 모순에는 질끈 눈을 감고 사람들은 이렇게 엘레강스하게 자신을 표현한다.

'인간을 사랑하고, 인간을 경멸했으며, 인간을 그리워한 인간'

그러다 보니 인간세계의 저 지긋지긋한 위선에 신물이 나고 지칠 대로 지쳐 어느 날 까미노를 갔더니 세상에! 앞을 봐도 천사, 뒤를 봐도 천사, 까미노 800킬로미터에 천사들이 지천으로 널렸다. 하늘에서 금방 내려와서 발에 흙도 채 묻지 않았다. 입틀막! 감동이 한도초과다.

사람들이 까미노에서처럼 세상을 살아간다면 세상은 분명 지금과는 다른 모습일 것이다. 바로 그런 세상이 석가모니와 예수가 구현하고자 한 세상일 것이고, 이 멀고 험한 길의 끝에 잠들어 있는 야고보 사도가 꿈꾸었던 세상일 것이다. 그들의 꿈은 2천 년, 2천5백 년이 넘도록 여전히 미완이다. 모두들 겉으로는 자비와 사랑, 배려와 공감을 내세우지만 그마저도 조건부다. 여차하면 손바닥 뒤집듯 태세전환의 고 퀄리티 스킬을 시전해 준다. 터닝 포인트는 바로 손익분기점이다. 손실이 이익을 초과하는 순간 많은 인간들이 잉간으로 페이스오프 한다. 전날 길벗인 P신부님과의 대화에서 인간의 에고(ego)가 구원과 해탈의 가장 큰 장애물이라고 했던 바로 그 지점이다. 에고, 역시 ego가 말썽이다.

정화 씨가 까미노 매직이라고 표현한 사랑의 도미노는 까미노 800킬로미터를 세상에서 가장 아름다운 길이라고 하는 이유 중의 하나가 분명할 것이다. 까미노에 진심인 정화 씨는 까미노가 왜 아름다운지, 자신이 왜 매번 까미노를 다시 찾아오는지를 부연했다.

"사람과 일상에 지치고 힘들면 내 안의 선함이 그리워질 때가 있잖아요. 내 안의 선함을 다시 꺼내보고 싶어질 때, 그리고 그것을 누군가에게 전해 주고, 나도 그것을 받고 싶어질 때 그럴 때 까미노를 걷고 싶어져요."

그녀는 그것을 요약해서 '내 안의 착함을 만나고 싶어질 때'라고 정리했다. 세상에 이보다 더 예쁘고 아름다운 말이 또 있을까. 듣는 사람의 영혼까지도 아름답게 물들여 주는 이 눈물겹도록 놀라운 한 마디. 그녀의 이 말보다 더 훌륭한 복음, 더 신박한 법문이 또 있을까.

까미노 천사들도 순례를 마치고 다시 일상으로 돌아가면 곧장 성격 까다로운 동료, 꼰대 상사, 잔소리꾼 부모가 될 것이다. 때로는 길 한복판에서 삿대질하며 육두문자를 쏟아내기도 할 것이다. 나도, 상대도 전직 까미노 천사였다는 것도 모른 채.

설령 그럴지언정 기간제 천사도 충분히 아름답고 의미 있다. 이렇게 천년이 흐르고 나면 지금보다는 조금은 더 아름다운 세상이 되어 있을 테니까.

사람들은 인생길에서의 모든 좌절의 순간들을 배낭에 담아 온다. 원망과 분노도 담아 온다. 그것들을 까미노에 풀어 놓아버리기 위해서. 사람들은 또 상처 난 영혼을 부둥켜안고 온다. 까미노의 밀밭을 지나는 푸른 바람에 영혼을 헹구기 위해서.

귀국길에 그것들을 죄다 주워 담아 가게 될지라도 한 순간만이라도 우리는 그런 것들로부터 벗어나고 싶은 것이다. 잠시 잠깐만이라도 잉간이 아닌 인간으로 살고 싶고, 잉간이 아닌 인간 속에서 살고 싶은 것이다. 인간에 대한 원초적 그리움을 안고 살아가는 잉간이라니. 이 얼마나 인간적인가. 비록 구원을 받아야 하고, 해탈을 해야 하는 불완전한 존재면서도 완전에 가까워지고자 하는 그 몸짓은 얼마나 아름다운가. 잉간으로 살면서도 인간적인 존재가 되고자 하는 그 안타까운 몸짓은 또 얼마나 숭고한가.

물론 앞에서도 언급했듯이 까미노에도 인생사에 있는 온갖 오물들이 다 있긴 하지만 10법계 중 인간계보다는 나은 천상세계 급은 되는 곳이 바로 까미노이다. 내가 신부님을 통해 '제네비이브가 정말 고마워하더라.'는 말을 전해들을 선행을 하게 되는 것처럼 누구나 자연스럽게 마법의 주인공이 될 수 있는 것은 까미노가 인간세계보다 천상세계와 더 가까운 곳이기 때문일 것이다.

한국인들이 까미노를 찾는 이유

이쯤에서 우리나라 사람들이 유독 까미노를 많이 찾는 이유에 대해 생각해 보게 된다. 까미노에서 많은 외국인들이 건네는 질문이 있다. 나도 두어 번 정도 그 질문을 받았다. 지금은 코로나19로 한국인 순례자 수가 많이 줄었지만 2019년까지만 해도 한국인 순례자 수가 전 세계 10위권 내, 아시아에서는 단연 1위였다고 하니 궁금해 할 만도 하다.

그 질문을 접할 때마다 '경쟁에 지쳐서.'라고 해 주었지만 까미노를 걸으면서 내내 생각해 보니 두어 가지 이유가 따로 있긴 했다. 물론 일반적인 시각과는 조금 다른 한국인의 기질적인 측면에서.

첫째, 한국인은 목표 지향적인 특성, 혹은, 강한 도전 정신을 갖고 있다. 근현대사만 보더라도 대한제국 독립, 수출 100억불 달성, 경제 개발 5개년 계획, 민주주의 실현, IMF 외환위기 극복 등 구체적인 목표와 목적이 제시되면 옆도, 뒤도 돌아보지 않고, 속된 말로 미친 듯이 매진했다는 사실을 확인할 수 있다. 한국의 정치인들은 유권자들에게 확실한 목표만 제시해 주면 된다. 비전 제시와 동기부여만 잘 해주면 지지율은 저절로 오른다.

외국 부모들은 자녀들에게 '너는 무슨 과목을 좋아하니?' '친구는 몇 명이야?' '오늘은 무엇을 하며 놀았니?' 이런 걸 묻는다고 한다. 한국 부모들은 '이번에 몇 점이 목표야?' '몇 등 할 자신 있어?' '커서 뭐가 될 거야?' 라고 묻는다. 꼭 나쁘다는 게 아니라 우리에게는 이렇게 목표 지향적, 도전적인 DNA가 있다는 것이다. 우리나라 사람들만큼 노동 할당제 즉 돈내기를 좋아하는 사람들이 있다는 말을 나는 들어 본 적이 없다. 구구한 다른 분석들도 있겠으나 나는 이것이 우리가 얼마나 목표 지향적, 도전적인 유전자를 가진 사람들인지를 가장 잘 대변해 주는 현상이라고 본다.

그 목표 지향적인 DNA가 오랜 가난과 무지를 극복하고, 세계 10대 부국이자, 세계 최고의 교육열을 자랑하는 나라를 만들었다. 그런데 그 황홀한 목표를 달성하고 난 뒤에도 여전히 행복하지 않은 것이다. 이럴 때 새로운 목표가 제시되면 무서운 결집력으로 목표 달성을 위해 내달릴 텐데 지금은 그런 비전과 목표를 제시하는 지도자들이 없다.

결국 각자가 제각기 목표를 설정하고 그 목표를 향해 달려가야 하지만 불행히도 개인들에게도 목표는 없다. 심지어 젊은이들에게도 꿈이 없다고 하는 시대다. 지금까지와는 전혀 다른 상황이 펼쳐진 것이다. 항상 눈앞에 펼쳐져 있던 목표가 사라지자 사람들은 당황하게 되었고, 목표의 진공상태에서 찾은 것이 산티아고 순례길이 아닐까.

사실 행복이란 목표 달성 이후에 있는 것이 아니라 목표를 향해 나아가는 과정에 있는데도 그것을 여전히 모르는 사람들이 최소한 한 달 동안은 하나의 목표를 향해 '미친 듯이' 나아갈 수 있는 순례길을 찾는 것일지도 모른다.

둘째, 한국인에게는 싸움 유전인자, 혹은 고난 극복의 DNA가 있다. 전쟁을 많이 겪은 영향인지 한국인들은 싸우는 것을 좋아하고 즐긴다. 평범한 스포츠 게임을 하는 사람들도, 심지어 단체 사진을 촬영하는 스님들도 어김없이 불끈 주먹을 치켜들고 '파이팅!'을 외친다.

우스갯소리지만 일본인들은 자녀들에게 '절대로 남에게 폐를 끼치지 마라.'고 가르치고 중국인들은 '절대로 남에게 속지 마라.'고 가르치는 반면 한국인들은 '절대로 남에게 지지 마라.'고 가르친다는 말은 몇 번을 곱씹어 봐도 절묘한 분석이다.

오죽하면 무역전쟁, 외교전쟁, 범죄와의 전쟁, 입시전쟁, 취업전쟁, 출근전쟁, 스펙전쟁에 이어 육아전쟁이라는 말까지 생겼을까. 돌아보면 이해가 안 되는 게 아니다. 일본 제국주의와의 싸움, 좌우익의 싸움, 남북의 싸움, 가난과의 싸움, 독재와의 싸움, IMF 외환위기와의 싸움, 진보와 보수의 싸움 등 수많은 고난과 극복의 과정에서 싸움과 전쟁은 우리의 일상이 되었던 것이다. 그러다 보니 부부 간의 삶마저도 사랑과 전쟁으로 표현하는 지경에까지 이르렀다. 저 70년대의 '일하면서 싸우고, 싸우면서 건설하자'는 구호는 또 어떤가.

단지 타인과의 싸움, 나쁜 상황이나 환경과의 싸움만이 아니다. 싸움을 즐기는 파이터 기질은 자신과의 싸움으로까지 이어졌다.

고난과 고통을 마주보며 자신과의 싸움을 펼치는 대표적인 분야가 산악등반이다. 세계 최고봉을 등정한 숱한 국내 산악인들을 보면 우리나라 사람들이 얼마나 자기와의 싸움을 즐기고 있는지 알 수 있다. 물론 동네 뒷산을 오르는 수많은 등산객들도 유명 산악인들 못지않게 한국인들의 도전정신과 파이터 기질을 입증하는 데 큰 지분을 차지한다.

고통과 고난을 두려워하고 회피하기보다는 정면에서 그것들과 싸워서 극복하는 것을 즐기는 사람들이 한국인들이다. 마치 고통 극복의 쾌감에 중독된 사람들이 아닐까 싶을 정도다. 이러한 기질이 한국인들로 하여금 산티아고 800킬로미터 순례길에 나서게 한 것은 아닐까. 뚜렷한 외부의 목표와 적이 없어지자 자신과의 싸움으로 전쟁의 패러다임을 바꾼 한국인들이 선택한 대상이 산티아고 순례길인 것은 아닐까. 그래서 까미노는 한국인들의 또 다른 전쟁터인지도 모른다. 당장 나만 해도 경쟁하듯 악착같이 걷지 않겠다는 원칙을 세우고도 얼마나 악착같이 걷고 있는가.

그래도 한 발을 앞으로!

저 멀리 모스텔라레스 언덕이 보인다. 그다지 높아 보이지는 않아도 산은 산이건만 초목이 없는 민둥 돌산이라 허연 암석이 흉하게 드러나 있다. 길은 개울처럼 굽이치며 왼쪽으로 비스듬히 산 정상으로 드리워져 있다.

오드리야라고 하는 작은 강을 건너 본격적으로 모스텔라레스 언덕을 오르기 시작한다. 길도 넓고 경사도 심하지 않건만 힘이 드는 건 숨길 수 없다. 신부님, 나, 정화 씨의 간격이 점점 벌어진다.

산 정상의 제법 그럴싸한 쉼터에 도착하자마자 배낭을 패대기친 후 뒤를 돌아본다. 저 아래에서 정화 씨가 히말라야 안나푸르나를 오르는 고미영처럼 천천히 한 발 한 발 정상을 향해 발을 내딛는다. 세 번째 까미노라 노련해진 덕분인지 그녀의 한갓진 걸음이 까미노와 참 잘 어울린다.

한참 뒤처져 보이던 그녀가 정상 쉼터까지 오는 데는 생각보다 많은 시간이 소요되지 않았다. 물 한 모금 마시고 카메라로 주변 풍경 몇 장 찍을 동안 어느새 정화 씨가 코앞까지 올라와 있다.

까미노를 걷다 보면 느끼게 되는 것 중 하나가 이런 것이다. 거리가 꽤 벌어졌다 싶어도 뒷사람이 주저앉지만 않고 느리게라도 한 발 한 발 내딛기만 하면 의외로 금세 뒤따라온다는 것이다.

며칠 전 벨로라도에서 아헤스로 가던 길에 만난 프랑스 부부가 생각난다. 집에서부터 출발했다는 젊은 부부는 각각 유모차를 밀고 있었다. 아내는 배낭 없는 맨몸으로 두 살 정도 돼 보이는 아기가 탄 유모차를, 남편은 묵직한 배낭을 짊어진 채 갓 태어난 신생아가 탄 유모차를 밀고 있었다. 서너 발짝 뒤에는 너 댓살 가량 돼 보이는 사내아이가 막대기로 장난을 치면서 뒤따르고 있었다. 부부는 간간이 뒤돌아 큰 아이를 챙기며 묵묵히 유모차를 밀었다. 울퉁불퉁한 비포장 길에서 유모차를 미는 일이 여간 힘에 부치지 않을 것이다. 더구나 이제부터는 급경사다. 나는 부부를 뒤로 하고 먼저 경사지를 오르기 시작했다. 발가락 근처의 물집 탓에 내리막은 부담스러워도 오르막은 비교적 편하게 걸을 수 있었기 때문이다.

거친 숨을 몰아쉬며 빠르게 언덕을 오르고도 제법 먼 거리를 가서 길가에 앉아 잠시 양말을 벗고 물집 상태를 살폈다. 지금쯤 부부는 급경사 끝에서 기진맥진 상태로 쉬고 있겠지 하며 뒤를 돌아보자 놀랍게도 그들은 아까와 똑같은 속도로 코앞에 다가와 있었다. 나의 거친 호흡이 채 가라앉기도 전이었다. 아마도 그들은 내 짐작과는 달리 쉬지도 않고 그대로 걸어온 듯했다. 느리지만 쉬지 않는 한 발의 힘이 얼마나 대단한가를 보여준 부부였다.

한참 뒤처져서 느리게 걸어 올라오던 정화 씨가 물 한 모금 마시는 틈에 정상에 도착하는 모습을 보니 인생에서도 조금 앞섰다고 우쭐하거나 조금 뒤처졌다고 조바심 내는 것이 얼마나 부질없는 일인지 알겠다. 주저앉아 버리지만 않는다면 한 발의 힘은 결코 우리를 실망시키지 않는다. 길은 늘 어나지도 않고 줄어들지도 않는다. 인생의 어떤 고비에서든 우리가 해야 할 일은 한 발을 앞으로 내딛는 것이다. 기어코 내디딘 그 한 발이 마침내 천릿길을 등 뒤에 있게 한다는 것은 의심의 여지가 없다.

쉼터에 도착한 정화 씨와 가벼운 덕담을 주고받으며 뒤를 돌아본다. 우리가 걸어온 길이 저 아래로 길게 펼쳐져 있다. 멀리 신라 왕릉 같은 산 위로 허물어진 성이 가물가물 보이고 아래로 카스트로헤리스 마을이 보인다.

마을을 거쳐 넓은 들판 사이로 굽이 돌아 이어진 길이 내 발 밑까지 와 깔려 있다. 저 아름다운 길을 힘들게 걸어왔다는 사실이 잘 믿기지 않는다.

모든 길은 지나고 나서 보면 이렇게 아름답다.

이제 보니 푸르던 밀밭이 어느새 황금빛으로 물들어 있다. 걷는 일에만 정신이 팔려 푸르던 밀이 노랗게 익어 가는지도 몰랐다. 하긴, 정신없이 살다 어느 날 문득 푸르던 청년이 백발성성한 노인으로 바뀐 자신을 발견하고 깜짝 놀라는 일에 비하면 뭐 이쯤이야.

밀밭을 지나는 바람처럼

　홀로 걸을 때는 자주 뒤를 돌아보았다. 길은 걷는 맛이 아니라 뒤돌아보
는 맛이구나, 중얼거려가면서.
　걸으면서 본 길과 뒤돌아서서 보는 길은 많이 달랐다. 바라보는 방향이

다르니 같은 길인데도 다른 길이었다. 돌아보면 길은 언제나 새롭고 아름다웠다. 아무리 지난하고 신산한 삶이라 해도 훗날 뒤돌아보면 모두 아름다운 것이 우리네 인생인 것일까. 걸어 올 때는 힘든 것만 느껴지지만 뒤돌아볼 때는 보이지 않던 것들이 보인다. 그것도 전혀 다른 모습으로. 뒤돌아보지 않는 길은 절반만 걸은 것이다. 뒤돌아보지 않는 인생은 절반만 산 것이다.

나도 지나온 길을 바라다본다. 그리고 살아온 날들을 톺아본다. 만 60년의 세월이 강물처럼 굽이치며 흘러왔다. 문득 '나이 50에 지난 49년이 잘못되었음을 알게 되었다(年五十而知四十九年非).'는 저 『회남자』「원도훈」 편의 구절이 강물을 타고 흘러오는 듯하다. 저 구절대로라면 나는 나이 60에 지난 59년 364일이 잘못되었음을 알겠다. 지나올 때는 보지 못했던 것들이 너무 많이 보인다. 지금 보이는 것들이 그때도 보였더라면 조금은 더 너그럽고 지혜롭게 살았을까. 흘러간 강물처럼 다시 돌이킬 수 없는 그 많은 날들이 가슴에 소용돌이를 일으킨다. 저 밀밭을 지나는 바람처럼 한줄기 알싸한 회한이 가슴을 훑고 지나간다.

그래도 뒤돌아보지 않는 인생이란 얼마나 무미건조한가. 신산한 인생길이 부끄러운 게 아니라 뒤돌아보지 않는 것이 부끄러운 일이다. 『소학』에도 사람은 뒤돌아볼 때마다 어른이 된다 했다. 비록 회한에 찬 시선일지라도 사람은 뒤돌아볼 때마다 깊어진다.

지나온 인생길이 아무리 고달파도, 쉼터에서 누리는 이 안락함이 아무리 달콤해도 오래 머물러 있을 수는 없었다. '잠들기 전에 가야 할 먼 길이 있다.'고 한 R. 프로스트의 시구절처럼 우리에게도 가야 할 먼 길이 있었기 때문이다. 뜨거운 스페인의 태양이 정수리를 넘어와 정면에서 온몸을 휘감기 전에 한 발이라도 더 가야 한다. 아침에 출발한 온타나스에서 이제 겨우 10여 킬로미터 남짓 왔을 뿐이다. 우리가 오늘 몸을 뉠 침대가 있는 프로미스타까지는 족히 20킬로미터 이상이 남아 있다.

모스텔라레스 언덕을 넘어가자 길 아래로 광활한 평원이 펼쳐진다. 탄성이 절로 난다. 파스텔 톤의 식탁보처럼 펼쳐진 대평원이 순례자의 마음을 부드럽게 감싸 준다.

평원이 끝나는 약간의 오르막 부분께에 쉼터가 보인다. 피오호 샘 쉼터다. 예닐곱 명의 순례자들이 배낭을 내려놓고 쉬고 있다가 우리를 보며 인사를 한다. 옆에 배낭을 내려놓고 앉는다. 길 건너편 돌로 쌓은 축대의 플라스틱 배관에서 물줄기가 시원하게 쏟아진다. 물을 받아 머리에 한 번 끼얹고 물병을 채웠다.

걸어온 평원을 뒤돌아보니 모스텔라레스 언덕을 내려온 길이 대평원을 휘돌아 여기까지 이어지고 있다. 대평원을 통과하는 데 딱 1시간이 걸렸다. 나무 한 그루 없는 야속한 길이건만 그와는 별개로 제각기 다른 속도로 익어가는 밀밭의 다채로운 빛의 향연에 노독이 절로 풀리는 기분이다.

저 아름다운 길이 그렇게 고통스러웠다는 것, 혹은 그 고통스럽던 길이 저렇게 아름다웠다는 사실이 많은 생각을 일으킨다. 어느 쪽에 방점을 찍느냐에 따라 극단으로 갈라지는 평가. 석가세존은 인생을 고해(苦海)라고 하셨고, 시인은 아름다웠더라, 하였으니 나는 아름다운 고해라는 짜깁기로 인생길을 정의해 본다.

다시 배낭을 둘러메자 정화 씨가 자신은 좀 더 쉬었다가 간다며 먼저 가란다. 훗날 다시 만날 것을 기약하고 신부님과 둘이 걷기 시작했다. 말이 좋아 동행이지 발이 성치 않은 나는 한참 뒤떨어져서 겨우겨우 신부님 뒤꽁무니만 따라가는 꼴이었다.

12시가 조금 넘어 길가에 조성된 자작나무 숲을 지나자 3시간 동안 밀밭을 가로지르는 황량한 신작로만 이어진다. 아무리 주위를 둘러보아도 나무 한 그루 보이지 않는다. 가도 가도 밀밭이다. 사막을 걷는 느낌이 이럴까, 똑같은 모습으로 펼쳐지는 풍경들이 가장 견디기 힘들다.

8일 전 아예기에서 토레스 델 리오까지 28킬로미터 구간을 악전고투할 때와는 또 다른 고난이다. 그날은 길을 잃었다는 불안감과 고립감, 뜨거운 태양, 체력 고갈이 문제였다면 오늘은 황량한 공간이 주는 심리적 압박감이 가장 큰 문제다. 시간처럼 공간도 인간을 지배하고 압도한다. 시간과 공간 앞에서 인간은 아무것도 아니다.

곧 벗어날 수 있겠지, 곧 끝나겠지 하는 기대와는 달리 밀밭은 영원히 끝나지 않을 것처럼 압도적이다. 마치 밀밭에 갇힌 듯한 답답함이 가슴을 짓누른다. 물집으로 너덜너덜해진 발이 문제가 아니다. 유사 폐쇄공포증이라 할 만한 압박감과 답답함이 문제다. 유일한 해결책은 부지런히 걷는 것뿐이다.

"내 죄가 무엇입니까?"

그렇게 한 발 한 발이 쌓여 얼마나 갔을까. 마을 어귀에 수양버들이 시원스레 늘어진 보아디야 델 까미노 마을이 나타났다. 신부님에 따르면 이 마을 어딘가에 있는 운하에서 배를 타고 프로미스타까지 갈 수 있다고 한다. 하지만 아무리 둘러봐도 운하는 눈에 띄지 않는다. 시에스타 중인지 동네 사람들도 보이지 않는다.

이 마을 가운데에는 특별한 기둥이 있다. 16세기에 건축되고 18세기 들어 재건된 르네상스 양식의 성모 승천 성당(산타 마리아 성당) 앞에 7미터 높이로 우뚝 서 있는 이 돌기둥의 이름은 심판의 기둥.

다섯 겹의 원추형 기단은 인간 세상을, 우뚝 솟은 기둥은 천국으로 가는 사다리를, 플랑드르 장식을 한 원형의 탑은 천국을 상징한다. 둥근 탑과 기둥의 연결부에 조각돼 있는 악마들은 천국으로 오르는 영혼을 심판하는 역할을 한다.

까미노의 프랑스 루트에서 만날 수 있는 심판의 기둥 중 가장 아름답다는 이 마을의 돌기둥은 중세 시대 공개 재판 때 죄인을 묶어 사형시키던 사형대이다.

심판관은 먼저 죄인의 인적 사항부터 확인하고 '네 죄를 알렷다.'라고 심문을 시작할 것이다. 죄인은 죄를 시인하고 마지막으로 선처를 호소하거나 끝까지 자신의 결백을 주장하며 몸부림쳤을 것이다. 혹은 저주에 찬 악다구니를 쏟아 내거나.

그러나 어떤 경우이든 이 기둥에 묶인 이상 다시는 이 돌기둥을 바라볼
일은 없다. 이 아름다운 돌기둥을 짊어지고 아름답지 않게 생을 마감했을
그들의 죄는 어떤 것이었을까? 살인죄? 반국가단체결성죄? 아니면 소크
라테스처럼 신성을 모독하고 청년들을 타락시킨 죄? 그것도 아니라면 시
인처럼 길 너머를 그리워한 죄?

그 어떤 죄보다 빠져나가기 어려운 죄는 무엇일까. 인간에게 가장 무거
운 죄는 무엇일까.

판관이 묻는다.

—네 죄를 알렷다?

그러자 사내가 결백을 주장한다.

—나는 무죄입니다. 나는 그를 죽이지 않았습니다.

판관이 말한다.

—너의 죄는 그의 죽음과는 상관없다. 그러나 너의 죄는 인간이 범하는
죄 중에서 가장 큰 죄다,

사내가 묻는다.

—그래서 내 죄는 무엇입니까?'

판관이 대답한다.

—너의 죄는 인생을 낭비한 죄다.

그러자 사내가 힘없이 낮게 중얼거린다.

—그렇다면 나는 유죄군. 유죄, 유죄…….

살인죄는 부인했건만 인생을 낭비한 죄는 부인하지 못하고 종신형을 선

고발은 이 영화 속 사내의 이름은 앙리 샤리에르. 몸에 새겨진 나비 문신에서 따온 그의 별명은 빠삐용.

불경에 사람 몸 받아 태어나기 어렵다 하였는데 그 어려운 사람 몸 받기에 성공한 사람이 인생을 낭비한다면 미상불 그 죄가 어찌 크지 않다 할 것인가.

내가 인생을 낭비한 죄로 저 아름다운 심판의 기둥에 묶여 있다면 당당하게 무죄를 주장할까, 아니면 깨끗이 유죄를 인정하고 아름다운 기둥에서 아름다운 최후를 맞이할까. 이도 저도 아니라면 악에 받힌 저주를 퍼부으며 구질구질한 최후를 맞이할까. 혹시 증거 불충분 같은 이유로, 혹은 '죄 없는 사람, 저 자에게 돌을 던져라.'라며 길을 가던 어떤 성인이 나서는 기적 같은 행운을 만나 극형을 면하게 된다면 형량은 얼마나 될까. 나이 60에 지난 59년 364일이 잘못되었음을 인정하는 나는 그래봤자 광복절 특사나 초파일 특사 대상도 되지 않는 종신형을 받지 않을지 심장이 서늘해진다.

석가세존께서도 '일체가 무상하니 부지런히 정진하라.' 하셨고, 수년 전엔 프란치스코 교황도 '새해 불꽃놀이는 잠깐이다. 생의 유한함을 성찰하라.'고 하였거늘 나는 짧은 청춘을 영원히 소유한 듯 방일하면서 60년을 낭비하고 말았으니 딱 봐도 이건 최소한 사면 없는 종신형 감이다. 제행이 무상한 줄도 모르고 황홀한 착각 속에서 화려한 불꽃놀이를 즐길 때가 좋았지. 진즉에 젊은 베르테르도 이렇게 한탄하였거늘.

'신이시여! 어찌하여 제 정신을 차리기 전과 다시 제 정신을 잃어버린 후에야 행복하도록 인간을 설계하셨소?'

그래도 판관에게 깨알 같은 최후 진술 한 마디는 꼭 하련다.

—존경하는 재판장님, 2022년 봄 까미노를 걸었던 것을 정상 참작해 주시기 바랍니다. 그때 물집도 심했지만 점프도 하지 않았고, 동키 서비스도 받지 않았습니다. 아, 그리고 비록 기간제 비정규직이긴 하지만 까미노 천사가 된 적도 있습니다.

그러고는 미세먼지 한 점 없는 저 하늘을 올려다보며 이 세상과 하직하게 되겠지. 며칠 전 꿈에서처럼 '안녕, 내가 사랑했던 모든 것들아.' 라는 고별사를 끝으로. 그리고 아무도 나를 기억하는 사람이 없는 시간이 곧 시작되겠지.

선착장에 배만 들어오면

마을을 빠져나와 40여 분 가자 드디어 운하가 나타났다. 배는 보이지 않아도 저만치 작은 선착장도 보인다. 입간판에는 운하에 대한 설명인 듯한 스페인어가 적혀 있다. 틀림없는 선착장이었다.

모처럼 앞서 가던 내가 뒤돌아서서 드디어 운하가 나타났다고 신부님을 향해 소리 질렀다. 마침내 밀밭의 형벌에서 벗어났다는 해방감이 온몸으로 퍼져 나가는 기분이었다. 더 걷지 않아도 된다는 기쁨보다 끝없이 펼쳐진 황량한 밀밭의 감옥에서 벗어났다는 해방감이 더 컸다. 나무들이 있고 물이 흘러가는 이 평범한 환경이 특별한 축복처럼 다가오는 놀라운 순간이었다.

배낭을 내팽개치고 작은 입간판이 인색하게 내어주는 그림자에 몸을 욱여넣으며 주저앉았다. 물집으로 쓰라린 발을 달래려 양말을 벗고 운하를 보여 주었다. 오늘 너의 일과는 다 끝났다, 위로해 주면서.

배가 언제 올지는 모르지만 배를 탈 수만 있다면 몇 시간이고 기다릴 수 있을 것 같았다. 가만히 있어도 시간이 저절로 해결해 주는 것만큼 안도감을 주는 일이 어디 있을까. 특히 지금처럼 심신이 지칠 대로 지친 상태에서는.

때마침 멀리서 통통통통통……. 희미한 기계음이 들려왔다. 엔진 소리 같은 기계음이 점점 커지는 것 같았다. 배가 오는 모양이었다. 벌떡 일어서서 배를 영접할 준비를 했다. 일이 풀리려면 이렇게 풀리는구나. 그러나 5분, 10분이 지나도 기계음만 들릴 뿐 배는 모습을 드러내지 않았다. 집중해서 들어보니 기계음이 점점 더 커지는 것도 아니었다. 이게 무슨 일인가. 가만히 보니 저쪽 밭에서 양수기로 운하의 물을 끌어가는 소리가 아닌가. 나라 잃은 표정으로 그 자리에 다시 털썩 주저앉았다.

갑자기 양쪽 발이 더 아파 오기 시작한다. 물집도 물집이지만 특히 왼쪽 엄지발가락과 연결된 종자골이 지속적으로 통증을 유발한다. 절뚝이며 걸어 생긴 왼쪽 발목의 피멍도 부담스럽다.

프로미스타까지 아직 1시간을 더 가야 한다. 한껏 달아오른 태양을 온몸으로 껴안고 절뚝거리며 걷는 1시간은 영원히 끝나지 않을 영겁의 시간과도 같다.

끈질기게 40여 분을 기다려 봐도 배는 올 기미가 보이지 않는다. 기다리는 자의 고집보다 오지 않는 쪽의 고집이 더 강했다.

신부님과 나는 다시 배낭을 둘러멨다. 운하를 따라 가는 길이니 지나온 길들보다는 한결 걷기가 수월하리라. 황량한 밀밭길에 비하면 이만해도 어딘가.

마침내 운하의 수문이 나타났다. 운하의 끝 프로미스타다. 우리가 아까 애타게 기다리던 유람선이 선착장에서 나 몰라라, 시에스타를 즐기고 있다. 저렇게 게을러터진 유람선을 눈이 빠지게 기다리던 1시간 전의 상황이 떠오른다. 기다림이란 때때로 얼마나 이렇게 허망한 것인가.

우리는 흔히 '~만 되면 ~할 텐데'라는 말들을 한다. '인천항에 배만 들어오면' 어쩌고 하는 오래전 영화 대사처럼 어떤 조건만 채워지면 자신의 목적을 이룰 수 있다는 뜻이다. 이 말은 뒤집으면 그 조건이 충족되지 않으면 자신은 행복하지 못하다는 얘기이기도 하다. 나의 만족과 행복이 외부의 조건에 따라 결정된다는 이 같은 사고는 수동적 삶을 살게 한다.

자기주도적 삶을 사는 사람은 인천항에 배가 들어오든, 들어오지 않든 내적 요인만으로 행복할 수 있다. 원인과 결과를 모두 자기 자신에게서 찾기 때문이다. 고 고미영이 '강하다는 것은 이를 악물고 견딘다는 것이 아니라 어떤 상황에서도 행복할 수 있다는 것.'이라고 한 것도 외부의 조건이나 상황과는 무관하게 내적으로 충만한 사람은 언제나 행복할 수 있다는 것을 말하는 것이다. 낭가파르바트 협곡에서 잠든 그녀는 여전히 행복할 것이다.

오늘 그 선착장에 배는 들어오지 않았다. 기다리던 배는 출발도 하지 않고 늘어지게 낮잠을 자고 있었다. 인생에서 우리가 기다리는 배는 이렇게 우리의 기대를 저버리고 영영 들어오지 않을 가능성이 높다. 그럴 때 우리는 오지 않는 배를 원망할 것인가. 아니면 오면 오는 대로, 오지 않으면 오지 않는 대로 좋다는 자세로 살 것인가. 내적 원인을 갖추고 있다면 결과는 언제나 배가 들어 온 것 못지 않을 것이다.

수문 위로 운하를 건너고 철길 아래 굴다리를 지나 반 마장이나 갔을까. 어플로 예약한 알베르게가 기다리고 있다.

어느 58개띠의 까미노

저녁 식사를 위해 산 텔모 광장의 레스토랑으로 간다.

레스토랑에는 먼저 온 신부님과 다른 한국인 순례자 한 분이 함께 앉아 있다. 우리와 같은 알베르게에 투숙했단다. 자그마한 체구에 나보다 연배가 조금 높아 보인다. 경북 선산이 고향이며 부산에 사는 권 씨라고 소개하더니 58개띠라고 덧붙인다. 격동의 한국 현대사를 온몸으로 써내려온 베이비붐 1세대다. 몇 살이라거나, 몇 년생이라는 식의 통상적인 소개가 아니라 58개띠라는 표현이 영락없는 58개띠다. 대한민국에서 58개띠는 고유 명사가 된 지 오래다.

그 파란의 흔적인지 작은 몸이 어딘가 불편해 보인다. 아니나 다를까 연신 까미노에 대한 푸념이 쏟아진다. '길가에 엉덩이 하나 붙일 만한 곳도 없더라.' '음식이 안 맞아 너무 힘들다.' '아이고, 내가 왜 여기 왔나 하는 생각뿐이다.'

가톨릭 신자인 권 선생님은 유럽 어디에 사는 따님에게 갔다가 따님의 권유로 까미노를 시작했단다. 그동안 중간 중간 점프를 해 가며 여기까지 왔다며 며칠 더 걷다가 레온에서는 산티아고 대성당까지 기차로 이동하려고 한단다.

전 생애를 굴곡진 한국 현대사의 중심에서 살아와서 이제 너무 지쳐버린 것일까, 권 선생님의 말에는 까미노 순례를 권한 따님에 대한 가벼운 원망마저 묻어 있었다. 아까 운하에 배가 들어왔다면 무의식 중에 배를 타고 이동해 버리고 말았겠지만 순례길을 단 1미터도 빼놓지 않고 걷고 싶어 하는 나와는 많이 달랐다. 그렇다고 꼭 내 방식이 더 가치가 있을까.

인생도 자신을 혹독하게 몰아세우며 수도승처럼 엄격하게 사는 방식만이 지고의 선은 아닐 것이다. 그저 각자가 받아 든 삶이라고 하는 텍스트를 열린 자세로 해석하고 그 해석대로 산 삶에 책임을 지는 것, 그리고 타인의 삶의 방식을 존중하고 인정해 주는 것이 중요할 것이다.

우리는 사실 매사를 너무 심각하게 생각하는지도 모른다. 사소한 것에도 과도한 의미 부여를 하게 되면 결과에 따라 지나치게 일희일비하게 되고, 그렇게 되면 거시적이고 입체적인 삶을 살기 어려워진다. 너무 심각하고 진지하면 악착같은 자세를 담보하게 되고, 이 악착같음은 필연적으로 좁은 시야와 편집을 불러온다. 종내엔 불화와 갈등을 불러온다. 공허한 다짐이 되고 말았지만 내가 까미노를 시작할 때 악착같이 걷지 않겠다고 한 것은 이런 맥락에서였다.

불교에서 말하는 공(空)과 노자가 말하는 허(虛)는 왜 우리가 악착같아서는 안 되는지, 왜 우리가 너무 심각하고 진지해서는 안 되는지를 잘 말해 준다.

공과 허는 약동하는 생명 에너지로 가득 찬 빈 공간을 말한다. 악착같이 공부하는 학생은 우등생은 될 수 있을지언정 공부의 신은 될 수 없다. 공부를 즐길 수 있는 여유, 공과 허가 없기 때문이다. 악착같이 인생을 사는 사람은 사회적으로 성공할 수는 있다. 그러나 공과 허가 없는 그의 삶에는 공허감만 깊을 가능성이 높다. 그 과정에서 많은 소중한 것들을 잃어버렸을 것이기 때문이다.

기실 지금 와서 생각해 보면 하루에 몇 킬로미터를 걸어야 한다는 목표를 완수하기 위해 너무 많은 것들을 놓쳤다는 아쉬움이 크다. 어떤 방식으로 걷느냐는 자신의 가치관에 따른 것이므로 어느 쪽이 낫다고 단정할 수는 없다. 다만 나처럼 경직된 방식이 산티아고 순례길이 갖는 애초의 의미에 부합하는 방식인지 충분히 의심해 볼 여지가 있다는 얘기다.

단지 조금 일찍 알베르게에 도착하는 것만이 목적이라면 차량을 이용하는 편이 낫고, 자신과의 싸움에서 이기기 위한 목적이라면 극기체험캠프를 찾는 편이 더 낫다.

하다못해 아무런 의미도 목적도 없이 그냥 까미노를 걷는다한들 그게 무슨 허물이겠는가. 목적 없는 까미노는 의미도 없는 것일까. 색수상행식의 오온 작용은 그에게도 끊임없이 이어질 것이므로 순정한 무의미는 가능하지도 않다.

꼭 거창한 목표와 목적을 세우고 악착같이 살기 위해 우리가 이 세상에 온 것일까. 다수가 선택한 그 방식이 과연 유일한 정답일까.

바쁜 사람에게 차는 뜨거운 물에 지나지 않는다. 악착같이 걷는 사람에게 순례길은 고난의 행군에 불과하고 악착같이 사는 사람에게 인생은 100년의 형벌일 뿐이다. 악착같이 사는 사람에게 자비와 사랑, 용서와 관용이 깃들 공과 허가 있을까.

권 선생님이 부시럭부시럭 뭔가를 끄집어낸다. 청국장 가루다. 함께 꺼낸 요거트에 섞더니 먹어 보란다. 전혀 상상하지 못했던 조합이다. 아직은 청국장 요거트가 침샘을 자극할 정도로 한국식 음식이 간절한 정도는 아니라 선뜻 손이 가지 않는다. 그래도 자신에게는 마법의 가루일 청국장을 보시하는 성의에 못 이겨 한 숟갈 먹어본다. 뭐라고 표현할 수 없는 미묘한 맛이다. 나쁘지는 않다. 한 번은 정 없다는 말이 떠올라 한 숟갈 더 떠먹는다. 진심 반 예의 반으로 구수한 요거트가 입맛을 돋워 준다고 하자 권 선생님이 '괜찮지요?' 반색을 한다.

한국 순례자들이 즐겨 찾는 집이라더니 소문대로 주문한 음식들이 우리 입에 착 감긴다. 권 선생님이 자신이 주문한 생선 요리를 먹는 둥 마는 둥 한다. 생선 한 마리로도 배가 부르다며 남은 생선 한 마리를 통째로 넘겨주고 식사를 마친다. 덕분에 거대한 돼지 등갈비 스테이크로 포식을 하고도 신부님과 사이좋게 생선 요리를 나누어 먹으며 모처럼 식도락을 즐겼다.

저녁을 먹고 신부님과 셋이 함께 근처 성당으로 갔다. 저녁 미사를 마치면서 성당의 신부님이 까미노 순례자들을 앞으로 불러 모아 일일이 국적을 묻고는 특별한 덕담과 축복의 말씀을 내려 준다.

인생, 딱 한 번인데 뭐

다음 날 아침 신부님의 침대가 비어있다. 다시 혼자다. 갑자기 길벗이 없어지니 허전하다. 그렇다고 여행자가 이별을 두려워하랴.

8시를 넘겨 느지막이 출발했다. 혼자이기에 가능한 여유다. 오늘은 카리온 데 로스콘데스까지 19킬로미터를 걷기로 한다. 마을을 빠져나와 N980도로 옆으로 난 흙길을 걷는 오늘은 어제보다 한결 수월하다. 노란 꽃들이 흐드러진 길도 지나고 거대한 자작나무 숲 단지도 지난다.

2시간쯤 지나자 허기가 밀려온다. 발도 어제보다 더 아프다. 주저앉아 양말까지 벗고 물집 투성이 발을 주물러 준다. 배낭에서 사과 한 알을 꺼내 순식간에 먹어 치우고 어디선가 구입해 먹다 남겨 뒀던 주전부리 몇 점도 가루까지 탈탈 털어 가며 먹는다. 이게 아침 겸 점심이다. 나중에 카리온에서 이른 저녁을 먹을 때까지 더 이상 아무것도 먹지 못할 수도 있다. 운이 좋아 마을을 통과할 때 눈에 띄는 바가 있으면 또르띠야와 오렌지 주스를 위장에 공급해 줄 수도 있지만 이 메세타(고원지대) 구간에서는 기대 난망이다.

여전히 메세타 구간이긴 해도 지금까지와는 다르게 황량하지 않아서 살 것 같긴 한데 오늘따라 심한 허기가 괴롭힌다. 오늘이라고 특별히 먹지 못한 것도 아니건만 허기는 집요하다.

까미노를 걷다보면 희한한 경험을 하게 된다. 모처럼 배가 든든해지면 잘 견뎌 주던 발바닥 물집이 애를 먹인다. 발의 고통이 조금 잦아드는가 하면 이번엔 가만히 있던 배낭이 갑자기 무거워지기 시작한다. 배낭 무게를 잊을 만하면 갑자기 감당하기 어려운 더위가 느껴지거나 지금처럼 허기가 덮쳐 온다. 허기를 해결하고 나면 다시 발바닥에 통증이 엄습한다. 돌고 도는 고통의 뫼비우스 띠다.

아마 어제처럼 황량한 벌판길을 걷는다면 이 허기와 통증은 느끼지 못할지도 모른다. 오늘 한결 나은 길을 걷게 되자 지금까지 침묵하고 있던 허기와 통증이 일제히 소리치며 들고일어나게 됐을 터이다.

어릴 때부터 자주 듣던 말이 떠오른다.

'사람은 누구나 한 가지 걱정거리는 다 가지고 있단다.'

돈 걱정 없는 사람에게는 사람 걱정이 있고, 사람 걱정이 없는 사람에게는 건강 걱정이 있고, 건강 걱정이 없는 사람에게는 돈 걱정이 있다. 없다고 없는 게 아니고, 있다고 있는 게 아니다. 이것만 해결되면 아무 걱정거리 없을 것 같아도 이게 해결되면 저게 문제로 부각한다. 이 세상이 고해이기 때문에 일어나는 필연적인 현상인지도 모르겠다.

1시 조금 넘어 오늘의 목적지 카리온에 도착했다. 중세 시대부터 많은 순례자들이 머물다 가면서 도시로 번성한 지역이라 곳곳에 야고보 성인의 동상과 벽화가 눈에 띈다.

수녀원을 개조한 ㄷ자 형태의 2층 알베르게는 큰 마당을 품고 있었다. 왼쪽 건물 앞 그늘 벤치에 네댓 명의 순례자들이 앉아 있다. 그 중 한 사람이 한국어로 뭐라 뭐라 하면서 안절부절 못한다. 프로미스타에서 만났던 58개띠 권 선생님이다. 오늘 묵을 알베르게에 동키로 부친 짐이 행방불명이란다. 숙소에 도착해 보니 숙소는 문을 닫았고 택시는 어디로 가 버렸는지 알 수가 없다는 것이다. 경찰에 신고하고 연락을 기다리는 중이라며 노심초사다.

마당 저 쪽에서 한 무리의 여자 순례자들이 우르르 어딘가로 바쁘게 몰려간다. 그 중 누군가가 '안녕하세요?'하며 인사를 한다. 외국인들 속에 한 한국 여성이 보인다. 나를 아느냐고 묻자 '신부님이랑 함께 보았어요.' 한다.

까미노 초반 수비리에선가 P신부님이 인사시켜 준 미국 교포 2세 지은 씨다. 독실한 가톨릭 신자인 어머니의 강권에 못 이겨 순례를 시작했다며 한숨을 푹푹 쉬던 모습과는 전혀 딴판이다. 희고 약해 보이던 피부는 그새 시골 아낙처럼 검붉게 그을렸고, 고생 모르고 자란 듯 여리여리하던 몸은 어느새 단단히 여물었다. 내가 단박에 알아보지 못한 이유가 있었다.

애기 같더니 이제 어른이 다 된 것 같다고 해 주었더니 '그래요?'하며 반색한다. 처음보다 활기찬 모습이 보기 좋다고 하자 고맙다며 활짝 웃는다.

수비리에서 처음 만났을 때 한숨을 푹푹 쉬던 지은 씨와 지금의 지은 씨는 완전히 다른 사람이었다. 소극적이고 수동적이던 '애기'는 까미노에 진심인 완벽한 순례자로 변신해 있었다. 무엇이 그녀를 변화시킨 것일까. 아쉽게도 우리는 다시 만날 기회가 오지 않아 깊은 대화는 나누지 못했다. 그러나 그녀의 변화는 까미노에 대해 많은 것을 시사해 준다. 어머니의 강권에 의해 나선 길이었어도 막상 걸어보니 이거 뭐지? 생각보다 괜찮네 하는 생각이 들었을 것이다. 마치 억지로 먹기 시작한 음식이 먹다 보니 제대로 '취향저격'인 경우에 비할까. 아니면 『장자』의 여희에 비할까.

『장자』「제물편」에서 장자는 사람이 죽음을 두려워하는 것이 여희(麗姬)의 두려움과 같은 것이 아닐까 묻는다.

장자에 따르면 여희가 처음 진나라로 끌려갈 때는 통곡했지만 임금의 총애를 받고 좋은 음식을 먹으며 호화롭게 살게 되자 지난날 울었던 것을 후회했다는 것이다.

지은 씨도 지금 마지못해 까미노를 걷기 시작하던 그때의 자신을 부끄러워하고 있는지도 모를 일이었다. 나보다도 더 빨리 카리온까지 온 것을 보면, 저렇게 활기 넘치는 모습을 보면 충분히 그럴 만해 보인다. 기왕 출발한 김에 한 번 가 보자 하고 막상 걸어 보면 까미노는 걸을 만하다. 기왕 태어난 김에 한 번 살아 보자 하며 막상 살아 보면 인생도 살아볼 만하다. 딱 한 번이니까 뭐 부담도 없고.

권 선생님이 체크인을 도와주겠다며 따라오란다. 영어에 능통한 권 선생님 덕분에 리셉션을 찾아 간단하게 체크인을 했다. 권 선생님과 같은 방 옆 침대를 배정받았다. 여느 알베르게와는 다르게 2층 침대가 아니라 좋다. 2층 침대는 오르내리기 불편한 점도 그렇거니와 1층을 사용하더라도 여간 불편한 게 아니다. 아파트 층간 소음 못지않은 층간 흔들림도 그렇고 수시로 위 침대에 머리를 부딪치는 접촉 사고도 그렇다.

청춘은 오래 오래 푸르거라

　베드버그 방지용 침대 커버를 씌우는 중에 젊은 한국 여성 하나가 들어
오더니 입구 쪽 베드에 짐을 푼다. 까미노에서 만난 친구가 몇 시간 뒤처
져 오고 있다면서 베드가 모자라 체크인을 못 하면 어쩌나 조바심을 낸다.

이런 크고 저렴한 시·공립 알베르게는 대개 선착순 입실이기 때문이다.

가희 씨는 홀로 까미노를 걷고 있단다.

혼자 외국 여행을 하는 우리 젊은이들을 보면 만감이 교차한다. 부모 세대는 악착같이 사느라 한갓진 나 홀로 여행은 언감생심인 반면 젊은 세대는 혼자 부담 없이 해외를 오간다.

까미노를 시작하기 전 지난 5월 프랑스 파리의 한인 민박집에서 며칠 머물 때였다. 나와 세 젊은이들이 도미토리 4인실을 사용했다.

A는 스위스에서 대학을 나오고 직장도 갖고 있다고 했다. 두어 달 전 까미노를 편안하게 완주하고 왔다는 스물여섯 살의 A는 지금쯤은 까미노에 순례자들이 많아서 줄을 서서 걸어야 할지도 모른다고 내 걱정까지 해 주었다.

A는 스위스 물가가 너무 비싸 파리에 살기 위해 집을 구하러 왔다고 했다. 스위스에서는 평범한 한 끼 식사비가 한화 4, 5만원이란다. 10만 원도 예사란다. 내가 까미노 순례 이후의 배낭여행 리스트에서 뒤도 돌아보지 않고 스위스를 제외하게 된 건 A의 이 한마디 때문이었다.

이 한인 민박집은 파리에 놀러 올 때마다 오는 곳이라고 했다. 다음 날 그는 아주 마음에 쏙 드는 집을 저렴하게 구했다며 떠났다. 말 그대로 글로벌하게 사는 청년이다. 불현듯 서글피 늙어가는 자신이 겹쳐 보인다.

그 침대를 이어받은 투숙객 B는 더욱 인상적이었다. B는 방문을 열고 들어올 때부터 특별했다. 후줄근한 여행자의 모습이 아니라 말쑥한 캐주얼 정장을 한 차림새가 먼저 눈에 들어왔다. 마른 체형에 댄디한 스타일이었다. 웬만한 파리지앵 못지않은 멋쟁이였다. 요즘 젊은이들 표현대로라면 딱 '만화를 찢고 나온 남자'였다.

방에 들어선 B는 곧장 대형 검정 캐리어를 바닥에 뉘더니 능숙하게 옷가지들을 꺼냈다. 옷은 세탁소에서 금방 찾아온 듯 구김 하나 없다. B는 그 자리에서 다른 캐주얼 정장으로 환복했다. 머리를 단정하게 매만지고, 귀걸이를 달고, 치익, 칙, 칙 향수를 뿌렸다. 검은 구두는 그의 청춘만큼 반짝거렸다.

젊은이들은 꼰대들이 이것저것 물어보는 것에 질색이라는 걸 아는지라 조심스럽게 물었다. '보아하니 부잣집 도련님 같은데 어찌 이리 궁벽진 민박집에 드셨냐?'고 하자 돌아온 대답이 역시 짐작대로다.

"그렇잖아도 항상 호텔을 이용하는데 호텔마다 객실이 없거나 너무 터무니없이 비싸서 여길 왔습니다."

그 무렵 파리는 프랑스 프로 축구 리그앙 파리생제르맹(PSG) 팀의 리그 최종전을 앞두고 숙박난이 극심했던 터였다.

몇 살이냐고 묻자 스물아홉이란다. 나는 정말 아름다운 나이라고 부러움을 표했다. 나는 '서른을 목전에 두었던 그 시절, 인생을 다 산 것 같은 기분이 들었던 기억이 생생한데 뻔뻔하게도 어느새 갑절이나 더 살았다.'고 꼰대질을 이어갔다.

다행히 B가 싫지 않은 표정으로 자신도 비슷한 기분이 든다며 20대의 마지막을 좀 더 의미 있게 보내고 싶어서 공무원을 그만두고 혼자 여행 중이란다. 배낭여행은 못하는 체질이라 항상 대형 캐리어를 가지고 다니며 호텔을 이용한다는 B는 지금 미슐랭 레스토랑에 밥 먹으러 간단다.

그가 나간 방문을 한참 동안 바라보며 스물아홉 살의 B와 스물아홉 살의 나를 번갈아 떠올렸다. 32년 전 그 청년의 꿈은 어디로 갔을까. 자신감과 불안감 사이를 오가며 풀잎처럼 흔들리던 청년은 지금 어디 있을까. 만 60의 나이에 처음으로 홀로 배낭을 짊어지고 유럽으로 건너온 이 낯선 늙은이는 누구일까.

스물여섯 살의 C는 현재 파리에 혼자 살고 있고 그도 최근 까미노를 아무 생각 없이 걷고 왔다고 했다. 힘겹게 완주했다는 C는 내 휴대 전화기에 순례길 알베르게 예약용 앱을 깔아 주었다. 피레네 국립공원에 가려고 한다는 나의 말에 공원 인근의 호텔도 예약해 주는 등 큰 도움을 제공해 주었다.

C는 외려 자신을 칭찬하는 나를 향해 그 연세에 혼자 다니시는 게 놀랍다를 연발하며 용기를 불어 넣어 주었다.

C가 떠나고 D가 투숙했다. 검고 탄탄한 체격이 운동선수 같다. 아니나 다를까. 대구의 어느 대학교 축구선수 출신이란다. 최근 군 제대 후 축구를 접고 인테리어 쪽으로 진로 변경을 시도 중이라고 한다. D는 일본을 수시로 오간단다. 특별한 목적 없이도 그냥 수시로 간단다. 시간도, 비용도 큰 차이가 없어 기왕이면 밖으로 간다는 얘기였다. D에게 도쿄나 나고야, 오사카는 외국이 아니다. 그냥 국내 도시처럼 여긴다. 머리가 복잡할 때도, 심심할 때도 서울이나 광주 가듯이 훌쩍 다녀온다고 한다. '이불 밖은 위험해를 입에 달고 사는 기성세대에 날리는 통쾌한 똥침이 아닐 수 없다.

가장 기억에 강렬하게 남는 친구는 E다. E는 같은 방에 묵는 게스트는 아니었다. 어느 날 밤, 거실 겸 주방에서 여행 관련 메모를 하며 파리의 밤을 홀로 즐기고 있을 때였다. 새벽 1시가 넘은 시각 출입문이 조심스럽게 열리더니 키는 작아도 다부진 체구의 한 청년이 들어왔다. 스포츠 유니폼을 입고 있다.

E는 왼손에 반쯤 남은 맥주병을 들고 홀짝거리면서 처음 보는 한국의 늙은이에게 웃으면서 꾸뻑 인사를 한다. 붙임성 있는 태도에 용기를 내어 '늦게까지 파리의 밤을 맘껏 즐기고 오는 모양'이라고 화답하자 축구경기를 보고 온단다. 아마 '만찟남' B를 이 민박집으로 오게 한 파리생제르맹(PSG) 팀의 리그 최종전을 말하는 듯했다.

그러고 보니 입고 있는 유니폼 뒤에 메시의 이름이 새겨져 있다. 메시 팬이냐니까 음바페 팬이란다. 오늘 리그 최종전에서 음바페의 멀티 골로 파리생제르맹 팀이 5대 0으로 승리하고 우승해서 기쁘다고 연신 싱글벙글한다.

스물네 살 한국 청년이 K-리그가 아닌 프랑스 리그앙 팬이 되어 좋아하는 팀과 선수를 응원하고 우승에 기뻐하는 모습을 보니 세계시민으로 살아가는 청년의 삶이 대견하고 부럽다. 최근 스페인 프리메라리가에서 출중한 기량을 선보였던 이강인 선수가 파리생제르맹 팀으로 이적해 갔다. 만약 음바페가 팀에 잔류하게 된다면 E는 음바페 선수와 이강인 선수 중 누구를 더 응원할지 궁금해진다. 세계시민으로 살아가는 글로벌 청년에게는 한낱 실없는 소리로 들릴 수도 있겠지만.

E도 역시 혼자 여행 중이란다. 왜 친구들과 함께 다니지 않느냐니까 단지 혼자 다니는 게 편해서라고 대답한다. 어떻게 어린 나이에 이렇게 글로벌하게 사느냐고 물으니 아버지 덕이란다. 아버지가 사람은 바깥세상을 다녀 봐야 한다면서 어릴 때부터 해외를 다니라고 했단다. 당시엔 그런 아

버지가 원망스럽기도 했단다.

최초의 나 홀로 해외여행은 고등학교 1학년 때였다고 한다. 요즘 사람들은 이럴 때 '입틀막!'이라고 한다. 입을 틀어막아야 할 정도로 놀랍다는 뜻이다. 나는 입을 틀어막지 않았음에도 말이 나오지 않았다.

그때 영국을 다녀온 이후로는 해외여행이 일상이 되었단다. 나는 부지불식중에 정말 존경스러운 아버지라며 항상 감사하게 생각하라고 확실한 꼰대 본능을 노출하고야 말았다. 다행히 E도 자금은 너무나도 감사하게 생각한다고 답해준다.

E는 건축을 전공했으나 미술을 한 어머니의 영향으로 미술을 할까 고민 중이라고 했다. E는 내게 파리의 오르세 미술관을 꼭 관람하라고 일러 주었다. 덕분에 계획에 없던 오르세 미술관에 들러 고흐와 세잔도 보고, 쿠르베와 마네를 만나는 고급진 감격도 누렸다.

당시 파리 한인 민박집에서 안면 튼 한국 청년들은 모녀 간, 친구 간에 온 두어 팀 외에는 거의 혼자 온 친구들이었다. 까미노에서 만난 친구들도 대부분 혼자였다.

심지어 영어도 못해 구글 번역기에 의지해 나 홀로 여행 중인 젊은 여성도 보았다. 나중 까미노를 마치고 포르투갈의 포르투, 리스본을 둘러본 후 마드리드 터미널에 도착했을 때 만난 여행자였다. 혼자 다니기 두렵지 않냐는 물음에 그녀는 '젊으니까요.'라고 답하고 리스본으로 떠났다. 그녀에게는 아직 내게도 없는 여유가 넘쳤다. 부러워하면 지는 거라는 말대로라면 나는 연전연패를 거듭하는 꼴이었다.

그들에겐 젊음만 있는 것이 아니었다. 세계를 바라보는 눈, 삶을 대하는 태도가 달랐다. '어떤 사람들은 25세에 죽고 장례식은 75세에 치른다.'는 벤자민 프랭클린의 말은 적어도 이들에게는 전혀 해당되지 않을 것 같았다. 그들은 영원한 청춘으로 살아갈 자격을 갖춘 듯해 보였다. 부러웠다.

리스본으로 간다던 그녀의 마지막 말이 아직도 귓전을 맴돈다.

'젊으니까요.'

함께 가면 관광이 되고 홀로 가면 여행이 된다. 관광에는 즐거움이 있고 여행에는 충만감이 있다. 인생도 관광객으로 살든 여행자로 살든 선택은 각자의 몫이다. 홀로 미지의 세상과 두려움 없이 접촉하는 여행자의 삶을 선택한 그들은 25세에도 살아 있고, 75세에도 살아 있을 영원한 청춘들이었다.

'광야로 내보낸 자식은 콩 나무가 되었고 온실로 들여보낸 자식은 콩나물이 되었다.'는 말은 우리의 젊은이들이 어떻게 살아야 할지에 대한 충분한 영감을 준다. 콩나물이 아닌 콩 나무가 되어 가는 그들의 앞날에 경배! 그리고 젊은이들이여, 잊지 말아 주기를. 여기 콩나물이 되어 늙어온 중 하나가 그대들의 앞날을 축원하고 있음을.

그들에게도 흠결이 없지는 않았다. 꼰대적 시각에서 볼 때 딱 한 가지 아쉬운 건 그들이 한결같이 파편적이라는 점이었다. 동년배들끼리 만나면 바로 친구가 되던 기성세대와는 확연히 달랐다.

당시에 남긴 나의 메모는 이렇게 말한다.

'부모 세대와는 다르게 자신을 위해 투자하는 모습, 담대하게 외부세계와 접촉하는 적극적 모습 인상적이나 딱 거기까지. 청년들은 자기들끼리는 먼저 말 걸지 않고 데면데면. 내가 뭘 물어볼 때도 대답을 잘 하다가도 더 가까워지는 것은 꺼리는 기색 역력. 이건 이해가 됨. 어른은 늘 부담스런 존재니까. 그런데 또래들과도 별로 친해지려는 모습 없는 건 좀. 나 홀로 여행을 망치고 싶지 않아서겠지 애써 이해해 보는 밤.'

그래도 그들은 충분히 아름다웠고, 충분히 존중받을 자격이 있었다. 어머니의 강권에 마지못해 시작한 까미노를 누구보다 적극적으로 걷고 있는 미국교포 2세 지은 씨, 이번이 세 번째 까미노라는 정화 씨, 그리고 지금 만난 가희 씨까지 그들은 피동적, 수동적인 기성세대와는 다른, 자기 주도적인 삶을 살아가는 진정한 여행자들이었다.

그들의 꿈이 오래오래 이어지기를, 그들의 청춘이 오래오래 푸르기를, 그리하여 그들의 생애가 오래오래 강물처럼 유현하고 장엄하기를.

"멍청아, 그거 빠에야야!"

레스토랑으로 간 건 2시 언저리였다. 근처 알베르게에 투숙한 신부님과, 신부님이 각별히 챙기는 지은 씨, 권 선생님, 가희 씨, 나 이렇게 넷이 야외 테이블에 앉아 음식을 주문했다. 그새 경찰과 연락이 닿아 배낭을 찾았는지 권 선생님이 많이 편안해 보인다.

각자 주문한 음식이 나왔다. 내 앞에는 나의 최애 스페인 음식 빠에야가 놓였다. 역시 한국인은 쌀을 먹어야 돼, 하면서 프라이팬 위에 펼쳐진 빠에야를 감격스럽게 영접하려는 찰나 아뿔싸! 이건 밥이 아니라 숫제 생쌀이다. 원래 조금은 설익은 듯한 식감이 특징이라는 말이 있긴 해도 이건 좀 심했다.

까미노 초반 수비리로 가던 중 에스피날 마을에서 처음 먹어 본 먹물 빠에야도, 벨로라도의 알베르게에서 먹은 빠에야도 전혀 이렇지 않았다.

5일 전 벨로라도 초입에 있는 한국의 황토방 같은 외관을 한 알베르게에 도착했을 때였다. 여직원에게 한국인이 먹기 좋을 만한 메뉴를 달라고 별로 기대도 하지 않고 주문했다. 이리 재고 저리 재고 주문해 봐야 결과는 매번 기대 이하였던 그동안의 학습된 무기력 탓이었다.

그녀가 가져온 음식은 홍합과 조개가 통째로 들어간 발그레한 빛깔이 도는 밥이었다. 접시의 테두리 여백에 붉은 소스로 그린 가리비 그림과 'Camino de Santiago' 글도 센스가 넘친다.

오랜만에 쌀이 들어간 음식을 먹으니 배가 흡족해하고, 배가 흡족해하니 마음마저 흐뭇하다. 접시를 싹 비우고 여직원을 향해 정말 맛있게 잘 먹었다고 엄지를 들어 보였다. 오후 6시부터 주방이 가동되는데도 배고파하는 나를 위해 4시 30분에 주문을 받아 준 고마움에 대한 답례이기도 했다.

고맙다며 활짝 웃는 인상 좋은 그녀에게 내친김에 덤으로 한 마디 더 얹었다.

"이건 내가 가장 좋아하는 빠에야보다 더 맛있다."

그러자 그녀가 재미있다는 듯이 한바탕 웃음보를 터트리고는 이런다.

"멍청아, 그거 빠에야!"

앞서 먹어 봤던 먹물 빠에야와는 빛깔도, 맛도 달라 전혀 같은 음식이라고 생각하지 못했던 나는 깜짝 놀랐다.

마을 이름은 벨로라도였지만 빠에야는 결코 별로가 아니었다. 더하여 이틀 전 온타나스 알베르게에서 여러 순례자들과 함께 먹었던 노란 육류 빠에야까지 그 어디에서도 이 정도 수준의 빠에야는 없었다.

신부님과 길벗들도 설마? 하는 표정으로 한 숟갈씩 먹어 보고는 고개를 절레절레 흔든다.

꾸역꾸역 몇 술이나 떴을까. 도저히 먹을 수 없어서 포기하고 말았다. 오늘은 제대로 된 밥을 먹을 복이 아닌가 보다.

계산대에서 저녁 손님 맞을 채비를 하며 끊임없이 노래를 흥얼거리던 벨로라도 알베르게의 여직원이 만약 오늘 이 광경을 보았다면 뭐라고 했을까. 특유의 환한 미소와 함께 어쩌면 내게 이렇게 말할지도 모르겠다.

"멍청아, 빠에야든 뭐든 다 똑같을 순 없어. 빠에야 맛은 이러해야 된다, 하는 생각이 너를 괴롭히는 거야. 그냥 이게 내 밥이구나 하고 맛있게 먹어."

길 위의 인연들

식사 중에 가희 씨가 뜬금없이 제네비이브를 소환한다. 며칠 전 한 알베르게
에서 제네비이브가 제이슨이라는 한국인을 아느냐고 한국인만 보이면 여기저
기 물어보더란다. 그때 모른다고 대답했는데 오늘 이렇게 만나게 됐다면서 신

기해한다. 가희 씨는 우리가 선착순에 밀려 투숙하지 못했던 산볼의 알베르게에서 그날 1박을 했었단다. 밤하늘이 아름답다는 산볼의 알베르게에서 다음 마을을 향해 고난의 행군을 해야 했던 제네비이브에게는 만감이 교차할 얘기다.

놀라운 인연은 또 있었다. 나중 정화 씨의 말에 의하면 그날 정화 씨는 카스테야노스의 그 알베르게에 제네비이브보다 먼저 투숙해 있었다고 한다. 파김치가 다 된 제네비이브는 투숙 직후부터 아무것도 하지 않고 쉬기만 하더라고 했다. 그러다가 문득 제이슨이라는 한국인을 아느냐고 묻더라고 한다. 그날은 정화 씨가 나를 만나기 하루 전날이라 당연히 모른다고 대답했었단다. 잠깐 함께 걷다가 이후 나보다 뒤처져 오던 정화 씨는 그 후에도 제네비이브를 한 차례 더 알베르게에서 만났다며 함께 찍은 사진을 톡으로 보내오기도 했다.

제네비이브는 아마 그날 고난의 행군 이후 하루 걷는 거리와 속도를 줄였을 것이다. 나는 신문사와 약속한 원고 마감을 지키기 위해 하루라도 더 일정을 단축해야 하는 입장이라 아마 우리 두 사람의 거리는 점점 더 벌어질 것이다. 멀어지는 둘의 거리만큼 서로의 기억 속에서도 점점 더 멀어질 것이다. 그리고 마침내 전생의 기억처럼 아스라이 사라지게 될 것이다.

담소 중에 신부님이 생장에서 나와 함께 까미노를 출발했던 길벗들의 소식을 전해 준다. 신부님과 나를 포함한 길벗들은 수비리에서 처음 만난 이후 팜플로나 등에서도 수차례 조우하면서 친분이 쌓였기에 서로 안부를 주고받고 있었다. 까미노에서 이런 현상은 자연스런 문화다.

프랑스 생장에서 출발 당시 네 명이었던 우리는 팜플로나에서 두 팀으로 나뉘었다. 두 친구로 구성된 한 팀, 그리고 몸이 불편한 청년과 내가 한 팀. 두 친구들은 내게 두어 차례나 청년을 두고 자신들과 함께 먼저 가자고 제안했다. 나는 몸이 불편한 사람을 두고 가는 게 걸려, 청년과 함께 천천히 가겠다며 완곡히 거절했다. 두 친구 팀과 동행하게 되면 나는 필경 민폐를 끼치는 입장이 될 것이었다. 까미노 출발지 생장에서부터 나는 그들에게 손이 많이 가는 민폐족이었다. 그러느니 무릎이 성치 않은 청년과 함께 하면서 내가 민폐를 입는 편이 더 나을 것 같았다.

두 친구는 아쉬워했고, 청년은 고마워했다. 두 친구 팀은 팜플로나에서 1박 후 떠났고, 우리는 좀 더 편하게 쉴 요량으로 작은 호텔에서 하루를 더 묵었다. 그러나 청년은 밤새 나를 불편해했다. 무릎이 좋지 않은 청년을 위한 선택이 민폐를 입히는 쪽으로 뒤바뀌어 있었다. 청년은 쿨하게 말했다. '우리 따로 가죠.' 그렇게 해서 두 친구 팀, 나, 청년 순으로 까미노를 걷고 있는 중이었다. 중간 중간 서로의 안부와 정보를 주고받으면서 따로 또 함께 걷는 동행들이었다. 신부님에 따르면 가장 앞서가던 두 친구 팀 중 한 친구가 감기몸살로 드러누웠다고 했다. 지금은 우리가 내일 도착하게 될 칼사디야에서 머무는 중이라고 했다.

민간구호단체의 일원으로 아프리카에서 자원봉사를 했다는 젊은이였다. 그래선지 야생의 들풀 냄새가 났다. 양말도 신지 않은 맨발에 가벼운 샌들을 신고 소풍 나온 아이처럼 걷던 길벗이었다. 까미노 출발지 생장의 알베르게에서 출발 직전 내 배낭을 꾸려주고, 혼자 가지 말고 자신들과 함께 가자며 동행을 제안하기도 했었다. 팜플로나에서는 무릎이 불편한 청년과의 동행을 선택했지만 그 선의는 항상 마음 한 편에 간직하고 있던 터였다. 네 사람의 동행을 마무리하던 날 팜플로나의 밤은 깊고, 붉고, 감미로웠다. 얼떨결에 마셨던 붉은 마티니 한 모금처럼.

SANTIAGO

3부

삶에 대한 절망 없이는
삶에 대한 사랑도 없다

평탄한 인생을 꿈꾸는가

알베르게로 돌아와 환자와 톡으로 상황을 알아보니 신부님의 전언대로였다. 진통제를 먹어도 별 차도가 없어 하루 더 묵으면서 내일 신부님이 도착하면 몸살 약을 얻어 복용하기로 했단다. 시계를 보니 오후 4시를 살짝 지나고 있다.

잠시 후 빈 물병 가득 물을 채우고 대충 풀어놓은 배낭을 다시 꾸렸다. 권 선생님은 귀에 이어폰을 낀 채 잠들어 있다.

출입문 쪽 가희 씨에게로 갔다. 권 선생님이 깨면 아픈 길벗에게 줄 약을 가지고 먼저 출발했다고 전해 달라고 하자 자신에게도 약이 좀 있다며 세 종류의 약을 두 알씩 챙겨 준다. 내게 충분한 약이 있었지만 그 마음을 차마 거절할 수 없어 주는 대로 다 받아 넣었다. 체크아웃을 하지 않을 테니 뒤처져 오고 있는 길벗에게 내 베드를 주면 된다고 하자 반색하며 고마워한다.

맵 어플을 보니 칼사디야 데 라 쿠에사까지 17킬로미터, 예상 소요시간 3시간 30분으로 나온다. 실제로는 5시간 정도는 잡아야 한다. 지금이 4시 40분이니 10시 전에는 도착할 수 있겠다. 프랑스도 그랬듯이 스페인도 10시 가까이 돼야 어두워지기 시작하니 별 문제는 없다.

나와 합류할 날을 기다린다던 길벗들이 힘든 구간이라며 만류하고 나섰다. 그러나 오후 시간을 무료하게 보내느니 일정도 단축할 겸 지금 가는 게 더 나을 것 같았다. 지금 내가 있어야 할 곳은 카리온이 아니라 칼사디야라고 판단했다. 마침 컨디션이 좋았다. 숙소 도착 후 잠시 쉬는 동안 노독이 다 풀렸는지 몸이 의외로 가벼웠다.

사실 설익은 빠에야 몇 술만으로 저녁을 때운 게 걸리고, 왼발 종자골의 통증도 부담스러웠다. 절뚝이며 걷는 탓에 왼쪽 발목에 든 검붉은 멍도 그랬다. 하지만 어차피 걸어야 할 내 몫의 길이고, 누군가에게 도움이 되는 길이라면 지금 가는 게 나을 것 같았다. 앞에서 온몸을 달굴 태양도 이미 많이 기울어진 터라 큰 장애는 되지 않을 것으로 봤다. 물론 이 판단이 크게 잘못되었음을 각성하는 데는 그리 오랜 시간이 필요하지 않았다.

마을을 빠져나가는 다리를 건너도 한동안은 아스팔트 도로를 따라 이어지는 길이었다. 듬성듬성 나무가 있어서 심리적 안정감을 준다. 삭막하기로 정평 난 메세타 구간임을 감안하면 다행이다. 문제는 정면에서 뜨거운 열기를 쏘아대는 태양이었다. 저 까마득한 지평선을 넘어 갈 때까지 태양과의 독대는 피할 수 없을 것이다. 둘 사이에 태양 광선을 가려주는 어떤 인공물도, 자연물도 없다. 오직 태양 앞에 홀로 선 고독한 단독자로 이 길을 가야 한다. 오후 5시가 넘었어도 스페인의 태양은 지는 해가 아니었다. 10시경에야 비로소 어두워지기 시작한다는 점을 감안해 보면 오후 5시의 스페인 태양은 오후 2, 3시경의 한국 태양에 해당되는 셈이었다. 단순히 지는 해라고 여겼던 건 큰 실수였다.

1시간 정도 가다 남의 집 대문 진입로인 작은 다리 난간에 걸터앉아 엿가락처럼 녹아내린 초콜릿 바 두 개를 꺼냈다. 이 길의 유일한 전투 식량을 먹어 없애며 신부님에게 톡을 보냈다.

약을 기다린다는 환자의 소식을 듣고 먼저 출발했다며 내일 하루 더 쉬었다 간다 하니 내일 신부님이 도착하시면 잘 챙겨 봐 달라고 하자 환자 걱정보다 내 걱정을 더 해 준다.

출발 후 2시간 정도 지나자 길이 팔을 걷어붙이고 본격적인 싸움을 걸어온다.

온몸으로 햇빛을 밀어 헤치면서 걷는 길은 두 배 이상의 체력 소모를 불러온다. 홀로 걷는 길이라면 여기서 또 상당한 체력 소모와 스트레스가 추가된다. 근래엔 하루 종일 걸어도 한 사람의 순례자를 만나는 경우도 드물다.

그러나 태양과의 독대, 단독자의 고독도 지평선까지 일직선으로 뻗은 길을 걸어야 하는 일에 비하면 아무것도 아니다. 구불구불 돌아가는 길 보다 직선으로 뻗은 길은 훨씬 가깝다. 오르막과 내리막을 거듭하는 길 보다 평지는 체력 부담도 훨씬 덜하다. 그저 두 발만 번갈아 내디디면 거리는 줄어든다.

그러나 이것은 어디까지나 이론일 뿐이다. 똑같은 풍경 속에서 일직선으로 뻗은 길은 아무리 가도 가고 있다는 느낌이 잘 들지 않는다. 마치 제자리걸음을 하는 게 아닌가 싶을 정도다. 차라리 시간이 조금 더 걸려도 굽이돌아가는 길이 심리적으로는 훨씬 낫다. 모르긴 해도 체력적으로도 그게 더 나을 것이다.

인생의 길도 굽이굽이 돌아가는 길은 우리의 근골을 수고롭게 하고 오르락내리락 하는 길은 우리의 마음을 고단하게 하지만 그런 인생이 평탄한 인생보다 더 나은지도 모른다. 활주로처럼 곧게 뻗은 평탄한 인생은 오히려 그를 피폐하게 만들기도 하고, 사람으로서 짓는 가장 큰 죄라고 하는 인생을 낭비하는 죄를 범할 위험에 빠뜨릴 가능성도 높다. 역설적으로 누구나 원하는 평탄한 길은 인생을 망치는 지름길일지도 모른다.

야고보 사도의 생애를 생각해 본다.

야고보는 예루살렘의 북쪽이자 나사렛의 동북쪽에 있는 갈릴리 호수에서 물고기를 잡으며 평화롭게 살고 있었다. 동생 사도 요한과 함께 어부인 아버지를 도우며 유복하게 자랐다. 예루살렘에 별장이 있었다는 기록도 있다하니 꽤 부유했던 것으로 보인다. 그러던 야보고는 어느 날 운명처럼 예수를 만나 배를 버리고 예수를 따라갔다고 한다. 그때부터 그는 물고기를 잡는 대신 사람들의 영혼을 사로잡는 전도자의 삶을 살게 된다. 유복한 가정의 맏아들로 고요한 호수에서 물고기나 잡으며 사는 평탄한 길을 버리고 고난의 길을 선택한 것이다.

예수의 제자로서의 삶은 평범할 수 없었을 것이다. 사마리아와 유대지역에서 복음 활동을 하던 야고보는 '세상 끝까지 가서 선교하라.'는 예수의 명을 받고 이베리아 반도의 끝으로 간다. 그는 스페인 북서쪽 작은 마을인 무시아에서 선교에 진력한다.

어느 날 홀연히 발현한 성모 마리아가 야고보에게 이제 예루살렘으로 돌아가라고 한다. 다시 예루살렘으로 간 그는 헤로데 아그리파스 1세의 그리스도인 탄압과 박해 속에서도 다른 사도들과 함께 끝까지 예루살렘을 떠나지 않고 선교 활동을 이어 갔다고 한다.

그는 밀고에 의해 피체되어 구금된다. 야고보의 삶은 평탄하지도 곧게 뻗어 있지도 않았다. 그러나 그의 정신은 일직선으로 뻗어 있었다. 만약 구금된 후에라도 뜻을 굽혔더라면 그의 생애는 달라지지 않았을까.

마침내 야고보 사도는 서기 44년 파스카 축일 전날 헤로데 아그리파스 1세에 의해 참수형을 받고 순교한다. 예수의 12제자 중 최초의 순교였다. 그의 나이 39세. 생애는 굴곡졌으나 정신은 올곧았던 한 젊은 성자는 그렇게 생을 마감했다. 스스로 형장으로 가는 길을 선택했던 야고보 사도. 나로서는 감히 가늠할 수도, 헤아릴 수도 없는 선택이다.

그를 우러르게 하는 대목은 또 있다. 형장으로 향하는 야고보에게 그를 고발한 사람이 뒤따르며 용서를 구했다고 한다. 그때 야고보는 그를 안아 주면서 '평화가 그대와 함께 하기를 바란다.'며 용서했다고 한다. 용서란 상대의 잘못을 덮어 주고 잊어 주는 정도를 넘어선 곳에 있다. 진정한 용서란 '이러한 삶을 살게 해 준 당신에게 감사한다.'는 마음이 있어야 한다. 야고보 성인은 형장으로 가면서도 밀고자에게 축복의 말을 건넸다. 진정으로 용서하지 않았다면 할 수 없는 무외시(無畏施. 두려움에서 벗어나게 해 주는 마음의 보시)이다.

바람의 길, 별의 길

　순례길 초반 팜플로나에서 푸엔테 라 레이나까지 24킬로미터 구간 중간 쯤 지점에 페르돈 봉(峰)이 있었다. 우리말로 용서의 언덕이라 불리는 곳이 다.

원래 이 페르돈 봉에는 성모를 기리는 낡은 성당이 있었다고 한다. 이 지역의 풍력 발전 회사는 까미노 관련 단체와 뜻을 모아 1996년 낡은 성당을 허문 자리에 청동 순례자 조형물을 세웠다.

당나귀를 몰고 가거나 말을 탄 중세의 순례자부터 배낭을 짊어진 현대의 순례자까지 줄지어 산티아고 데 콤포스텔라가 있는 서쪽을 향해 걷는 형상이다. 까미노의 프랑스 루트에 있는 대표적인 상징물이다.

한 순례자가 타고 가는 말의 옆구리에는 바람의 길과 별의 길이 교차하는 곳이라고 새겨져 있다. 바람의 길과 별의 길이 의미하는 것은 무엇일까. 바람의 길은 미움과 원망을 안고 가는 길이며, 별의 길은 사랑과 자비를 안고 가는 길일까. 그 두 길을 가르는 키워드가 용서라는 의미일까. 용서하지 못하면 바람의 길을 가는 것이고 용서하면 별의 길을 가게 되리라는 의미를 담고 있는 글귀일까.

나는 사실 처음엔 이 조형물을 보고 '용서의 언덕'보다는 '용사의 언덕'이 아닌가 의심하기도 했다. 조형물이 도무지 용서와 맥락이 닿지 않았기 때문이다. 오히려 말, 개, 당나귀 등의 동물 형상과 긴 창을 세워 들고 있는 듯한 사람들의 형상은 얼핏 병사들의 행렬을 연상케 했다. 무어인들과 맞서 싸운 스페인 병사들을 기리는 의미쯤으로 받아들여졌다.

그러나 이곳은 엄연한 용서의 언덕이다. 청동 순례자 조형물이 있는 정상에서 살짝 벗어난 경사지에 있는 돌기둥들이 이 언덕의 주인공이다. 열대여섯 개의 돌기둥들이 사람 키 정도 높이로 빙 둘러서서 4, 5미터 정도 되는 큰 돌기둥을 에워싸고 있는 기념 조형물은 흡사 선사시대 고대인들의 유적을 떠올리게 했다.

번역기의 도움을 받아 근처에 서 있는 안내문을 읽어 본다.

'인권 침해에 대한 모든 과정에 대한 비판적 기억, 폭력을 행사한 사람들에 대한 기억…. 프랑코니즘의 희생자들을 추모하기 위해 세워진 기념물….'

그랬다. 이 조형물은 독재자 프랑코의 철권통치에 희생당한 사람들을 추모하는 의미를 담고 있었다.

프랑코는 1936년 스페인 내전으로 권력을 장악한 후 죽을 때까지 30년 가까이 독재자로 군림하며 수십만 명을 학살했다. 희생자들의 시신은 스페인 전역에 걸쳐 여기저기 암매장됐다. 이곳에서도 100여 구의 유해가 발굴되었다.

가운데 우뚝 선 돌은 프랑코 독재 치하의 희생자를 상징한다. 돌기둥을 둥글게 에워싼 작은 돌들은 희생자들의 출신 지역을 상징한다. 작은 돌들에는 희생자들이 살았던 마을 이름들이 새겨져 있다. 그러니까 이 돌기둥 기념물이 이곳이 용서의 언덕인 이유이다.

기왕 이곳을 용서의 언덕으로 명명했다면 프랑코니즘의 희생자를 기리는 이 기념물이 더 주목받을 수 있게 했더라면 어땠을까 아쉽다. 많은 순례자들은 청동 순례자 조형물 앞에서 잠시 쉬면서 사진 촬영만 하고 떠난다. 이곳이 왜 뜬금없이 용서의 언덕인지, 저 돌기둥 기념물은 무엇을 의미하는지 알지도 못한 채. 심지어 돌기둥 기념물이 있다는 사실조차 알지 못한 채 '나는 이제 나를 용서하기로 했다.' 따위의 객쩍은 소리나 늘어놓으면서.

이 용서의 언덕의 취지는 수십만 명을 학살한 독재자를 불과 수십 년 만에 용서해 주자는 것이다. 모든 희생자 가족들이 동의했는지도 모르겠고, 그렇게 쉽게 용서가 가능할지도 모르겠다. 가해자로 인해 뒤틀려 버린 자신의 운명마저도 사랑(아모르 파티) 할 수 있을 때 비로소 진정한 용서가 가능하다는 측면에서 본다면 과연 몇 명이나 용서를 했을지 의문이다.

불교적으로 보면 10법계(十法界) 중의 연각세계(緣覺世界)급의 경지에 오른 사람이라야 진정한 용서가 가능하다. 인간세계를 살아가는 평범한 중생들은 불가능하다. 심지어 천상세계, 성문세계에서 사는 사람들도 마찬가지다. 용서와 참회란 하고 싶다고 되는 것이 아니다.

보살세계 바로 아래에 있는 연각세계는 12연기를 깨달은 높은 경지에 오른 성자들의 세계이다. 12단계의 인과의 메커니즘을 깨달았을 때 비로소 안으로는 참회, 밖으로는 용서가 가능한 것이다.

용서를 구하며 뒤따라오는 밀고자를 안아주고 '평화가 그대와 함께하기를 바란다.'고 위로한 후 형장으로 향한 야고보 사도는 연각세계의 아라한(수행의 경지가 높은 성자)이 분명할 것이다.

모르긴 해도 밀고자는 가까운 사람이었을 가능성이 높다. 평소에 잘 따르던 신자였거나 최소한 이웃이었을 것이다. 그의 스승인 예수는 원수를 사랑하라 일렀지만 같은 원수라도 적보다 친구를 용서하기 더 어렵다. 가까운 사람의 배신이 주는 상처가 더 치명적이기 때문이다. 무방비 상태에서 친구에게 입은 상처는 적과 싸우다 입은 상처에 비할 바가 아니다. 그래서 이런 기도는 매우 설득력 있다.

'신이시여, 친구로부터 저를 지켜 주소서. 적들은 제가 처리하겠습니다.'

그럼에도 밀고자를 안아 주고 형장의 이슬로 사라져 간 서른아홉 살 젊은 성자의 넓은 금도가 경외스럽다. 그의 생애는 지금 내가 걷고 있는 일직선으로 뻗은 이 길처럼 올곧은 직선의 삶이었건만 그의 성품은 이리도 유연했던 것이다. 그는 한때 불같은 성정 때문에 그리스도로부터 천둥의 아들로 불렸다고 한다. 그러나 가까운 밀고자를 용서한 그에게 연각(緣覺)의 성자라는 헌사가 아깝지 않다.

스스로 평탄한 길을 버리고 그리스도의 제자로서 고난의 길을 걸었던 야고보, 곧은 신념과 유연한 성품을 동시에 지녔던 야고보. 그 야고보 성인이 스승의 명을 받들어 세상 끝까지 가서 선교하다가 잠들어 있는 곳을 향해 2천 년이 지난 후 늙은 중 하나가 간다. 소실점을 향해 일직선으로 뻗은 길을 원망해 가면서.

카리온에서 칼사디야로 가는 17킬로미터 사이에는 단 하나의 마을도, 바도 없다. 오직 발밑의 땅, 머리 위의 태양만 있을 뿐이다. 또 하나가 있다면 고독과 침묵.

이날의 까미노는 최악이자 최고였고, 지옥이자 천국이었다. 일직선으로 뻗은 길, 뜨거운 태양, 절뚝이는 걸음은 내가 지금 최악의 지옥에 있음을 말해 주고 있었다. '지금 지옥을 걷고 있다면 계속 앞으로 나아가라.'는 처칠의 말은 아무리 생각해 봐도 진리였다. 오직 앞으로 내딛는 한 걸음만이 나를 구원해 줄 뿐 그 어떤 것도 해결책이 되어 줄 수 없다.

반면 몸살로 앓아 누운 길벗에게 약을 전해 주기 위해, 내가 받은 친절을 되돌려 주기 위해 한 발이라도 더 빨리 가고자 하는 내 마음은 지금 천국에 있음을 말해 주고 있었다.

하루라도 빨리 많은 사람들에게 복음을 전해 주고픈 마음 하나로 세상의 끝까지 달려간 야고보 사도의 마음도 이러했을까. 나는 천국으로 가는 지옥 길을 걷는 기분으로 걸었다.

오후 8시가 넘었어도 태양은 여전히 뜨거웠다. 그러나 다행히 길 위로 낮게 펼쳐진 구름 속으로 태양이 모습을 감춘다. 이것만 해도 살 것 같다. 5킬로미터쯤 남은 지점에서 잠시 길가에 아무렇게나 퍼질러 앉았다. 그늘도, 앉을 자리도 마땅치 않은 곳에서 아무렇게나 쉬었다 다시 가다 보면 5분도 안 돼서 꼭 그럴싸한 쉴 자리가 나타나 사람을 어이없게 만들기도 하지만 이 황량한 메세타에서는 그럴 일도 없을 것 같다.

남은 거리를 확인하려고 휴대 전화기를 꺼내 본다. 두 친구 팀 지흔 씨의 부재중 전화가 찍혀 있다. 전화를 걸어 본다. 마을이 푹 꺼진 지형에 자리 잡고 있다 보니 멀리서 보면 마을이 안 보여 맥 빠질 수 있다며 실망하지 말고 잘 오란다. 환자도 곁에서 뭐라고 한두 마디 거든다.

악몽마저 나의 몫

　9시 30분쯤 사위가 저녁 어스름에 잠길 무렵 저 멀리 마침내 지구가 둥글다는 것을 입증이라도 하듯 하늘과 맞닿은 길이 아래로 굽어 내려가는 지점이 보인다. 다가갈수록 길 너머의 낮은 숲이 모습을 드러내기 시작한다. 저기 내리막길이 시작되는 지점과 저 너머의 숲 사이에 마을은 들어앉아 있을 터이다.

다가서는 거리만큼 서서히 분지 속에 들어선 마을이 형체를 드러낸다. 여러 건물들의 지붕이 보이기 시작하더니 베일을 벗듯 마침내 마을이 온전한 모습을 나타낸다. 저 마을의 첫 집이 두 친구 팀이 머무는 알베르게인 듯하다. 이제 이 아름다운 지옥 길도 끝이 났다.

다시 길가에 함부로 주저앉았다. 물병을 꺼내 한 모금 마시고 조금 남은 물을 머리에 들이부었다. 그러고는 얼굴을 문지르고 수건으로 깨끗이 닦았다. 땀과 흙먼지로 얼룩진 모습을 보면 환자는 미안해하고 부담스러워할 것이다. 앉은 채 수건으로 바짓가랑이도 털고 배낭도 털었다.

다시 배낭을 들쳐 메고 내리막길을 내려가는데 저 아래 마을 주민들로 추정되는 대여섯 사람이 함께 서서 이쪽을 보고 있는 듯한 모습이 눈에 들어온다.

물집 탓에 내리막길을 조심스럽게 절뚝이며 내려가자 한 사람이 쭈뼛쭈뼛하면서 나를 향해 조금씩 다가오는 모습이 보인다. 잠시 길가에 앉았다 일어서는 사이에 개와 늑대의 시간이 돼 버렸다. 누군지 통 알아볼 수가 없다. 두 친구 팀의 길벗으로 짐작만 할 뿐이었다. 나는 양손에 쥔 폴대에 힘을 가하며 불완전한 걸음을 보정했다.

다가가서 보니 지흔 씨다. 팜플로나에서 헤어진 후 근 2주 만이다. 반갑다. 그런데 어쩐지 느낌이 착 가라앉았다.

까미노 출발지인 프랑스 생장의 알베르게 2층 계단을 내려오는 한국인으로 보이는 한 젊은 여성이 있었다. 단정하게 빗어 내린 윤기 있는 단발 머리에 꼿꼿한 자세로 천천히 계단을 내려오는 모습을 본 나는 단박에 파리에 사는 한국 교민이라고 단정했다. 1층 리셉션에서 체크인을 하는 한국 늙은이 따위는 안중에도 없는 차갑고 도도한 모습이 영락없는 파리지엔이었다. 일반적인 숙박업소가 아닌 까미노 알베르게라 그런지 호텔 리셉션과는 다른 질문들이 연이어 들어와서 내심 당황하고 있던 참이었다. 이때 나타나는 한국인은 당연히 수호천사다. 문제는 수호천사라고 하기에는 너무 도도해 보여서 도와 달라의 '도' 자도 꺼내지 못할 분위기라는 것. 만약 체크인을 도와 달라고 하면 한국인 망신시키는 늙은이로 여기고 불어로 'Je suis désolé(미안합니다).' 하고는 쌩 지나가 버릴 것 같았다.

나는 아직도 그녀와 어떻게 해서 첫 대화가 시작되어 길벗이 되었는지 통 기억이 나지 않는다.

그런 지흔 씨가 지금 어딘지 불안정해 보인다. 그 모습이 생경하다.

어색함을 누르고 뭐 하러 마중까지 나왔냐고 하니 '러닝머신 달리는 것 같은 길이라 더욱 힘든 길인데 고생했다.'고 인사하는 목소리도 착 가라앉았다.

환자는 좀 어떠냐니까 지금 잠이 들었다 한다. 시간이 좀 지나긴 했지만 통화할 때 옆에서 한 두마디 거들기도 하던 환자가 곧 도착할 약도 마다하고 잠이 든 것도 설핏 뜨악하다.

건네주는 생수병을 받아 물을 마시는 사이 지흔 씨가 체크인을 대신해 준다. 생장에서 받지 못한 체크인 도움을 여기서 받는다.

2층으로 올라갔다. 다닥다닥 2층 침대들이 두 줄로 늘어서 있다.

지흔 씨에게 약을 건네준 후 잠든 환자의 이마를 짚어 보니 미열이 느껴진다. 적당히 짐을 풀었다.

샤워와 세탁을 마치자 전신 무력과 함께 급격한 허기가 몰려온다. 카리온 이후 먹은 것이라고는 설익은 빠에야 몇 술과 초콜릿 바 두 개가 전부였으니 그럴 만도 하다. 리셉션에 가보면 방법이 있을지도 모르겠다.

리셉션으로 내려가는데 마침 1층 계단 우측에서 젊은 부부가 문을 열고 나온다. 얼핏 작은 상점 같다. 부부가 일을 막 마치고 나서는 참인 듯했다. 급히 그들에게 배가 몹시 고프다며 먹을 것 좀 달라고 하자 영업 종료 됐다며 두말 않고 문을 잠그고 가버린다. 혹시나 하고 리셉션으로 가본다. 아무도 없다. 오늘 이 알베르게가 나를 별로 반기지 않는 분위기다. 살짝 당혹스럽다.

하릴없이 작은 풀장이 있는 정원을 가로질러 세탁실로 가 수돗물을 틀어 물을 흡입했다.

물배를 채운 후 오늘 일을 메모하기 위해 휴대 전화기를 펼쳤다. 온몸이 사시나무처럼 떨려온다. 밤이 되면서 기온이 급강하한 탓이었다. 차가운 바람마저 분다. 세탁실 문을 닫아 바람은 피해도 낮은 기온은 피할 길이 없다. 유럽은 아무리 더운 날도 밤이 되면 선선하거나 춥다. 그리스와 오스트리아 등을 쏘다니던 7월 중순 무렵까지 무거운 침낭을 버리지 못한 이유다.

침대로 갔다. 침낭을 펴고 들어가 누에처럼 웅크리고 누웠다. 멍이나 물집을 케어 할 여력도 없었다. 절대 그럴 리 없지만 자고 나면 좀 나아져 있기를 바라는 수밖에 없었다. 혹시 오르니요스로 가던 중 성당에서 받았던 기적의 메달을 잃어버리지 않았더라면 다음 날 멀쩡하게 아물어 있는 발을 보는 기적을 체험할 수 있었을까. 납덩이같은 몸과는 달리 정신은 점점 유리알처럼 맑아진다.

덜컹, 덜컹, 드르덕 덜컹. 바람이 창문의 멱살을 잡고 흔든다. 방안 가득 쏟아져 들어온 바람이 침몰한 배에 밀려드는 파도처럼 거칠게 방안을 휘젓는다. 바로 옆 침대 머리맡 쌍여닫이 창문이 열려 있다. 설닫은 창문이 바람의 패악질에 맥없이 옷고름을 풀어버린 듯했다.

옆 침대 주인은 이 와중에도 깊이 잠든 모양이다. 아직 잠들지 않은 사람이 있을 텐데도 아무도 창문을 닫지 않는다. 창문이 연신 비명을 질러댄다. 누군가는 밭은기침을 하고, 누군가는 침낭 지퍼를 한껏 끌어 올리고, 누군가는 몸을 웅크리면서 돌아 누울 뿐 아무도 창문을 닫는 이도, 닫아 달라고 부탁하는 이도 없다.

일어나서 창문을 닫고 싶었으나 마음뿐이었다. 어쩌면 손가락 하나도 까딱하고 싶지 않았는지도 모르겠다. 그저 누군가가 저 창문을 좀 닫아 주었으면 하는 마음만 들 뿐이었다.

이날 밤 20여 명의 투숙객 중 아무도 창문을 닫는 사람은 없었다.

바람은 열린 침낭 틈을 헤집고 우악살스럽게 파고 들었다. 20, 30분가량을 그렇게 버텨 보았지만 도저히 이대로는 잠들 수 없을 것 같았다. 가뜩이나 평소에도 전전반측하기 일쑤인 터에 이런 환경이라면 단 10분도 잠들긴 틀렸다. 간신히 몸을 일으킨다. 창문을 닫고 잠근다. 길이 막힌 바람들이 밖에서 아우성치며 세차게 창을 두드린다. 한 무리는 지붕 위에서 사정없이 발길질을 해댄다. 도대체 분지처럼 내려앉은 이 지형에 어떻게 이런 야생의 바람이 미친 듯이 불어대는지 의아할 지경이었다.

다시 침낭 속에 들어가 눕는다. 바람은 들개 떼처럼 거칠고 집요하다. 지붕을 공략하다가, 다시 창문을 공략하다가, 지붕과 창문을 동시에 공략한다. 끝장을 보자고 덤벼든다. 바람의 거친 드잡이에 내가 닫아 잠근 창문이 다시 맥을 놓아 버렸는지 주먹 하나가 드나들 정도로 벌어졌다. 그 틈으로 쏟아져 들어오는 바람은 황소 급이었고, 덜컹이는 소리는 화물열차 급이다. 아무래도 다시 잠가야 할 것 같다. 그러나 몸이 말을 듣지 않는다. 그 때 다행히 창문 아래 베드 주인이 일어나더니 창문을 다시 닫아 잠근다.

거세게 건물을 윽박지르는 바람의 난동도 그렇지만 잠자리에 안온한 맛이 없다. 허기 탓인지, 세탁실에서 한동안 추위에 노출되었던 탓인지, 함부로 헤집고 든 바람이 실내에 가득 부려 놓은 한기 탓인지 잠은 먼 곳을 배회한다.

칼사디야의 밤은 아름답지 못했다. 깊고, 붉고, 감미로웠던 팜플로나의 밤과는 너무나 달랐다. 그래도 칼사디야로 오는 길은 아름답고 행복했다. 그 지루하고 고된 길을 충만한 마음으로 걸을 수 있었다는 것만으로도 족했다. 칼사디야의 밤은 고약하고 형편없었으나 오는 길 위에서 나는 충분히 행복했다. 그러면 된 것이다.

다만 그날 밤 거칠게 건물을 유린하던 야생의 바람에게 묻고 싶은 게 있다. 왜 그랬는지, 왜 그렇게 해야만 했는지. 마땅히 그런 광풍이 불어야 할 지형도 아닌 곳에서 왜 그토록 모질게 몰아쳐야 했는지. 대답은 하지 않아도 좋다. 어쩌면 너도 모를 수 있으니까. 너는 그저 바람이니까.

어떻게 잠이 들었는지 그래도 눈을 떠 보니 머리맡에 아침이 로켓처럼 배송돼 와 있다. 직원이 체크아웃 시간이라며 투숙객들을 깨우는 소리에 깨어난 잠이었다. 시계를 보니 8시가 넘었다. 몇 시간이나 이렇게 죽은 듯이 잤던 걸까. 간밤의 기억인지 악몽인지, 머릿속이 온통 뒤죽박죽이다.

밤새 그렇게 불량한 청소년들처럼 우르르 몰려다니던 바람은 오간 데 없고 두 친구 팀도 먼저 떠나고 없다. 대신 곤히 잠든 나를 깨우지 않고 먼저 떠났다는 지흔 씨의 톡이 와 있다. 무슨 의미인지 알겠다.

주관을 넘어, 에고를 넘어

투숙객 중 가장 늦게 체크아웃을 하고 나서는 발걸음이 무겁다. 사아군까지 22킬로미터를 가기로 한다. 큰 도시를 피해 상대적으로 순례자들이 적게 몰리는 직전 마을이나 다음 마을에 투숙하는 쪽을 선호해 왔지만 이번에는 선택지가 없었다. 직전 마을은 너무 가까웠고 다음 마을은 너무 멀었다. 멀다고는 해도 다음 마을까지 10킬로미터 정도는 마음만 먹으면 갈수도 있었다. 하지만 어제 이틀 치를 걸은 데다 마음이 무거워 걷는 재미가 없었던 탓이 컸다.

길은 120번 도로 왼쪽에서 어깨를 나란히 하고 간다. 길들의 동행이다. 곧 다가올 나뭇가지처럼 갈라지는 순간까지의 한시적 동행도 그것대로 아름답다. 이날부터 나의 순례 메모는 급격히 불성실해졌다. 어쩌다 마음먹고 메모한 날도 고작 한 줄. 그나마도 예약한 숙소명이거나 지역명뿐. 기록은 남기지 못했지만 기억나는 것은 있다. 그날 내가 했던 생각들은 생각하고 싶지 않은 생각이 대부분이었다는 것이 기억난다.

이 무렵 메모를 대신한 육성 녹음은 이렇게 말하고 있다.

'한 걸음만 떨어져서 보면 모든 것이 희극이다. 주관과 객관, 그 사이에서 일어나는 모든 갈등들. 한 발짝만 떨어져서 보면 아무것도 아닌 것을…. 인간은 객관적 진실을 인식하고 파악할 수 있을까. 어떠한 현상, 즉 색(色)이 있을 때 그것을 받아들이는 수(受)의 작용은 천차만별이다. 수의 작용이 다르면 다음 단계인 상(想) 또한 완전히 다르게 형성된다. 수의 메커니즘이 다른 이유는 각자의 카르마(業)가 다르기 때문이다. 주관은 카르마가 만들어낸 허상에 불과한 것이다. 객관적 진실은 주관적인 수(受)와 상(想)에 의해서 손상당할 수밖에 없다. 우리가 흔히 말하는 대부분의 객관적 진실, 실체적 진실이라고 하는 것은 엄격히 말하면 각자의 카르마에 의한 주관적 판단일 뿐이다. 객관적인 사실과 진실을 카르마의 지배를 당하고 있는 주관을 통해 바라본다는 것 자체가 근본적으로 잘못된 일이다.'

모든 사람은 각자 프로크루스테스의 침대를 가지고 대상을 재단하고 도색한다. 객관적 진실은 하나지만 주관적 진실은 인류의 수만큼 많을 수 있는 이유이다.

세상은 좋은 사람과 나쁜 사람의 싸움터라기보다는 좋은 사람과 좋은 사람, 혹은 나쁜 사람과 나쁜 사람 간의 싸움터라 한 앞서의 얘기와 같은 맥락이다. 안방의 시어머니와 부엌의 며느리가 갈등하는 이유는 둘 중 하나가 나빠서가 아니라 서로 사이즈가 다른 프로크루스테스의 침대를 사용하고 있기 때문이다. 좋은 사람들이라고 해서 주관을 형성하는 카르마가 동일할 수 없기 때문이다,

2천 년 전 야고보 성인은 병든 환자에게 하루라도 빨리 약(복음)을 전해 주겠다는 일념으로 세상의 끝까지 갔을 것이다. 그때 중생들은 각자의 카르마에 따라 제각기 다른 반응을 보였을 것이다. 성인은 12연기의 작용을 완벽히 통찰한 연각세계 성자답게 최고의 마음 경지인 응무소주 이생기심(應無所住 而生起心)의 마음으로 그들을 바라보지 않았을까. 나로서는 가늠조차 되지 않는 그 마음. 그래도 애써 흉내라도 내어 보고 싶어지는 그 마음.

사아군으로 가는 길은 천진난만이라는 꽃말을 가진 노란 프리지어 향기가 함께 해 주었다. 달콤한 꽃향기가 심신의 피로를 잠시 잊게 만든다.

어디쯤에서였을까. 누군가 차량통행이 없는 아스팔트 폐도(廢道) 위에 작은 돌들을 주워 하트를 만들어 놓았다. 하트는 서로 사랑하라고 말하고 있었다. 최소한 이 길을 걷는 동안만이라도 서로 사랑하며 걸으라고 하트는 말하는 듯했다.

사랑 앞에서 객관과 주관, 주관과 주관의 차이쯤이야 무슨 문제가 될까. 어쩌면 사랑만이 인간의 에고(ego)를 극복하게 해 줄지도 모른다. 주관과 객관의 거리, 주관과 주관의 거리를 단박에 뛰어넘게 하여 마침내 구원에 이르게 해 줄지도 모른다. 인간의 구원과 해탈을 가로막는 최대 장애물인 에고도 사랑 앞에서는 끓는 물 속 얼음에 지나지 않을 테니까.

각각의 가정은 사랑이 충만한 천상세계이다. 그러나 이 세계는 인간세계에 머물러 있다. 대문 안은 천상세계, 대문 밖은 인간세계인 셈이다. 인간세계를 지배하는 키워드는 위선이지만 천상세계를 지배하는 정신은 사랑이다. 그러나 각각의 가정(천상세계)이 창이 없는 단자(單子)로만 떠돈다면 이 인간세계는 영원히 수라세계와 천상세계를 오가는 위태로운 평화지대로 머물고 말 것이다. 부분은 선인데 그 부분의 합이 악이라는 이 모순의 원인은 또 다시 에고다. 각각의 가정에만 머물러 있는 사랑이 빅뱅을 일으키지 않는 한 가식과 위선, 거짓이 지배하는 인간세계의 표리부동은 여전할 것이다.

'한 사람의 광부를 구하기 위해 그가 누군지도 모르는 무수한 사람들이 자신의 목숨을 건다는 것에 인간의 위대함이 있다.'는 알베르 카뮈의 말에서 우리는 사랑이 인간을 천상세계로 이끄는 최고의 견인력이라는 확신을 얻는다.

예수 그리스도가 '네 식구를 사랑하라.'고 하지 않고 '네 이웃을 사랑하라.'고 했던 것은 에고를 벗어나고, 자신의 가족에 대한 사랑에서 벗어나 이웃을 사랑할 때 비로소 세상이 구원될 수 있다고 생각했기 때문일 것이다.

1910년 겨울 러시아의 모스크바 남부의 간이역 아스타포보. 82세의 대문호 레프 톨스토이는 딸의 품에 안겨 마지막 숨을 몰아쉬며 이렇게 말한다.

"애야, 세상에는 톨스토이 외에도 돌보아야 할 사람이 많다는 사실을 기억하거라."

톨스토이도 예수처럼 이웃에 대한 사랑만이 인류를 구원할 수 있다고 믿었던 것이다.

모든 인류가 자신의 가족처럼 타인을 사랑한다면 이 세계가 곧 천상세계다. 예수가 사랑을 설파한 것은 이 세상을 천상세계로 만들라는 지상 명령이었다. 적어도 이 까미노 800킬로미터는 천상세계로 만들어야 한다. 그것이 2천 년 전 야고보 사도의 정신에 다가가는 길일 것이다.

늙은 폐도(廢道) 위에 돌로 하트를 만들어 놓고 떠난 그는 어디쯤 가고 있을까. 아직도 가식과 위선과 거짓이 지배하는 인간세계를 벗어나지 못하고 있을까. 아니면 사랑으로 에고를 녹이고 마침내 구원을 얻어 천상세계에 접어들었을까.

그날 하트의 흐트러진 돌멩이 몇 개를 반듯이 놓아 주지 못하고 지나친 것이 못내 아쉬움으로 남는다. 내 뒤에 오는 누군가가 꼭 그래 주었으면 좋겠다. 기왕이면 지흔 씨나, 정화 씨나, 신부님이면 더 좋겠다.

방황하는 꼬레아노들

저만치 신라 고분 같은 둔덕에 토끼 굴처럼 여기저기 구멍이 뚫려 있는 것이 보인다. 이 지역에서 생산되는 와인을 보관하는 저장고다. 와인은 빛이 들지 않으면서 일정한 온도와 약간의 습기가 있는 서늘한 곳에 보관해야 한다고 한다. 또한 다른 냄새가 스며들지 않아야 하고 진동이 없어야 한단다. 괜히 발걸음이 조심스러워진다. 나중 어떤 나라의 한 와인 애호가여, 만약 그대가 마시는 스페인산 와인 한 잔의 향과 맛이 살짝 부족하거든 오늘 절뚝거리는 내 걸음의 진동 탓이었음을 이해해 주기를….

수녀원을 개조한 사아군의 데 라 산타 쿠르즈 알베르게에 도착했다. 고작 22킬로미터 남짓 걸었을 뿐인데도 40킬로미터 이상 걸어온 듯 몸이 천근만근이다. 자원봉사자로 보이는 아가씨가 친절하게 물 한 잔과 사탕 한 알을 건넨다. 시원한 물을 마시자 정신이 좀 돌아오는 기분이다.

자원봉사자가 체크인을 도와준다. 여권을 보고는 '꼬레아노'라면서 꼬레아노 남자 둘이 있다는 4인실로 안내한다. 간만에 안온한 분위기에서 하룻밤 묵을 수 있겠다.

문을 열고 들어가니 이게 누군가. 어제 카리온에서 칼사디야로 떠날 때 인사도 나누지 못하고 헤어졌던 58개띠 권 선생님이다. 카리온에서 택시를 이용해 점프를 한 듯했다. 권 선생님은 70대의 김 선생님과 함께 있었다.

건장한 체구의 김 선생님은 뇌졸중 후유증으로 한쪽 다리가 많이 불편한 상태였다. 그런데도 혼자 순례에 나섰단다. 더욱 놀라운 건 이번이 두 번째란다. 스페인어도, 영어도 젬병인 나와 어금버금인 김 선생님은 내가 까미노에서 만난 가장 놀라운 순례자 중 한 사람이었다. 김 선생님은 단지 건강을 위해서 걷는다고 했다. 걷는 것 자체가 목적인 순례자인 셈이다.

김 선생님은 까미노를 걸으면서 몸이 좋아지고 있다는 것을 느낀다고 했다. 불편한 몸을 이끌고, 언어도 통하지 않는 곳을 홀로 걷고 있는 70대의 김 선생님은 나를 부끄럽게 했다.

저녁을 먹으러 나갔다. 이 집 저 집 들어가서 메뉴를 확인해 봐도 영 신통찮다. 나도 나지만 두 분의 입맛에 맞을 만한 메뉴가 없다. 아무리 둘러봐도 음식이라기보다는 간식거리에 가까운 것들 일색이다. 결국 신통찮은 간식 같은 걸 주문해서 먹는 시늉만 한다. 그래도 김 선생님은 '어차피 죽지 않으려고 먹는 거니까 뭐.'라며 해탈한 표정으로 제일 먼저 접시를 비운다.

마을에 축제라도 있는지 붉은 유니폼을 입은 악대 행렬이 성인으로 추정되는 동상이 서 있는 작은 광장을 통과한다. 제대로 된 식사도 못하고 일행은 식당 야외 테이블에 앉아 멀거니 쳐다만 보고 있다가 알베르게로 돌아갔다.

다음 날 아침 권 선생님과 함께 도네이션(기부제)으로 운영하는 알베르게의 부속 식당으로 가 빵 몇 조각과 치즈, 주스로 요기를 했다. 모처럼 해 보는 아침식사다.

70대의 김 선생님은 먼저 출발한 듯 보이지 않는다. 7시경 알베르게를 나섰다. 오늘의 목적지는 레리에고스까지 31킬로미터. 중간에 두 개의 마을 밖에 없다. 단 하나의 마을도 없었던 카리온에서 칼사디야까지의 길에 비하면 낫지만 삭막함을 각오해야 할 듯하다.

다행히 중간중간 길가에 나무가 줄지어 서서 그늘을 내어 주기도 하고, 작은 산이 있었던 것도 한결 마음을 푸근하게 해 주었다.

예약한 레리에고스의 무니시팔 알베르게에 도착했다.

1층 샤워 부스에 들어가 샤워를 하는 중 누군가 내 앞 칸 부스에 들어오더니 잔기침을 계속 해댄다. 어쩐지 귀에 익은 소리 같다. 세탁까지 해서 2층으로 올라가는데 2층에서 누군가가 내려온다. 생장에서부터 함께 출발한 두 친구 팀의 길벗 지흔 씨다. 나보다 조금 뒤에 투숙한 모양이었다. 어쩐지 샤워 부스에서 들은 잔기침 소리가 귀에 익다 싶었다.

이틀 연속으로 알베르게에서 꼬레아노를 만났다. 어제 사아군에서는 두 연장자를 만났고 오늘 레리에고스에서는 젊은이들을 만났다. 어제는 반가움 가득한 만남이었고 오늘은 어색함만 가득한 만남이었다. 어제는 몸이 불편한 분이 있었고 오늘은 마음이 불편한 사람이 있었다. 몸이 불편한 분과는 불편함을 느끼지 않았지만 마음이 불편한 사람과는 불편함이 느껴졌다. 칼사디야의 광풍과 악몽 탓이었다.

하필이면 뒤에 투숙한 두 친구 팀이 나와 같은 룸 바로 옆 베드를 배정받았다. 어쩌면 자연스럽게 피차의 불편함을 제거할 좋은 기회가 될 수도 있겠다 싶었으나 운명의 물길은 내가 원하는 대로 흘러가 주지 않았다.

잠깐 나갔다가 돌아와 보니 두 베드가 비어 있다. 체크아웃 했나 했더니 다른 룸으로 갔다. 허허, 쓴웃음이 났다. 그래도 그들의 선택을 존중하는 수밖에 없다.

젊은 날의 나는 원하는 쪽으로 물길을 돌리기 위해 안간힘을 쓰는 어리석음을 종종 저질렀다. 그것이 운명을 이기는 방법 중의 하나라고 생각했다. 내 의지를 개입시키는 것이 자기주도적 삶의 방식이라 여겼다. 의지의 개입만이 선택이라고 봤다. 가만히 내버려 두는 것은 방관이라 여겼고, 패배주의라 단정했다.

그러나 물길은 돌려지지 않았고, 잠시 돌려진 듯한 물길도 결국은 문제를 일으켰다. 나중에 보면 차라리 내버려두었더라면 어땠을까 싶을 때가 더 많았다. 때로는 가만히 내버려 두는 것이 가장 좋은 선택일 수 있다는 것을 안 것은 오랜 세월이 지난 다음이었다.

이날 두 친구의 선택과 나의 선택은 동일한 문제를 두고 내린 다른 선택이었던 셈이다. 누가 옳고 그르고는 없다. 단지 자신의 선택에 책임을 지면 될 뿐이다.

세탁물을 널고 다시 1층으로 와 계단 아래 빈 공간 바닥에 앉아 알베르게에 비치된 구급함에서 바늘과 실을 꺼내 물집을 제거했다. 내 발에 물집이 생기리라고는 상상도 하지 못했건만 순례길 내내 물집 때문에 이 고생이다. 인생에서 장담할 수 있는 게 뭐가 있을까.

'NO PAIN NO GLORY'

저녁을 먹으러 주위를 배회하는 중에 파스텔 톤의 파란 페인트 색을 입은 바가 시선을 끈다. 살짝 인도, 네팔 분위기를 띄는 파란 건물 외벽에 페인트로 크게 'NO PAIN NO GLORY'라 쓰여 있다. 가까이서 본 벽면은 온통 깨알 같은 낙서들로 채워져 있다. 모르긴 해도 거개 사랑고백인 듯 가장 많은 게 하트 그림이다.

홀에 들어간다. 뿌연 담배연기 속에 두 친구 팀이 바 주인과 왁자지껄 어우러져 있다. 식사 분위기는 아니다. 한참 마을을 돌다가 가게 밖 입간판에 음식 사진을 붙여 놓은 곳을 발견했다. 그런대로 괜찮아 보인다. 내어 주는 음식도 그럭저럭 괜찮다.

잘 먹고 나왔는데도 왠지 2% 부족한 느낌이다. 알베르게로 돌아가는 길에 다시 아까 들렀던 파스텔 톤의 파란 건물 바로 간다. 두 친구는 없다. 유쾌한 주인 아저씨가 '오, 아미고! 꼬레아노 친구들 조금 전에 갔어.' 하며 연신 노래를 흥얼거린다.

야외 테이블에 앉아 나의 '소울푸드'가 되어 버린 또르띠야와 콜라를 주문했다. 또르띠야가 얼추 손가락 길이만큼 두툼하다. 적당히 배가 부른 상태인데도 역시 개미가 있다. 또르띠야 맛에 취해 있는 내게 와인에 취했는지, 분위기에 취했는지 와인 잔을 든 젊은 친구 하나가 말을 건다. 자신을 필립이라고 소개한 그는 네덜란드 암스테르담 자신의 집에서부터 홀로 로

드 바이크를 타고 산티아고로 가고 있다고 한다.

암스테르담이면 도대체 이 친구 몇 킬로미터를 달려온 거야? 벨기에와 프랑스를 관통해 왔을 테니 모르긴 해도 족히 2천 킬로미터는 되지 않을까 싶다. 만약 산티아고까지 갔다가 거기서 다시 암스테르담으로 돌아간다면 거의 5천 킬로미터를 달리는 셈이다.

이런 장거리 여행이 놀라운 이유는 거리 자체보다는 그런 거리를 달릴 수 있는 시간과 마음의 여유가 필요하기 때문이다. 하루 100킬로미터 씩 달린다고 해도 꼬박 50일, 하루 70킬로미터를 달리면 72일이 걸리는 거리를 자전거로 여행할 수 있으려면 체력보다 우선적으로 필요한 것은 시간과 마음의 여유다.

나도 10여 년 전 처음 까미노를 꿈꾸었을 때는 산악자전거를 먼저 생각했었다. 당시만 해도 10여 년 이상 MTB를 즐기던 때여서 도보보다는 라이딩이 더 편하게 여겨지던 시절이었다.

그러나 이내 포기하고 말았다. 미리 알아본 바에 의하면 내 라이딩 기술로는 통과하기 어려운 돌이 많은 오르막 내리막 구간이 많았다. 이런 구간은 체력보다는 라이딩 기술이 더 필요하고, 때로는 끌바(바이크를 끌고 간다는 바이크 족들의 은어)도 불사할 마음의 여유가 있어야 한다.

바이크족들에게 끌바는 상당한 굴욕감을 안겨 준다. 벨로라도에서 아헤스로 가던 길에 있었던 일이다. 저 앞쪽으로 막 내리막길이 시작되려는 지점에 반대쪽에서 끌바로 언덕을 오르던 50대로 보이는 한 라이더가 마지막 고비를 몇 발자국 남기고 서서 가쁜 숨을 몰아쉬고 있었다. 자전거에는 여행용 가방 두 개가 뒷바퀴 좌우측으로 걸쳐져 있었다. 마치 당나귀가 짐을 싣고 있는 형상이었다.

나는 자전거 순례에 나선 자신을 보는 것 같아 눈인사라도 하려고 했으나 그는 내 시선을 의식하는 듯하면서도 눈을 마주치지 않았다. 망설임 끝에 인사를 건네자 그제야 눈을 마주쳐 준 그 라이더. 그러나 끝내 그는 아무런 대꾸도 하지 않았다. 지쳐서라기보다는 굴욕감 탓이었으리라. 이런 굴욕감을 감내할 여유가 없으면 자전거 순례는 쉽지 않다.

타이어 펑크를 비롯한 돌발 상황과 부상 등에 대한 대처 능력도 필요하다. 조급하게 서두르지 않는 여유도 필수다. 까미노에서 만난 라이더들의 십중팔구는 브라질리언들이었다. 노란 유니폼을 입고 브라질 국기 아 아우리베르지를 달고 다섯에서 열 명씩 무리 지어 달리는 그들에겐 특유의 여유와 느긋함이 있었다.

어디였더라. 까미노 후반에 접어든 어느 날 길가에 앉아 잠시 쉬고 있는 중에 한 남녀 라이더가 내 앞에서 자전거를 멈추더니 알코올과 붕대가 있느냐고 물었다. 여성 라이더가 넘어져 무릎을 다친 모양이었다. 도와주고 싶었지만 내게는 일회용 밴드밖에 없어서 미안하다는 말만 연발하고 말았다. 그래도 그들은 '괜찮아, 친구!'라며 손까지 흔들어 주고 떠났다. 그들도 브라질 사람들이었는지 어떤지는 모르겠으나 여유만큼은 확실히 만만했다.

암스테르담에서부터 2천 킬로미터 이상을 달려온 필립 또한 유쾌하고 여유가 넘쳤다. 유쾌하기로는 이 식당 주인도 필립에 뒤지지 않았다. 홀에서 연신 노래를 흥얼거리면서 춤을 추는가 하면 손님인 내게도 알아듣지 못할 농담과 장난으로 웃음을 선사한다. 한참 분위기 맞춰 한데 어우러져 춤추고 있는 중에 두 친구 팀의 한 길벗이 들어온다. 담배를 구입하러 온 듯했다. 식당 주인과 어깨동무를 하며 촬영을 부탁하자 사진을 찍어 준다. 사진 속 내 표정이 어색하다 못해 그로테스크하다.

바를 나왔다. 조금 떨어진 곳에 시원한 물이 쏟아지는 수도꼭지가 보인다. 물을 몇 모금 마신다. 벤치에 앉아 앱으로 내일 묵을 알베르게를 찾는다. 길벗이 담배를 피우며 숙소 쪽으로 간다. 샤워할 때 연신 잔기침을 하더니 지금은 괜찮은 듯 길게 담배 연기를 내뿜으며 총총 사라진다.

잠시 후 숙소 쪽으로 간다. 지흔 씨가 입구에서 서성이다가 10시가 되면 알베르게 문을 닫으니 빨리 입장하라 한다. 깜짝 놀라 시계를 본다. 10시가 살짝 넘었다. 유럽은 10시가 돼도 석래불사석(夕來不似夕)이다. 저녁이 돼도 저녁 같지 않아서 시간관념이 흐려진 탓이었다. 숙소에 내가 보이지 않자 매사가 허술한 늙은이가 염려돼서 나와 본 모양이었다. 따뜻한 마음이 고맙다.

칼사디야의 악몽 이후 나의 까미노는 혼란스러웠다. 이 아름다운 길에 도무지 어울리지 않는 악몽을 어떻게 이해해야 할지 갈피를 잡을 수 없었다. 순례 관련 메모도 하기 싫었다. 이튿날 레리에고스에서 레온으로 가는 길에 대한 기록이라고는 달랑 산타마리아 데 카바할 알베르게 이름 하나. 그나마 기계적으로 찍어 둔 사진들이 기억들을 소환해 줄 유일한 자료이긴 하지만 레온으로 가던 이날의 기억은 사진을 봐도 별로 떠오르는 그림이 없다.

이른 새벽에 출발해 어두운 길을 가는 도중 깜짝 놀랐던 기억이 유일한 기억이다. 어둠 속에 펼쳐진 농토를 가르며 뻗어 있는 까미노를 걷는 중이었다. 갑작스런 한 발의 포악한 총성이 새벽 공기를 찢어 버렸다.

타앙—

움찔하며 본능적으로 주위를 돌아보았다. 저 멀리 농토 가운데 여명 속 외딴 집 한 채가 보인다. 혹시 저 집에 강도가 든 것일까. 아니면 어린 아이가 장난감으로 여기고 만지다가 사고를 낸 것일까. 그도 저도 아니면 험난한 인생길에서 그만 내려서기 위해 스스로 방아쇠를 당겨 버린 것일까.

어제 저녁을 먹었던 그 바의 파란 벽은 고통 없이는 영광도 없다(NO PAIN NO GLORY)고 했었는데, 그를 짓눌렀던 고통은 죽음보다 무거웠고, 영광은 저승보다 멀리 있었던 것일까. 빛은 금이 간 바로 그곳으로 들어온다는데 그의 마음에 생긴 금에는 왜 빛이 아닌 캄캄한 죽음이 비집고 들어야 했을까. 그의 생애는 용서의 언덕이 말한 별의 길이 아닌 바람의 길을 향했던 것일까. 끝내 별의 길을 놓쳐 버린 그는 자신을 용서할 수 없었던 것일까.

인구 100명 당 7.5정의 총기(최근 스페인의 소형 총기류 보유 비율 통계)를 소유하고 있는 스페인임을 감안하면 괜한 걱정은 아니다. 까미노에서 본 들짐승이라고는 딱 한 번 보았는데, 포도밭에서 놀던 토끼 새끼 네 마리가 전부였다. 그 흔한 뱀 한 마리 본 적 없을 정도였다. 숲이 없는 탓일 것이다. 그래도 애써 농산물 도둑인 짐승들을 쫓기 위한 총격음이겠거니 위안하며 걸음을 재촉했다.

25킬로미터를 걸어 오후 1시 조금 넘어 예약해 둔 레온의 알베르게에 도착했다. 마침내 그 힘들다는 메세타 구간이 끝났다. 나의 경우 메세타 구간이 특별히 더 힘들다는 느낌은 별로 없었다. 오히려 아스팔트로 덮인 지방 도로를 걷는 구간보다 훨씬 나았다. 길도 메세타 구간이 다른 구간들보다 더 예뻤던 것 같다. 만약 점프를 했다면 지금쯤 크게 후회할 게 분명하다. 얼떨결에 메세타 구간에 접어들고 난 한참 후에야 그 사실을 알게 되었던 것이 차라리 잘된 셈이었다.

일직선으로 뻗은 끝없는 길이 주는 고통과 칼사디야 알베르게의 악몽도 있었으나 그것들조차 좋은 경험이었다. 영광은 고통 속에 있다던 레리에고스 바의 그 파란 벽에 적힌 낙서처럼 영광까지는 아니더라도 고통은 나를 조금 더 성장시켰을 것이다.

MANSILLA
LAS MUL
CAMINO DE SAN

-CAPILLA NUESTRA SEÑOR
DE GRACIA
-RECINTO AMURALLADO S-X
-IGLESIA PARROQUIAL DE
SANTA MARÍA S-X
-REFUGIO DE PEREGRINOS

잃어버린 나를 찾아라 – 레콘키스타

레온은 레온 주의 주도(州都)답게 큰 도시다. 기원전 로마의 군사 기지였던 레온은 910년에서 1301년까지 레온 왕국의 수도였다. 10세기 들어 산티아고까지 순례길이 개척되자 프랑스인들이 피레네산맥을 넘어 팜플로나, 부르고스를 거쳐 이곳으로 몰려와 번성하기 시작했다고 한다.

레온에는 스페인의 천재 건축가 안토니 가우디의 초기 건축물인 카사 보티네스, 붉은 그리스도의 궁전 레온 대성당, 21세기 현대 건축의 걸작 레온 현대미술관, 지금은 의회당으로 쓰이는 구스마네스 궁 등 빼놓지 않고 들러 봐야 할 명소가 많지만 당시의 나에게는 안중에도 없었다. 칼사디야의 악몽이 준 여파였다. 하지만 이 또한 내 까미노의 일부였기에 후회는 없다.

12세기에는 레온이 순례길의 주요 도시로 부상했다가 이후 레콘키스타의 중심이 남쪽으로 이동하면서 점차 쇠퇴기에 접어 들었다고 한다.

레콘키스타는 이슬람 세력에 빼앗긴 스페인의 국토회복운동을 말한다. 이베리아 반도 전역을 지배하던 서고트 왕국이 내분으로 멸망한 이후 세워진 가톨릭 왕국들은 북아프리카 무슬림들의 침공을 받는다. 이베리아 반도는 북쪽의 극히 일부만 남기고 모두 무어인들에게 넘어가게 된다. 이슬람 왕국들은 기독교 성당을 파괴하거나 모스크로 바꾸어 버렸다. 저항하는 기독교인에게는 공개처형, 재산몰수 등의 박해를 가했다.

레콘키스타는 722년 피레네산맥 언저리에 살던 서고트 왕국 유민들의 코바동가 전투의 승리로부터 시작되었다. 이후 간간이 이어진 기독교인들의 크고 작은 반란으로 이슬람 세력은 조금씩 남쪽으로 밀려나기 시작했다.

흔들리는 이슬람 세력을 안정화시킨 것은 후우마이야 왕조의 알 만수르였다. 알 만수르의 이슬람군은 바르셀로나, 레온 왕국의 수도인 레온 등을 불태웠다. 산티아고 데 콤포스텔라도 공격, 도시를 불태우고 성당의 종을 떼어 내 코르도바의 모스크를 장식하는 등의 만행을 저질렀다.

하지만 알 만수르가 죽자 후우마이야 왕조는 급격하게 몰락하게 되고 이슬람 세력은 점차 남하하게 된다.

양측의 반복된 도전과 응전은 1492년 마침내 이베리아 반도에서 이슬람 세력이 완전히 축출됨으로써 종지부를 찍는다. 스페인의 레콘키스타는 근 800년 만에 성공했다.

그들의 레콘키스타를 생각하면서 전 인류에게 또 다른 레콘키스타가 필요한 게 아닌가 생각했다. 인간이 본래 가지고 태어났던 본성, 즉 인간성 회복을 위한 레콘키스타가 지구촌 곳곳에서 동시다발적으로 일어난다면, 그리하여 인류가 손에 손 잡고 서로를 고무하면서 탐진치 삼독심을 물리치고 마침내 레콘키스타에 성공한다면 그것이 곧 천국의 시작이 아닐까.

수행이나 기도는 인간내면의 어둠을 몰아내고 본래의 청정성을 되찾는 레콘키스타가 되어야 하건만 오늘날의 교회와 성당과 사찰을 보면 인류의 성장과 진보에 어떤 기여를 하는지 의문만 커진다.

인류의 레콘키스타가 성공하려면 각자가 자신의 마음을 재건축해야 한다. 마음의 재건축은 개개인이 자신을 정(正), 청(淸), 명(明), 광(廣), 대(大), 원(圓), 만(滿)하게 해야 한다. 이 모두를 다 합하면 '순수'가 될 것이다. 우리가 인간의 순수성을 되찾기 위해서 가장 먼저 해야 할 것은 마음을 바르게 하는 일이다. 정직해야 한다. 나머지 여섯 가지의 저변은 반드시 정(正)이라야 한다. 그래야만 위선과 가식으로 병든 정신이 영성과 불성을 회복할 수 있을 것이다.

레온에서 기차를 이용해 산티아고로 가려 한다던 58개띠 권 선생님은 잘 떠났을까. 겉으로는 투덜이 같아 보이긴 해도 투덜이 성향 속에 지금은 박물관에나 있는 깊은 인간미와 순수성을 간직하고 있는 분이었다.

위선과 가식으로 분칠한 종교 업자보다 훨씬 신실해 보였다. 표리부동한 사람에게서 느껴지는 비릿함이 그분에게는 없었다. 신부님 면전에서도 '성당에 가면 설교가 통 재미가 없다. 좀 재미있게 해 주시면 안 되겠냐.'는 말을 서슴없이 하는 것도 예의가 없어서가 아니라 위선과 가식이 없기 때문일 것이다.

나는 나를 정중한 예의와 함께 위선과 가식으로 대하는 사람보다 차라리 예의가 없더라도 위선과 가식 없이 나를 대하는 사람이 더 좋다. 내가 아이들을 좋아하는 것은 아이들이 예의 발라서가 아니라 위선과 가식이 없기 때문이다.

권 선생님은 자수성가한 분 같았다. 일찍이 부산에서 자신의 사업체를 일구어 나름 성공했다고 했다. 모르긴 해도 우리 사장님은 꼰대라며 절레절레 고개를 가로젓는 직원들도 있었으리라. 그래도 위선과 가식 없는 꼰대가 위선과 가식으로 뒤덮인 꼰대 아닌 사람보다 열 배는 더 낫다.

까미노에서 누구에게도 전화번호를 물어 보지 않았다. 까미노에서의 이미지 그대로만 기억하고 간직하는 것이 정신 건강에 훨씬 도움이 될 것이라고 여겼기 때문이다. 그러나 권 선생님 전화번호를 물어보지 못한 것은 못내 아쉽다.

어쩌면 어설픈 중노릇하는 나보다 권 선생님이 훨씬 순수하고 반듯한 사람인지 모른다. 진짜 천사와 보살은 얼핏 보아서는 알 수 없는 저런 모습으로 우리 곁에 나투는지도 모른다. 천사와 보살은 결코 종교 지도자의 모습으로 오지 않는다. 반짝이는 모습이 아니라 지극히 평범한 모습으로 나타난다.

오늘 산티아고에 닿을 권 선생님과 까미노에서 다시 만날 일은 없을 것이다. 그러나 언젠가 인연이 닿으면 한국의 어느 골목길에서 만날 날이 올 수도 있으리라. 길에서의 만남과 이별은 언제나 기습적으로 오니까. 어차피 '만인어만 못인어못'(만날 인연은 어떻게 해서든 만나게 되고, 못 만날 인연은 어떻게 해도 만나지 못한다)이니 만날 인연이면 만나지겠지.

"누가 미친 건가"

6월 17일 새벽 산 마르틴 델 까미노의 알베르게에서 일찌감치 출발했다.

오늘은 무리아스 데 레치발도까지 약 30킬로미터다.

출발한 지 2시간이 조금 되지 않았을 무렵 오르비고 마을에 들어섰다.

조금 더 가자 마을을 가르는 강이 나온다. 오르비고 강이다. 길을 왼쪽으로 꺾어 다리를 건넌다.

이 다리는 스페인의 국민작가 미겔 데 세르반테스의 소설 『돈키호테』에 영감을 준 중세시대의 기사(騎士) 돈 수에로 이야기로 유명하다. 그의 이야기에서 따온 듯 이 다리의 이름도 '명예의 통로'다.

약 300미터의 이 석조다리는 20여 개의 아치로 이루어져 있다. 아치는 여러 시대에 걸쳐 완성되었다. 로마 시대에 이곳에서 채취한 광물 운송을 목적으로 처음 축조한 이후 조금씩 변형되다 지금의 형태를 갖췄다. 가장 오래된 아치는 13세기에 세워졌다.

스페인에서 가장 길고 오래된 중세 다리로 알려진 이 다리는 돈 수에로의 사랑과 죽음을 고스란히 간직하고 있는 슬픈 러브 스토리의 현장이다.

15세기 카스티야 연합 왕국의 왕 후안2세 시절, 기사 돈 수에로는 연인에 대한 사랑의 표시로 매주 하루 동안 목칼을 차고 다니기로 한다. 만약 약속을 어기면 오르비고 다리 위에서 한 달 동안 결투를 벌여 상대의 창을 부러뜨리겠다고 공언한다.

시간이 지나 돈 수에로는 매주 한 번씩 목칼을 차는 것이 힘들어지자 왕에게 다른 기사들과 결투를 할 수 있게 해 달라는 편지를 띄워 허락받는다. 이어 그는 유럽 전역의 기사들에게도 결투 참가 요청 편지를 띄운다. 수많은 기사들이 참가해 상대가 되어 싸웠다.

1434년 7월 10일부터 8월 9일까지 성 야고보의 축일인 7월 25일을 제외하고 약속대로 한 달간에 걸친 창 대결이 이루어졌다. 다수의 부상자와 한 명의 사망자를 남기고 결투가 끝났다. 돈 수에로는 목칼을 벗었다.

스스로 찬 목칼을 벗기 위해 목숨을 건 결투를 해야 했던 돈 수에로를 생각하면 실소가 절로 나긴 한다. 그래도 연인에 대한 그의 진심을 생각하면 실소는 오래가지 않는다. 그런 괴이한 약속까지 할 만큼 누군가를 사랑해 본 적이 없는 사람이라면 다르겠지만.

그 후 그는 도금된 목칼을 야고보 사도에게 바치기 위해 산티아고 순례를 떠났다. 그가 바친 목칼은 지금도 산티아고 대성당에 보존되어 있다고 한다.

한편 돈 수에로는 24년 뒤 이 다리에서 또 다른 결투를 하다 끝내 다른 기사에 의해 죽임을 당했다고 한다.

이 마을 사람들은 돈 수에로의 연인에 대한 뜨거운 사랑과 기사도를 기리는 의미로 매년 6월 첫 번째 주말에 축제를 연다. 축제 기간 내내 도시 전체를 중세 식으로 꾸며 놓고 중세 시장을 열고, 중세 복장을 한 마을 사람들이 축제를 즐긴다고 한다. 연인에 대한 사랑에서 비롯된 돈 수에로의 사랑과 기사도 정신은 이 마을의 자랑거리이자 중요한 관광 자원이 된 것이다.

다리는 강 건너 집들 사이로 빨려 들어가듯이 뻗어 있다. 동쪽에서 서쪽으로 경사지게 만든 것도 자연스럽고 이채롭다.

오르비고의 기사 돈 수에로가 결투 약속을 지킨 후 연인과 해피 엔딩을 맞았는지는 잘 모르겠다. 24년이 지나 늙어서도 또 결투를 하다 결국 이 다리에서 죽었다고 하니 설령 결혼을 했었다고 해도 해피엔딩까지는 아니겠다. 사랑은 운명보다 뜨겁고, 운명은 사랑보다 강한 것인가.

혹시 24년 후 돈 수에로 최후의 결투는 또 다른 연인의 마음을 사로잡기 위한 두 번째 춤사위였던 것은 아닌지 짓궂은 궁금증이 인다. 첫 번째 결투의 결과가 해피엔딩으로 이어지지 않았을 수도 있고, 처음엔 뜨거웠던 사랑이 시간의 풍화에 못 이겨 바스러져 버렸기 때문일 수도 있으니 괜한 궁금증은 아니다. 스스로 목칼까지 차게 한 사랑도 시간 앞에서는 한 조각 비스킷이 되고 만다. 덧없어라, 사랑은.

어디 사랑뿐이랴. 세상만사가 다 저와 같아서 잠시도 머물러 주지 않으니 무엇에 집착하고 무엇에 애면글면할 것인가.

하지만 이런 얘기는 돈 수에로에 대한 심각한 사자 명예 훼손이 될 수도 있으니 이 정도 해 두자. 게다가 그는 기사도 정신으로 무장한 기사가 아닌가. 무죄 추정의 원칙은 그에게도 적용되어야 한다. '인 두비오 프로레오(in dubio pro reo. 애매한 것은 피고인의 이익으로).'

다리는 돈 수에로의 사랑만큼 개성적이다. 허리 높이의 난간까지 돌로 이루어진 이 석조다리는 자연미를 강조하기 위해 왼쪽으로 가볍게 휘어지면서 조금씩 내려가는 형태로 조성되어 있다. 집들은 강가에 바투 들어서 있다. 우리나라처럼 강을 따라 길게 도로가 가로지르고 그 뒤로 집들이 들어선 형태가 아니라 강을 건넌 다리는 다리 좌우의 집들 사이에서 끝이 났다.

돈 수에로의 서사를 모티브 삼아 탄생한 소설『돈키호테』의 유명한 대사들은 오늘을 사는 우리들에게 여전한 울림으로 다가온다.

'불가능한 것을 손에 넣으려면 불가능한 것을 해야 한다.'

'더 나은 세상을 꿈꾸어야 한다. 꿈꾸는 자와 꿈꾸지 않는 자, 누가 미친 건가?'

'나는 야망과 위선, 선물 받은 삶으로부터 도망치고, 가장 어려운 길에서 나만의 영광을 찾고 있다. 이것이 어리석고 바보 같은가?'

돈키호테는 니체의 말대로 베수비오 화산의 언덕에 자신의 궁전을 지은 사람이다. 평탄하고 안일한 길이 아닌 거칠고 험난한 길을 선택한, 전사의 삶을 산 인물이다.

그는 중세 기사들에 관한 소설에 심취한 끝에 환상과 과대망상에 빠져 버린다. 엉뚱한 언행을 일삼아 미친 사람 취급을 받지만 가식과 위선에 찬 세상 사람들에게 '정작 미친 것은 당신들.'이라는 통쾌한 '빅엿'을 날릴 줄 아는 '깨시민'이기도 했다.

그가 꿈꾸던 정의로운 세상은 아직도 미완이다. 여전히 더 나은 세상을 꿈꾸는 사람에게 정신 나간 사람이라거나 돈키호테라고 손가락질한다. 돈키호테를 두 번 죽이는 꼴이다. 정작 미친 것은 자신들이라는 사실은 새까맣게 모른 채.

돈키호테는 단순히 허황된 꿈을 좇는 미치광이가 아니다. 그는 현실을 알면서도 꿈꾸기를 포기하지 않는 자, 가식과 위선에 구역질을 느끼는 자, 비양심과 비도덕을 거침없이 공격하는, 행동하는 양심의 전형이다. 『돈키호테』가 최고의 소설로 손꼽히고, 널리 사랑받고 있는 것을 보면 돈키호테가 꿈꾸던 세상이 꼭 불가능하지만은 않겠다는 일말의 희망을 가지게 된다. 이 또한 허황한 꿈이라 비웃고 조롱하는 자 물론 있겠지만.

그런 자들에게 들려주고 싶은 뮤지컬 노래 한 곡이 있다. 소설『돈키호테』를 소재로 한 뮤지컬 〈맨 오브 라만차〉 중 〈이룰 수 없는 꿈〉이라는 노래의 가사 일부다.

그리고 세상은 보다 나아지리니

조롱당하고 상처로 뒤덮인 한 남자가

여전히 마지막 용기 한 줌을 끌어내어

도저히 닿을 수 없는 그 별에 닿으려 기를 쓴 덕분에.

닿을 수 없는 별에 닿으려는 돈키호테를 비웃고 조롱하는 자들이 넘치는 사회는 결코 사람 사는 세상이 될 수 없다. 함께 꿈꾸지 않는 자가 조롱받는 사회라야 희망이 있는 사회이다. 지금 우리 사회는 희망이 있는 사회인가 아닌가.

다음 생을 예약할 수 있다면

『돈키호테』에 영감을 준 돈 수에로의 사랑과 죽음의 현장인 '명예의 통로' 다리를 지나 얼마쯤 가자 황톳길이 시작된다.

벨기에에서 온 43살의 돈 안토니오를 만나 동행하기 시작한 것은 황톳길이 시작되고 1시간가량 지났을 때였다. 까미노에 순례자가 한 명도 보이지 않았던 터라 안토니오도 내가 반가운 모양이었다. 국수 가락처럼 툭툭 끊기는 짧은 대화로도 안토니오의 배려와 인내심 덕분에 그럭저럭 소통은 가능했다.

걷다보니 바지 뒷주머니의 휴대 전화기에서 갑자기 한국가요 간주가 흘러나온다. 내가 좋아하는 최진희, 윤수일의 〈찻잔의 이별〉이다. 저장해 둔 것이 우연히 재생이 된 듯 했다.

내가 음악을 중단시키고 전화기를 집어넣는 걸 보고 안토니오가 'K-팝이야?' 한다. 그렇다고 하자 조금 슬픈 느낌이라는 감상평을 내놓는다. 한류를 타고 해외로 널리 퍼진 K-팝은 대개 신나는 댄스곡들이라 안토니오에게 조금은 생소했을 것이다. 그런데도 잠깐 듣고도 정확한 평을 하는 걸 보니 역시 음악은 만국공통어라는 말이 실감난다.

안토니오가 방금 그 노래가 자신이 좋아하는 아프리카 음악과 느낌이 비슷하다면서 자신의 휴대 전화기를 꺼내 음악을 재생한다. 영상과 함께 나오는 음악의 분위기가 그의 얘기처럼 정말 비슷한 느낌이다. 특히 중간에 흐느끼는 색소폰 선율도 비슷한 느낌을 내는 데 한 몫을 하는 듯 했다. '색소폰 리듬이 비슷한 것 같다.'는 내 말에 안토니오가 색소폰을 벨기에가 처음 만든 거 아니냐고 묻는다. 내가 깜짝 놀라 "정말이야?" 하자 그가 미소로 답한다. 벨지움 엄지 척!

한국인들과 아프리카인들은 아픔이 많으면서도 흥도 많다는 공통점 때문인지 음악도 비슷한 정서를 담고 있는 것 같다는 내 말에 안토니오가 고개를 끄덕인다. 그가 한국의 역사와 정서를 잘 아는 것 같지는 않았지만 노래(음악) 한 곡에 얼마나 많은 것들이 담겨 있는지는 그도 알고 있을 것 같았다.

나의 까미노에 노래가 없었다면 얼마나 삭막했을까. 10년 이상 요양원에 계시는 늙은 어머니를 두고 이역만리 떠나온 터여서 홀로 걸을 때는 어머니에 대한 미안함과 그리움이 물밀 듯이 밀려올 때가 많았다. 그럴 때마다 노래를 하며 미안함과 그리움을 다독였다.

새벽마다 이슬을 모아 약수 떠다 드려도
우리 엄마 아프신 엄마 병은 점점 더하고
봄이 와야 나물 뜯어다 죽을 끓여 드리지

천국에는 사시사철 푸른 하늘, 엄마와 아기, 웃음소리, 꽃이 있을 것이라고 나는 생각한 적이 있다. 여기에 또 하나를 추가해야 한다면 나는 주저 없이 노래(음악)를 선택하겠다. 내 천국의 목록에 종교와 문학은 없다. 천국이니까 종교가 없는 것은 당연하고, 문학은 노래 속에 더부살이할 것 같다.

행복할 때 인간은 가장 먼저 웃고 그 다음은 노래를 하거나 춤을 춘다.

누구도 노래 대신 신을 찬미하거나 시를 읊을 것 같지는 않다. 신은 불행할 때나 가장 먼저 찾을 것 같고, 시는 고작해야 웃음과 음악과 무용(춤) 다음 순위쯤 될까.

노래(음악)는 슬플 때도, 기쁠 때도 가장 먼저 달려와 그 사람을 어루만져 준다. 평범한 사람들이 고통과 역경을 딛고 삶의 빌드 업을 시도할 때 노래(음악)의 지분은 놀라울 정도로 크다. 시와 소설은 처음엔 그림자도 보이지 않을 것이다. 고작해야 경찰처럼 5분 늦게 나타난 시가 한껏 거드름을 피우며 감탄사와 느낌표를 앞세워 뒷북이나 칠 것이다.

빌드 업을 시도할 때 종교는 노래보다 앞자리에 잠시 서 있기는 하겠지만 빌드 업이 어느 정도 진행된 이후에는 자의 반 타의 반으로 슬며시 뒤로 물러날 것이다. 종교에도 그 정도의 센스는 있을 것이라고 나는 믿는다. 나의 종교에 대한 믿음의 절반 정도는 바로 이런 믿음이다.

두 번째로 자주 불렀던 노래는 〈목련꽃 그늘 아래서〉였을 것이다.

그리워 그리워서

나 그대 그리워서

목련꽃 그늘 아래서

한 마리 학이 되었네

기다림의 정서는 애처롭다. 대개 저런 기다림의 끝에는 기다림만 있다. 대체 저 목련꽃이 몇 번을 피었다 져야 저 이의 기다림에 끝이 보일까. 그리운 이를 기약 없이 기다리는 일은 잔인한 형벌이다. 어쩌면 상대는 프로미스타 운하의 유람선처럼 기나긴 시에스타에 빠져 있을지도 모르는데도 말이다. 어쩌면 기다림이란 차마 놓지 못 하는 지푸라기 같은 것인지도 모른다. 오지 않을 것을 이미 알고 있으면서도 상대와의 관계가 모두 종료되었다는 것을 차마 인정할 수 없어서 쥐고 있는 지푸라기 말이다. 기다림이란 연명치료 산소호흡기 같은 것은 아닐까.

언젠가는 내려놓아야 할 감정임을 예감하며 기다리는 자의 노래를 부르다 보면 가슴 속 한 줄기 알싸한 바람에 목련향이 실려 오는 듯하다.

다음 생을 예약할 수 있다면 무명이라도 좋으니 싱어송라이터를 예약하고 싶은 마음마저 든다. 저렇게 애절히 그리워하는 사람, 저렇게 애타게 기다리는 사람의 아린 가슴에 단 3분만이라도 위안을 줄 수 있다면 무명이면 어떻고 3류인들 또 어떨까.

몽테스키외는 '1시간의 독서로도 사라지지 않는 큰 슬픔을 나는 본 적이 없다.'고 했다. 그의 말에 빗대 이렇게 말하고 싶다. '나는 노래 세 곡으로 사라지지 않는 슬픔을 본 적이 없다.'고. 이것은 몽 선생의 큰 실수다. 슬픔을 해소하는 데 문학은 1시간이 걸리지만 노래는 단 9분이면 족하다.

안토니오와 서로 좋아하는 음악을 들려주며 교감하다 보니 역시 소통은 언어가 아닌 마음으로 하는 것이구나 싶다.

작은 지옥을 보았다

철로를 넘어가는 갈지자형 철제다리를 쿵쾅거리며 건너자 곧 아스트로 가가 나타난다.

번잡한 큰 도시는 관심 밖이라 그냥 통과만 한다. 대부분의 순례자들이 아스트로가에서 묵을 것이다. 그러면 4킬로미터 앞에 있는 작은 마을 무리아스는 한산하고 호젓할 것이다.

기대한 대로 무리아스는 한갓지다. 예약한 알베르게는 공립인데도 소박한 규모다. 1층 건물에 침대도 1층 침대만 띄엄띄엄 놓여 있고 투숙객도 몇 없다. 한데 와이파이도 안 되고 식사도 안 된단다.

식사 예약하러 길 건너 알베르게로 간다. 내가 묵는 숙소보다 규모가 훨씬 크다. 뒤쪽엔 잔디로 덮인 정원에 일산(日傘)과 여러 개의 테이블까지 놓여 있다. 식사는 6시에 모여서 한단다. 음식을 예약해 놓고 정원에 앉아 간단한 요기를 한 후 숙소로 돌아와 큰 소나무 그늘 아래 벤치에 앉아 쉬면서 손발톱을 잘랐다.

성스러운 순례길에서 나무 그늘 벤치에 앉아 손발톱을 깎는 건 비추천이다. 아무리 보는 눈이 없기로 먼 곳에 있는 오랜 친구에게 엽서는 쓰지 못할망정 손발톱이나 깎는 건 성스럽지 않고 상스럽다. 그나마 목련꽃 그늘 아래가 아니길 망정이지.

한국인 청년이 포함된 일고여덟 명 순례자들과 저녁을 먹고 해도 지기 전에 침낭 속으로 들어갔다.

옆 침대의 스페인 남자가 계속 기침을 해댄다. 심한 감기에 걸린 듯하다. 투숙자가 세 명뿐이어서 쾌적한 밤을 기대했건만 이건 또 뭔가. 가뜩이나 잠으로 가는 진입로가 긴 나로서는 여간 신경 쓰이는 게 아니다. 별로 참으려는 성의조차 보이지 않는다. 배낭을 뒤져 감기약을 꺼냈다.

이거 먹어. 괜찮아 쿨럭. 감기약이야, 먹어. 괜찮다고 쿨럭쿨럭. 먹으라니까. 괜찮다니까 쿨럭쿨럭 쿠울럭. 그는 끝까지 내 호의를 거절했다. 사실 그를 위해서라기보다는 나를 위한 것이었으니 호의라기보다는 부탁에 가까웠다.

한참을 쿨럭거리던 그가 그제야 약간 미안했는지 어딘가로 나간다.

낮에 본 그는 배낭도 없는 일상복 차림이었다. 동년배쯤으로 보이는 리셉션 직원과의 친근한 대화 분위기로 보아 마을주민이거나 알베르게 자원봉사자일지도 몰랐다. 그런 그는 왜 약을 거부했을까. 아마 낯선 외국인이 주는 약에 대한 불신 탓이 아니었을까 싶다. 정확하게 말하면 사람에 대한 불신이었으리라. 스페인도 인간세계니 상대를 믿었다가 낭패를 보는 일은 드물지 않을 것이다. 충분히 이해는 된다.

의심하는 자에게 반복적인 권유는 더 큰 의심을 낳는다. 이럴 때는 백약이 무효다. 조용히 약을 쟁여 넣었다.

얄망궂게도 까미노에서 내가 가진 감기약은 두 번이나 불신과 오해를 불러오는 매개물이 되고 말았다. 사람을 살리는 약이 관계를 죽여 버리는 독이 되고 만 것이다. 예수천국 불신지옥이라는 말을 나는 살짝 비틀어서 '예수는 천국에 가셨고, 인간이 서로 불신하면 그곳이 곧 지옥'이라는 의미로 받아들인다. 백 번 천 번 옳은 말이다. 사람들이 서로를 믿지 못하는 사회만큼 끔찍한 지옥이 또 있을까.

까미노에서 천국도 보았고, 지옥도 보았다. 천국은 사람을 믿을 때 나타났고, 지옥은 사람을 믿지 못할 때 펼쳐졌다.

천국은 예수나 부처를 믿었을 때 이루어지지 않는다. 설령 전 인류가 예수와 부처를 믿는대도 사람이 사람을 믿지 못 하는 곳에 천국은 없다. 예수와 부처를 불신하더라도 사람이 사람을 믿으면 그곳이 천국이고 극락이다. 지금 우리는 천국에서 살고 있는 걸까, 지옥에서 살고 있는 걸까.

무리아스의 쓸쓸한 밤이 깊어갔다.

사랑도, 사람도 없었던 곳의 이야기

어느새 까미노 22일째다. 이른 새벽 산 미겔로 향했다. 32킬로미터를 걸어야 한다. 발밑도 잘 보이지 않는 어둠 속에 조심스럽게 발을 내밀었다.

풀숲을 가로지르는 까미노에 이정표가 불빛을 받으며 서 있다. 하단에 남은 거리 258.7킬로미터가 새겨져 있다. 542킬로미터 이상을 걸어왔다는 얘기다. 까미노 800킬로미터가 한 사람의 일생이라면 지금 이 곳은 50대 중반이 되는 지점이다.

인생의 황금기인 40대 중반부터 50대 중반까지 나는 지옥에 나동그라져 있었다. 입구도, 출구도 보이지 않았다.

당시 내가 몸담았던 종단은 조계종, 천태종에 이은 한국불교의 3대 종단 중 하나였다. 산하에 하나의 대학교와 두 개의 중학교, 두 개의 고등학교, 다수의 유치원도 운영하고 있었다. 그 무렵에는 복지법인과 영농법인까지 둔 거대종단으로 내외의 찬사를 한 몸에 받고 있었다. 1947년 창종 이후 60만 신도를 둘 만큼 비약적인 성장을 한 이면에는 모든 정재(淨財)를 투명하게 관리한 구성원들의 청정함이 있었다. 60년 동안 종단은 평화로웠고 신도들은 평온했다.

그러던 어느 날 세속적이고 속물적인 인물 하나가 등장하면서 모든 것이 달라지기 시작했다.

'거털면(거꾸로 매달아 놓고 털어도 먼지 한 톨 나오지 않을 사람)'과 '십진필(10미터 앞에서 진공청소기를 돌려도 1분 만에 필터가 막힐 사람)'은 오랜 도반이었다.

거털면은 위로부터 사랑받고 아래로부터 존경받던 수행자였다. 사람들은 그를 털어도 먼지 한 톨 나오지 않을 사람이라고 했다.

거털면은 전임 집행부 수장으로서의 공적뿐만 아니라 청렴성, 금도 넓은 마음그릇, 언행일치에 의한 명확한 태도, 수행력, 포교능력, 위아래를 아우르는 친화력, 애종심 등을 두루 갖춘 독보적 인물로 사랑과 존경을 한 몸에 받고 있었다. 반면 십진필은 어느 하나 거털면을 능가하는 부분이 없었다. 오히려 언제나 비릿한 냄새가 나는 속물적인 인물이었다. 강한 카리스마형 캐릭터라는 공통점 외에는 많은 부분에서 대조적인 사람들이었다. 십진필에게 거털면은 넘을 수 없는 벽이었다.

오랫동안 경쟁심과 열등감에 시달리던 십진필은 때를 만났다. 암암리에 육성한 '하나회' 같은 비밀 사조직을 앞세워 행정 수반이 되자마자 전임자인 거털면 제거작업에 나섰다. 입법부, 사법부, 행정부를 틀어쥐었다. 종단의 최고 법통이자 어른인 총인(總印)을 겁박해 허수아비로 만들었다. 무소불위의 권력행사가 시작되었다.

먼저 거털면 임기 당시의 크고 작은 사안들을 이 잡듯이 뒤지기 시작했다. 나와야 할 이는커녕 먼지도 나오지 않자 생트집을 잡아 거털면을 횡령 혐의로 사법당국에 고발한다.

이에 분노한 신도들이 집행부를 상대로 강력한 항의시위를 벌였다. 이 과정에서 평소 거털면과 십진필을 잘 알던 몇몇 신도들이 십진필의 한 측근에게 몰려갔다. 신도들이 '만약 사실이 아닌 것으로 밝혀지면 당신 X알을 떼어내도 되겠느냐?'고 따져물었다. 충견은 얼떨결에 '좋다.'고 대답했다.

법원은 무혐의 판결을 내렸다.

충견의 장담을 들었던 신도들이 그를 다시 찾아가 접시와 나이프를 주며 '여기 X알 떼어서 담아라.'고 하자 기겁을 한 충견이 방울소리 요란하게 줄행랑치는 웃지 못할 일도 있었다.

법원의 판결도 그들의 무도함을 막지 못했다.

종의회는 십진필의 지시를 받은 두억시니 떼에 의해 난장판이 되었다. 사법부는 마치 하수인처럼 철저하게 십진필의 의도대로 움직였다.

아무런 증거도 없이, 사법당국에서조차 무혐의 처리한 것도 받아들이지 않고 거털면에 대한 징계절차에 들어갔다. 대부분의 종단 스승(재가 승려)들이 일제히 십진필 쪽으로 레밍 떼처럼 몰려들었다. 평소 십진필의 비릿함에 대해 고개를 가로젓던 사람들도 예외는 아니었다. 소수의 양심적인 스승들은 무력감 속에 좌절했다.

여기저기서 완장들도 나타났다. 대개 완장들이 그렇듯이 평소에 포교력도, 수행력도, 인품도 내세울 것 없는 사람들이었다. 완장들은 순식간에 두억시니 떼가 되었다.

분노한 일부 신도들이 몰려가 증거도 없이 범죄자로 몰아가는 집행부에 항의하자 두억시니 떼는 육두문자와 물리력까지 동원했다. 항의세력이 점점 커지자 십진필은 수십 명의 어깨들까지 데려와 진압했다.

절대대수의 종단 스승들을 등에 업은 십진필은 거칠 것이 없었다. 이제 남은 것은 거털면과 소수의 측근들을 완전히 축출하는 일 뿐이었다.

3류 영화도 아니고 이게 현실이라는 게 믿기지 않았다. 스스로 눈, 귀, 입을 다 틀어막고 불의한 강자의 편에 서는 자들에 대한 분노가 솟구쳤다.

나는 종단 산하 120여 개 사찰에 두 사람에 대한 공개서한을 발송했다. 말이 좋아 두 사람에 대한 공개서한이지 실은 200여 스승들의 각성을 촉구하는 호소문이었다.

—우리는 모두 본심(本心)을 잃고 있다.

—이 길은 공멸로 가는 길이다.

—줄 세우지 마라. 줄 서지 마라.

—절대 권력의 끝은 절대 불행하다.

—도대체 당신들은 신도들에게 뭐라고 설법하는가.

—지하에서 종조(宗祖)께서 울고 계신다.

모두가 내 말을 들었지만 아무도 내 말을 들어 주지 않았다. 누군가 말했다. '이건 자폭테러다.'

감찰기관인 사감원의 출두요청이 왔다. 10여 명의 위원들은 '이적행위다.' '너도 같은 패다.'며 몰아갔다.

창과 창을 부딪치고 칼과 칼을 부딪치며 버텨냈다. 간신히 사법부의 형틀에 매이는 일은 피했으나 집행부가 휘두르는 보복의 칼날은 피하지 못했다. 활짝 열린 지옥문 안으로 내동댕이쳐졌다.

인사보복보다 집단 이지메가 더 치명적이었다. 나에게는 세상의 한쪽이 무너져 내리는 일이었고, 사람들에겐 등 뒤에서 가랑잎 하나 지는 일이었다. 나는 곧 끝나리라 위무했다. 이 미친 듯이 날뛰는 바람이 잠들고, 그들만의 잔치가 끝나고 나면 그때 그들은 한 점 부끄러움과 마주서리라, 만유

인력의 법칙만큼 확실한 만유인과의 법칙이 있으므로 결국은 사필귀정하리라, 그리 믿었다.

아무리 인간세계를 위선과 거짓이 지배한다 해도 악이 압도하리라고는 믿지 않았다. 아니, 그때만 해도 위선과 거짓이 인간세계를 지배하는 줄 몰랐다. 인간세계 선과 악의 지분은 반반씩이니까 어느 한쪽이 압도할 일은 없다고 여겼다. 누구였던가. 그런 점에서 이 무렵 내게 순진하다고 말해 준 순진하지 않은 그의 말은 옳았다.

가까운 한 동료가 지금이라도 우리와 함께 가자며 내 안위를 걱정해 주었을 때 유일하게 사람의 진심을 느끼고 위안을 얻은 적은 있었다. 서로 다른 입장을 떠나 인간적 감정을 느끼게 해 준 그는 인간에 대한 내 마지막 희망이기도 했다.

그러나 두억시니 떼의 칼춤에 마침내 거털먼이 피눈물을 흘리며 내몰리는 현장을 지켜보며 나는 절망했다. 거털먼의 사찰은 한밤중 중장비에 의해 완전히 파괴되어 버렸다. 뒤늦게 달려온 신도들은 콘크리트 더미를 헤집고 경전 몇 권을 찾아 나오며 악몽을 꾸는 줄 알았다. 내가 정의와 진리 따위의 단어들을 경멸하기 시작한 것은 이 무렵부터였다.

거털먼이 완전히 내몰리게 되자 거털먼의 결백을 믿는다던 소수의 스승들마저 '이것도 인연'이라고 말하기 시작했다. 심지어 '나도 실은 이쪽'이라며 '커밍아웃'을 하는 이들도 있었다.

더욱 가관인 이들은 양다리를 걸치고 지켜보다 해괴한 논리로 한 쪽 발을 거두어들인 후 인민재판을 자처했다. 그들은 대중 앞에서 '부역으로 오해받을 만한 행동을 한 것을 참회한다.'고 읍소해 면죄부를 받아내기도 했다. 역겨운 행동을 보는 일은 역겨웠다. 내부 매체를 통해 에둘러 참을 수 없는 역겨움을 드러냈다. 십진필을 비롯한 홍위병들과 완장들을 향해 신문, 잡지 등 내부매체를 통해 비유와 돌려 까기로 소심한 저항을 이어갔다. 그나마 여러차례에 걸쳐 비판적인 글을 실을 수 있었던 것은 양식 있는 한 선배 스승의 고뇌에 찬 묵인이 있었기에 가능한 일이었다.

저항은 고립을 불러왔다. 내가 다가가면 사람들은 대화를 멈췄다. 불가피하게 나와 말을 섞을 때는 주위를 두리번거렸다.

그 외롭고 어두운 길 위에서 50대 너머로 얼핏얼핏 보이기 시작하는 60을 바라볼 때 나는 그저 막막하였다. '길을 잃었을 때는 처음 길을 잃었던 그곳으로 빨리 되돌아가라.' 어린 시절 어머니는 내게 그렇게 가르쳐 주었다. 하지만 유감이게도 나는 길을 잃은 게 아니었다. 다른 사람들과는 다른 길을 선택했을 뿐이었다. 돌아가고 싶다는 마음보다는 함께 외눈박이가 될 수 없다는 마음이 더 컸다. 잠시 돌아가고 싶은 마음이 생길 때는 비굴해지는 자신에 대한 혐오감만 커져버렸다. 어쩌면 돌아가는 길마저도 잃어버렸던 것일지도 몰랐다.

'사랑이 없으면 지옥도 없다.'는 시인의 역설은 절묘하다. 그렇다면 내가 본 지옥에 사랑은 어디 있었을까. 사랑은 고사하고 사람은 어디 있었을까. 사랑도, 사람도 없었던 그곳을 대체 무엇이라 이름해야 할까.

사람을 편견 없이 바라보는 나는 그로인한 부작용을 심하게 겪는 편이다. 덕분에 늦게나마 사람을 평가하는 몇 가지 기준을 가지게 되었다. 부끄러움을 아는가. 자신이 불리할 때도 정직한가. 과정보다 결과에만 집착하는 결과론자는 아닌가. 이(利)를 따르는가, 의(義)를 따르는가.

나는 부끄러움을 느끼는 사람이라면 나머지 세 가지도 평균치 이상일 것이라고 믿는다.

오직 짐승과 사악한 자만이 부끄러움을 모른다. 나는 쥐와 바퀴벌레가 부끄러워서 쥐구멍과 싱크대 밑으로 숨어들어간다는 얘기를 들어 본 적도 없고, 카메라 앞에 선 사이코패스, 소시오패스 범죄자가 부끄러워서 모자와 마스크를 둘러쓰고 있다는 신문방송을 접한 적도 없다. 부끄러움은 인격의 최후 저지선이다. 하여 유사인간에 대한 최고의 경멸은 '부끄러운 줄 알아야지!'다.

침단(針端)의 부끄러움만 있어도 결코 할 수 없는 '자신을 똑바로 보라.'는 법문을 하는 그들의 신공(神功)은 경이로울 지경이다. 해리성 정체장애가 없고서야 불가능한 그 어려운 일을 그들은 너끈히 해냈다. 진심을 갈아넣지 않은 법문은 정신적 방귀에 지나지 않는다. 그들에게 '바른 사람이 사법을 설하면 사법도 정법이 되지만, 그릇된 자가 정법을 설하면 정법도 사법이 된다.'는 야부 스님의 일침을 들려준다면 우이독경이 될까.

내 경멸의 대상이 정의와 진리에서 '잉간'으로 전이되어 갔다.

중이 목사의 품에서 울 때

내가 50대 때 걸었던 길과는 달리 까미노의 500킬로미터대는 콧노래가 절로 흥얼거려지는 길이었다. 지방도로를 따라 나란히 이어진 흙길도 좋았고, 얼마 가지 않아 엘 간소 마을이 나타나 준 것도 좋았다. 지칠 만할 때 나타나 준 라바넬 델 까미노 마을도 고마웠다. 작은 마을인 엘 간소도, 라바넬도 한결같이 정겨웠다. 아담하고 정갈하고 소박하면서도 예쁜 마을들이었다.

무엇보다 길 자체가 좋았다. 삭막한 메세타 구간과는 비교할 수도 없는 길이 펼쳐졌다. 갖가지 초목으로 덮인 주변 풍광들이 마음을 달뜨게 한다. 내가 걸어온 50대의 그 길이 이렇게 산뜻하고 감칠맛 나는 길이었다면, 이렇게 정겹고 아늑한 길이었다면 지금의 나는 또 어떤 길을 걷고 있을까. 내가 어떤 선택을 했어야 이런 길을 걸을 수 있었을까. 그 가지 않은 길을 걸어갔더라면 지금의 나보다 더 나은 나를 만날 수 있었을까. 자기모순과 자가당착을 침묵으로 회피해 왔다면 그때의 나는 지금의 나보다 자신에게 더 너그럽고 더 그윽할 수 있을까.

다시 톨스토이를 불러와 본다. 톨스토이는 종교적 가르침과 삶을 일치시키고자 했다. 누구보다 도덕적이었던 그로서는 종교적 가르침과 삶의 불일치를 견딜 수 없었다. 톨스토이는 소설『안나 카레니나』를 통해 상류계층의 위선을 꼬집고 도덕에 대한 근본적 질문을 던진다. 에세이『고백』

을 통해서는 집요하게 자신의 도덕성을 점검하면서 고통스런 질문을 던져 댄다.

명문 귀족이었던 톨스토이는 작품 속에서 농민의 삶을 찬양했다. 그는 말과 글로써만 찬양하는 위선자가 아니었다. 노년에는 스스로 영지(領地)와 재산을 포기하고 가난한 농부처럼 살았다. 거름통을 지고 "나는 농부다!" 외치기도 했다.

죽을 때조차 농부처럼 죽고자 했던 그는 자신의 비서이자 딸의 품에 안겨 '농민들이 죽어가고 있다. 농민들이….'라며 흐느껴 울었다.

톨스토이는 언필칭 종교 지도자들에게 이렇게 말하는 듯하다. '위선과 가식을 벗어 던져라. 네가 그렇게 말했다면 그렇게 살아야 하고, 네가 그렇게 살지 않는다면 그렇게 말하지 말아야 한다.'

말년의 톨스토이는 교회는 악마의 발명품이라 일갈했다. 심지어 그는 비밀수첩에 '미리 밝혀 두지만 내가 죽기 직전 교회에서 참회하고 용서 받았다는 소문이 난다면 그건 모두 헛소문.'이라고 적어 두기도 했다.

이런 극언의 배경에는 자신이 예수이기라도 한 양 한껏 고매한 말씀을 분사(噴射)하면서도 가식과 위선의 삶을 사는 모든 종교 지도자들에 대한 환멸이 깔려 있을 것이다.

말과 행동의 간극이 벌어질 때 괴로워하거나 심지어 자기혐오에 빠지는 사람들이 있는가 하면 자기도취에 빠지는 사람들도 있다. 자의식이 약하고 부박한 이들이 그렇다. 하지만 정신건강에는 후자가 월등히 유리하다.

누리는 삶도 후자가 훨씬 '간지' 날 것이다. 톨스토이는 반면교사다. 명문 귀족이면서도 농부의 삶을 찬양하고, 마침내 농부가 되고자 했던 그는 이로 인해 아내 소피아와의 불화를 피하지 못했다. 가출 끝에 아스타포보의 초라한 역사(驛舍)에서 죽어간 것도 언행일치의 삶을 추구한 결과였다. 계속 내면의 소리에 귀를 막고 가식과 위선에 찬 삶을 살았더라면 그의 말년은 얼마나 '간지' 났을까.

모두가 톨스토이처럼 살 수는 없다. 어느 정도의 언행불일치는 인간의 한계이기도 하다. 그러나 가책이나 부끄러움은 고사하고 자신의 행동이 얼마나 비루하고 조야한지 자각도 하지 못하는 이들을 보면 측은하기까지 하다.

니체의 말처럼 신이 죽었다면 사인은 틀림없이 자살일 것이다. 신은 인간을 만들 때 자신을 닮게 만들었다는데 그 피조물이 저렇게 간특하고 사악하고 요사스럽다면 두 가지 가능성을 생각해 볼 수 있다.

하나는 자신의 의도와는 다르게 만들어진 피조물에 큰 충격을 받아 자살했을 가능성이다. 그는 인간들의 비인간적인 속성들이 적나라하게 드러나고 인간세상이 복마전이 되어버리자 불량품을 만들었다는 충격으로 곡기를 끊어 버렸을 것이다. 그렇게 시름시름 앓다가 스스로 세상을 등져 버렸을 것이다. 신이라면 응당 그러고도 남을 것이다. 그는 정치인과는 달리 책임을 지는 '신'이므로.

다른 하나는 자신의 의도대로 자신을 쏙 빼닮게 인간을 제대로 만들었음에도 자살했을 가능성이다. 신은 분명 자신과 똑 같은 인간을 만들었으나 피조물들의 저급함과 사특함이 여실히 드러나자 '나의 내면에 저런 저열한 것들이 숨어 있었단 말인가.' 장탄식을 하며 스스로 목을 매어 버렸을 것이다. 완전무결한 줄 알았던 자신이 저렇게 불완전한 존재였음을 받아들이기는 어려웠을 것이다. 그는 단말마의 비명과 함께 머리를 감싸 쥐며 '오, 마이 갓!'을 외쳤을 것이다. 그렇게 그는 자살로 신의 직위를 내려놓았을 것이다. 그는 말과 행동이 따로 노는 종교인과는 다른 '신'이니까.

그가 죽은 후에도 여전히 인간세계가 비인간적으로 돌아가는 걸 보면 후사(後嗣)나 후임은 없는 것으로 추정된다. 있다고 해도 그는 국정농단 이상의 인간세상을 농단하는 무능하기 짝이 없는 혼신(昏神)에 불과할 것이다.

니체, 당신의 말은 옳았다. 신은 죽었다. 사인은 자살이다. 국과수의 부검도, 법의학자의 소견도 필요 없는, 명백한.

당시 가장 고통스러웠던 것 중 하나는 사람들의 태도를 지켜보는 일이었다. 그들은 내 앞에 스크린 도어를 치거나 방화벽을 쌓았다. 가끔씩 두드려도 보았으나 부질없었다. 부질없는 행동은 부질없기만 했다.

가까웠던 인간관계들이 다 무너져 내렸다. 권력의 폭압보다도 그것이 더 나를 아프게 했다.

나 아주 어렸을 적 '누가 우리 집에 왔다가 집을 나서면, 가는 꼴을 못 보더라.'는 얘기대로라면 분리불안장애는 내 가장 오랜 지병인지도 모른다. 친구와 하교하다 길이 갈라지면 끝까지 친구의 뒷모습을 돌아보는 것은 언제나 나였다.

내 생애 첫 활자화된 글은 친구와 우정과 의(義)에 관한 내용이었고, 사춘기 영혼을 흔들었던 책이나 영화는 모두 인간애에 관한 내용이었다. 지금도 그런 책이나 영화나 보도를 접하면 별 내용이 아닌데도 왈칵, 눈물부터 차오른다. 세상에 사람보다 더 좋은 건 없다고 믿어 온 내게 인간관계의 붕괴는 세상의 종말과 같았다.

그렇게 죽고 싶은 것도 아니고, 죽고 싶지 않은 것도 아닌 시간이 지속되었다. 나는 산 채로 바르도(中陰)에 있었다.

그 무렵 나는 노트에 마틴 루터 킹 목사의 말을 이렇게 적어내려 갔다.

'역사는 이와 같이 기록할 것이다. 이 사회적 전환기의 최대 비극은 악한 사람들의 거친 고함소리가 아니라 선한 사람들의 소름끼치는 침묵이었다고.'

킹 목사가 앞에 있다면 그의 품에 안겨 하염없이 울고 싶었다. 울다가 울다가 혼절한대도 좋았다. 그 '소름끼치는 침묵' 앞에서 혼절했듯이.

그의 품은 한없이 넓고 따뜻할 것 같았다. 중이 언어도 통하지 않는, 다른 시대를 산 목사의 품에 안겨 울 때, 목사가 중을 쓸어안고 '그래, 그래. 다 안다, 다 안다.' 말하듯 중의 등을 토닥여 줄 때 그것은 분명 완벽한 소통일 것이다. 말 없는 가운데서 우리는 수많은 말을 주고받을 것이다. 아무 말도 하지 않아도, 아무 말도 듣지 않아도 다 말하고, 다 들을 수 있는 이 자리를 나는 나의 천국이라 부르겠다.

내 죄를 묻는 자 있거든

또 하나 고통스런 일은 법문을 설해야 한다는 것이었다. 집단도, 개인도 밑바닥까지 다 드러내 버린 터에 인과와 참회와 자비와 마음공부가 다 무엇인가. 그것들을 입에 올리기에는 내 자의식이 용납해 주지 않았다. 그런 것들과는 전혀 무관한 모리배 집단임을 스스로 드러내 놓고도 대중을 기만할 뻔뻔함이 내게는 부족했다.

대중들에게 삼배를 올리며 참회했다. 전혀 종교적이지 않은 종교집단의 구성원으로서 '신도들 눈에 피눈물이 흐르게 해서 부끄럽고 미안하다.'고 엎드렸다. 그런다고 이미 다 드러내 버린 밑바닥이 달라지지 않았다. 법문은 허공을 맴돌았고 시선은 정처 없이 흩어졌다. 스승과 신도는 공명하지 못하고 먼 곳을 부유했다.

긴 내전 끝에 불온하고 무도한 자들에 의해 빈손으로 내쫓긴 이들은 의로운 신도들의 자발적 기금으로 법당을 사거나 지으며 리빌딩에 들어갔다. 그렇게 불교진각종금강원이 탄생했다. 모든 정재(淨財)를 신도들이 관리하면서 불조와 종조의 가르침을 제대로 실천하겠다는 정신 아래 출가문도 열었다. 당시의 불행한 내전이 재가수행자의 한계에서 비롯되었다고 보고 종조의 유법인 출가제도를 시행한 것이다.

불온무도한 자들의 손을 잡을 만큼 비굴하지도 못하고 의로운 이들과 함께 할 용기도 내지 못한 나는 광야에 홀로 섰다. 홀로 남겨진 광야는 거칠고 추웠다. 추위보다 추위에 떠는 자신을 보는 일이 더 추웠다. 비굴해지려 하는 추한 자신을 보는 일은 끔찍했다.

가치와 신념을 지키고자 하는 사람은 종종 유혹에 넘어가기도 하지만 자기 존엄성을 지키고자 하는 사람은 어떤 유혹에도 넘어가지 않는다고 했다. 그때 내가 지키고자 한 것은 신념이었을까, 자기 존엄성이었을까.

감찰기관의 일원이면서도 십진필의 충견이 되어 거털먼 축출에 앞장섰던 어떤 자는 스크린 도어 너머로 '나는 배부른 집개, 그대는 배고픈 들개'라며 위로 아닌 위로를 던져 주었다. 그 문자 한 통에 나는 하마터면 그를 용서해 줄 뻔 했다. 배고픈 들개보다는 외로운 들개가 더 핍진했지만 나는 한동안 이 말을 뼈다귀 핥듯 만지작거리며 남몰래 위안으로 삼았다.

라바넬 마을을 지나자 길가에 알로롱달로롱 들꽃들과 간들간들 들풀들이 바람에 출렁이는 장관을 연출한다. 시인의 말처럼 가까이서 볼수록 예쁘고 사랑스럽다. 또 다른 시인의 말처럼 누구도 다치지 않고 걸어가는 향기 나는 길이다. 이런 길을 지금 걸어가고 있는 이가 나라는 게 감사하다. 이런 길에서 죽으면 나도 꽃대롱에 내려앉은 노랑나비 한 마리랑 늦도록 놀다가 밤이슬 맺히면 달빛 타고 고요히 흔들리는 들꽃이나 들풀로 다시 태어날 수 있을 것만 같다. 신은 죽어 아름다운 길이 된 것일까. 생전에 인간을 잘못 만든 과오를 피조물들의 발에 밟히며 참회하기 위해 이렇게 애틋한 길로 환생한 것일까. 신은 죽어 길이 되었고, 나는 살아 길을 간다. 피조물이 조물주를 밟으며 신나게 간다. OMG!

나도 다른 사람들처럼 덜 순진했거나 두억시니 떼의 손을 잡았더라면 이런 길을 걸었을까. 그때의 나는 어둠 속을 홀로 걷는 외로움에 서러웠지만 오늘의 나는 홀로 걷는 자유로움에 향기로운 콧노래를 흥얼거린다.

그때의 나는 바라는 것도 많았고, 그것이 채워지지 않을까 봐 조바심과 두려움도 많았다. 그러나 지금 나는 안다. 그것이 나를 질곡으로 몰아넣은 제1원인이었음을. 아무것도 바라지 않을 때 두려움은 사라지고 마침내 참 자유인이 될 수 있음을.

지금의 나는 외칠 수 있다. 니코스 카잔차키스처럼 '나는 아무것도 바라지 않는다, 나는 아무것도 두렵지 않다. 나는 자유다.'라고.

그때는 세상 모든 것들이 내게서 등을 돌려 앉은 것 같았다면 지금은 세상 만물들이 나와 하이파이브를 하는 듯하다. 누군가 그 끝없이 길고 황량했던 생(生)의 메세타 지대를 용케 통과해 온 보상이라고 말한다면 단호히 보상 따위는 필요 없다고 말하련다. 인간세계의 실상과 인간의 어두운 심연을 들여다본 것만으로도 보상은 이미 충분하니까.

만약 역사 바로 세우기나 과거청산의 일환으로 손해배상청구소송을 제기하라고 한다면 그건 하고 싶다. 손해배상청구금액은 10원. 내가 잘못하지 않았음을, 나는 그저 인간이 비인간적이고, 종교가 비종교적인 이 도저한 형용모순을 이해할 수 없었을 뿐이었음을 확인만 받으면 그만이다. 기어이 내게 죄를 물으려는 자 있거든 60년 인생을 낭비한 죄를 물어라. 모든 피의사실을 인정해 주겠다.

보상금 10원을 받으면 주머닛돈을 보태 스페인 군부독재자 프랑코 같았던 그 사악한 십진펄과 두억시니들의 갱생기관에 기부하겠다. 참, 스크린도어와 방화벽을 치던 침묵의 착한 사람들을 빼놓으면 섭섭하겠다.

소멸을 향한 여정

이 향기로운 길을 그냥 두고 갈 수 없어서 동영상에 담았다. 귀국해서 재생해 보니 "길은 예쁜데 발도 아프고, 허기도 지고…. 걷기 싫다." 하고 배고픈 들개 한 마리가 중얼거리는 소리가 들린다.

길이 좋아 초반에 너무 무리를 한 모양이었다. 허기 탓인지 다리에 힘도 없다. 황량한 메세타 구간이었으면 아무 문제 되지 않았을 것들이 이렇게 편한 길을 걷게 되니 또다시 여기저기서 아우성을 질러 대는 꼴이라니. 참 인간의 요사스러움이란.

고심 끝에 32킬로미터 지점에 있는 엘 아세보 데 산 미겔로 가기로 한 목표를 폐기했다. 21킬로미터 지점에 있는 이번 마을 폰세바돈에서 묵어 가기로 한다. 산 중턱에 들어선 마을이 멀리서 보니 산장촌 같다. 입때껏 바둑판 같은 밀밭 한가운데 소심하게 들어 앉아 있는 마을들만 보다 산 중턱에 당당히 서 있는 마을을 보자 온몸의 세포들이 일제히 환호성을 지르며 깨난다. 비록 베수비오 화산의 비탈에 선 마을은 아니라도 가슴은 뛴다. 숙소 위치만 따진다면 단연 최고다.

폰세바돈은 오래전부터 버려진 집으로 가득했으나 순례자들이 늘어나면서 조금씩 되살아나 지금의 모습을 갖췄다고 한다. 사라지지 않아 줘서 고맙고 이렇게 잘 살아 줘서 고맙다. 그래, 사라지지 않으면 어떻게든 살아진다. 살아지는 것들은 다시는 사라지지 말아라.

넓은 도로 가운데 어서 오라고 팔을 벌리고 선 목재 십자가 너머로 마을이 길게 늘어서 있다. 마을 입구에 여기저기 허물어진 폐가가 눈에 띈다. 순례자들이 드나들기 전 마을이 소멸해 갈 무렵 버려진 집인 듯 했다.

저곳에서도 한때는 엄마의 양배추 써는 소리가 들렸을 것이고, 아이들이 창밖의 먼 하늘을 바라보며 꿈을 키웠을 것이고, 아빠의 와인 병 코르크 마개를 따며 흥얼거리는 콧노래가 흘러 나왔을 것이다.

지금은 잔해만 남은 단란했을 한 가정의 흔적. 사람의 생애도 저러하여서 크고 작은 희로애락이 다 저렇게 스러져 가고 끝내 흔적조차 남지 않을 테지. 그리고 마침내 아무도 기억해 주는 이 없는 완벽한 소멸이 이루어지리라.

내게도 그 영겁의 적멸이 이제 조금씩 다가오고 있고 은근히 기대도 된다. 다시없을 좋은 새로운 경험이 될 것이다. 다만 소멸로 가는 남은 여정이 지루하지 않기를, 잠시 비바람이 몰아치더라도 이내 무지개가 뜨기를, 여정이 끝나는 어느 늦가을 오후 4시 무렵 파란 하늘을 배경으로 한들거리는 코스모스와 억새의 무리들을 바라보며 눈감을 수 있기를. 생은 남루하였으나 죽음은 사내다웠다고 기억해 줄 이 하나 곁에 있어 주면 좋고, 없으면 말고.

이런 것도 바라는 것에 들어간다면 니코스 카잔차키스에 대한 오마주를 취소하거나, 저 깨알 같은 바라는 것들을 당장 폐기처분해야 하건만 아직 하나는 통 자신이 없다.

폰세바돈의 첫 번째 온전한 건물이 알베르게다. 길가에 바투 붙어선 단순한 사각의 2층 벽돌건물이다. 오늘은 여기서 내 영혼이 쉬어간다. 짐을 풀고 보니 이제 갓 12시를 넘겼다. 까미노 일정 중 가장 이른 도착이다. 알베르게에 딸린 바에서 간단히 요기 하고 입구 앞 야외 테이블에 앉아 잠시 쉬고 있자니 지친 순례자들이 하나 둘 마을로 들어선다.

길 건너 맞은 편 세탁장에 가기 위해 알베르게 2층 계단을 내려가다 막 체크인을 하고 올라오는 반가운 얼굴과 마주쳤다. 부르고스에서 처음 만나 헤어진 후 한 번도 만나지 못했던 길 포식자 정진규 선생이다. 프랑스 아레스에서부터 1,100여 킬로미터를 걸어왔다던 정 선생은 부르고스에서 하루를 묵은 다음 날 신부님에게 그날 하루에 40킬로미터를 간다는 말을 남기고 떠났었다.

그렇게 앞서가는 정 선생을 만날 일은 없었다. 그런데 여기서 만나게 되다니 역시 '만인어만 못인어못'이다.

정 선생은 경쟁적으로 걷다 보니 많이 지쳤다며 오히려 내게 빨리 오셨다고 놀란다. 자신이 오늘 이 알베르게에 마지막 투숙객으로 체크인 했는데 나를 만나게 됐다며 반가워한다.

단체로 저녁을 먹는 자리가 혼잡하다. 정 선생의 말대로 알베르게가 만원이긴 만원인가 보다. 다닥다닥 붙어 앉아 뭔가를 부지런히 먹은 것 같은데 뭘 먹었는지는 기억에 없다.

SANTIAGO

4부

여행자는
가는 도중에 이미
행복하다

한 송이 들꽃이 지듯

　오랜만에 아침을 든든하게 먹고 7시 무렵 느지막이 출발한다. 오늘은 해발 1,500미터 산 정상을 넘어 내리막길을 따라 콜룸브리아노스까지 32킬로미터를 가기로 한다.

　작은 마을을 빠져나가자마자 정상을 향해 부드럽게 S자로 휘어져 올라가는 넓은 길이 순례자의 혼을 빼앗는다. 숲으로 덮인 산 정상까지 노란 후리지아가 점점이 박혀 있어서 마치 거대한 식물원에 들어서는 느낌이다. 하늘을 배경으로 가까이 내려 앉아 있는 산 정상도 순례자의 걸음을 가볍게 해준다. 이렇게 편안하게 정상을 허락해 주는 산이라니. 아무리 봐도 해발 1,500미터 산의 고압적인 느낌이라고는 전혀 없는 나이스한 산이었다. 게다가 이미 폰세바돈 마을이 해발고도 1,200~1,300미터가 넘는 곳이어서 산책하듯 가볍게 걸었는데도 금세 정상이다.

　어제 폰세바돈 마을로 오르는 길도 오르막이라는 기분이 들지 않을 정도로 완만하고 부드럽게 받아주더니 남은 길도 이리 너그럽게 내어주고 있다.

　출발한 지 20분 정도 지났을까 산 정상 께에 하늘 높이 솟아 있는 '이라고 철 십자가'가 보인다. 돌무더기를 밟고 선 긴 목재기둥 위에서 철 십자가가 세상을 굽어보고 있다. 몇몇 순례자들이 기둥에 무엇인가를 부착하는 모습이 성스럽다.

가까이 가서 보니 갈라진 나무 틈새마다 동전과 작은 돌을 끼워 놓았다. 갖가지 기원문과 리본도 달고, 까미노 시그니처 가리비 껍데기도 달아 놓았다. 모두 순례자들의 소망을 담은 것들이다. 기둥 바로 아래는 순례자들이 자국에서 가져온 조약돌들이 수북이 쌓였다. 하나같이 동글납작 단정하고 반드럽다. 돌마다 올망졸망 소망들이 적혀 있다.

철 십자가 기둥에 경건하게 상징물을 부착하는 순례자들을 촬영할 때였을까. 언제 나타났는지 정 선생이 나를 찍어 주겠다며 돌무더기 위로 올라가라 한다. 기둥 아래로 간다. 구름에 뒤덮인 하늘을 배경으로 우뚝 솟은 기둥 위의 십자가 아래 중 하나가 기둥에 손을 짚고 선다.

주위 사람들이 모두 프레임 밖으로 나갈 때까지 한참을 기다렸다가 셔터를 누르는 정 선생의 인내심과 정성이 대단하다. 좋은 기회란 이렇게 오랜 기다림 끝에 섬광처럼 찾아오는 것일까.

명품 사진을 찍어 준 정 선생을 남겨 두고 먼저 발걸음을 옮긴다.

정상을 넘어 만하린 알베르게를 지나자 다시 숲길로 접어들더니 완만한 오르막길이 시작된다. 철 십자가로 가던 길과 유사하다. 바이크를 타고 가도 휘파람 불며 갈 수 있을 정도로 여전히 너그럽다.

사진만으로는 부족해서 동영상을 켜고 유튜버 행세까지 해가며 다양한 초목들의 향연을 담는다. 그러다 뭘 잘 못 만졌는지 초라한 행색의 늙은이 하나가 갑자기 화면에 나타난다. 당황하는 소리와 함께 '자기 얼굴 보고 자기가 놀라는 건 나밖에 없을 거'라고 키득거리며 촬영을 이어간다.

산이 거의 없는 까미노에서는 물론이고 국토가 온통 산으로 뒤덮인 한국에서도 좀처럼 만나기 어려운 분위기다. 너그러운 길이 주는 고마움과 숲이 주는 아늑함을 만끽하며 걷는 길은 신에 대한 기도 없이도 천국에 들게 해 줄 것 같다.

　내려가는 길은 한동안 돌길이 이어져서 꽤 불편하고 힘이 든다. 어제 그 컨디션으로 이 길을 내려갔다면 크게 애를 먹을 뻔했다. 폰세바돈에서 여장을 푼 게 다행이라는 생각이 절로 든다. 그러고 보니 알베르게가 붐볐던 이유가 있었다.

　어느새 흙길로 바뀌면서 완만하게 내려가는 길에 만난 풍광은 피레네산맥이 부럽지 않을 정도다. 앞에는 판초우의를 둘러쓴 순례자가 발끝만 내려다보며 걷고 있다.

　머리 위에는 먹구름이 아까부터 하늘을 뒤덮고 있는 가운데 저 산 아래로는 하늘에서 내려온 둥글고 환한 빛이 세상을 비추고 있는 모습이 장관이다. 그 광경을 보자 간간이 빗방울이 떨어지기도 해 불안하던 마음이 싹 가신다.

　조금 더 내려가자 산 중턱에 집집마다 검은색 석판지붕이 이채로운 마을이 모습을 드러낸다. 내가 어제 처음 목표로 잡았던 엘 아세보다.

　위에서 내려다본 엘 아세보 마을이 고요와 평온 속에 잠겨 있다.

　엘 아세보는 돌과 석판지붕을 얹은 전통방식의 건물들로 조성된 마을이다. 테라스는 목재로 만들어 자연과의 조화에 신경을 썼다.

　마을에는 자전거로 까미노를 가다 이곳에서 생을 마친 독일인을 기리는 철로 조성된 자전거 모형 기념물이 있다. 이라고 골짜기를 내려오다 사고라도 당했던 것일까. 까미노에서는 이렇게 종종 순례길에서 생을 다한 순례자들을 추모하는 십자가 상을 만나기도 한다.

이렇게 까미노에서 한 생애를 마치는 것도 괜찮을 것 같다. 중환자실에서 주렁주렁 연명 줄을 달고 심장제세동기의 전송을 받으며 떠나는 것과는 비교도 되지 않는다.

순례길에서 가지는 이 정갈한 마음, 온전한 인간에게 다가서려는 마음, 본래의 자신으로 돌아가고자 하는 마음을 간직한 채 조용히 하늘을 올려다보며 떠나는 이의 뒷모습은 얼마나 장엄한가. 쉬잇, 한 송이 들꽃이나 들풀이 지듯이 고, 요… 히…….

그들의 명복을 빌어본다.

엘 아세보를 지나도 아름다운 산길은 계속된다. 내가 가야 할 길은 아니지만 저쪽 산허리를 휘감아 돌아가는 붉은 길도 매력적이다. 봉곳한 산에는 키 작은 나무들 몇 그루만 옹기종기 서 있을 뿐이다. 나머지 공간은 들풀들이 뒤덮고 있다.

나는 저런 산이 좋다. 울창한 숲으로 뒤덮인 산에 들어가면 나는 사라져버리고 숲만 남게 된다. 숲은 나를 삼켜 버리고 나는 숲에 압도당해 버린다. 저런 민둥산 같은 산에 오르면 내가 산에 묻혀버리지 않는다. 나는 산의 일부가 되고, 산은 나의 일부가 되는 느낌이다. 이 호혜적인 관계가 나는 좋다.

인간관계도 이런 호혜평등의 관계가 최상일 것이다. 어느 한쪽이 다른 한쪽을 압도하거나 지배하지 않고, 갑과 을을 따지지 않는 관계, 나는 그런 관계가 좋고 그런 산이 좋다.

어렸을 적 내 고운 어머니 손잡고 해목재를 넘어 찾아가는 외갓집 뒷산이 그랬다. 붉은빛이 도는 황토로 뒤덮인 나지막한 산에는 내 키보다 훨씬 작은 아기 소나무들이 배추처럼 가지를 땅에 드리우고 서 있었다. 그 사이를 이리저리 오가는 몇 가닥 좁은 길과 몇 종류의 들꽃과 들풀과 억새가 산의 전부였다.

　나는 까미노를 시작한 지 이틀 만에 내가 왜 평소에도 유독 개울처럼 휘돌아가는 호젓하고 아름다운 길에 집착하는지 그 이유를 알았다. 해목재를 넘어, 저수지 둑길 아래를 지나 외갓집으로 가던 길, 작은 소나무 몇 그루 사이로 휘돌아가던 외갓집 뒷산 길이 내 무의식에 깊이 자리 잡고 있었던 것이 이유였다.

　내 외갓집 뒷산이 울창한 숲으로 뒤덮이기 전 그 산의 소나무와 들꽃과 들풀과 억새 등 개체 하나하나의 가치는 동일했다. 누가 누구를 지배하지도, 밀어내지도 않았다. 들풀 하나도 소외되지 않았다. 그중 어느 하나만 없어져도 단박에 알아챌 수 있을 정도였다고 한다면 과장이 될까.

　나는 대도시와 군중을 좋아하지 않는다. 대도시에는 개개인은 없고 시민과 군중만 있다. 나는 가난한 이도, 병든 이도, 못난이도 국민이나 시민이라는 말로 묶여지지 않는 작은 지방이 좋다. 개개인의 존엄성이 인정받을 수 있는 그런 세상이 좋다. 내 외갓집 뒷산 같은, 애틋하게 그리운,

　저 건너 나지막한 민둥산 허리를 돌아가는 길이 나를 향해 자꾸 손짓한다. 당장 달려가 보고 싶지만 마음뿐이다. 대신 멀찍이 앉아 구릉 같은 민둥산을 바라보며 상념에 젖는다.

　사람도 저렇게 속내를 감추지 않고, 있는 그대로의 모습을 보여주며 살 수는 없는 걸까. 꼭 철갑처럼 숲을 둘러쓴 채 속내를 꽁꽁 감추고 표리부동하게 살아야 하는 걸까. 아무리 속내를 감추고 위장에 능한 사람이 유리한 곳이 인간세계라지만 더 나은 세상인 천상세계를 구현하려면, 이 몸 이

대로 구원받고 해탈하려면 우리도 조금은 저렇게 민둥산에 가깝게 살아야 하지 않을까. 그것이 우리 자신을 더 자유롭게 해 주는 길이 아닐까.

다시 부지런히 산길을 내려간다. 가지 않은 길은 가슴에 품은 채.

아스팔트길을 따라 리에고 데 암브로스 마을에 진입한 후 다리를 건너 바에 들어간다.

야외 테이블에 앉아 고풍스런 다리와 강을 감상하며 배를 채우고 물병도 가득 채웠다. 막 출발하려는 참에 마침 길 포식자 정 선생이 도착한다. 정 선생이 테이블을 사이에 두고 마주 앉으며 어떻게 이런 풍광 좋은 바를 찾으셨냐고 감탄한다. 따지고 보면 이 말은 정 선생의 자화자찬이다.

잠시 이런 저런 대화를 나눈 후 먼저 자리를 털고 일어섰다.

리에고 데 암브로스에서 1시간쯤 갔을 무렵 잠시 배낭을 내려놓고 물을 마시려 배낭 옆구리를 보니 물병이 없다. 바에서 출발하기 직전 정 선생이 도착하는 등 어수선한 분위기에서 그만 테이블 위에 두고 떠났던 모양이다.

유럽 수돗물에 흔하다는 석회를 거르는 필터가 있는 특별한 물병인데 여기서 그만 손을 놓아버리고 말았다. 조금 불편하지만 생수를 이용하면 되니 누군가가 대신 잘 써주면 그것도 괜찮다. 그 누군가가 정 선생이라면 더욱 좋고.

몰리나세카를 지나 아스팔트길을 7, 8킬로미터 더 가자 멀리 폰페라다가 모습을 드러낸다. 규모도 크고 멀리로 보이는 도시 미관도 빼어나다.

까미노는 시내를 향해 직진하지 않고 왼쪽으로 크게 돌아간다.

상처 위의 빌드 업

한참을 돌아 시내에 진입했다. 인구 약 6만9천여 명의 폰페라다는 정갈
하다. 해발 540미터의 고지대에 들어앉은 이 도시는 1,500미터가 넘는 산
지로 둘러싸여 있다.

낮게 깔린 흰 구름 아래 펼쳐진 도시는 티끌 하나 없이 단정하다. 청초하고 싱싱한 풀잎 같다. 하늘에는 매연 한 줌도, 차도에는 콘크리트 조각 하나도 없다. 방금 큰 비가 내려 깨끗이 도시를 세척하고 난 직후 같다. 건물들은 막 면도를 끝낸 신입사원처럼 깔끔하고 핸섬하다. 쾌청한 날씨와 어울려 청결하다 못해 청아하기까지 하다. 이 도시가 소리로 환생한다면 산사의 풍경소리가 되지 않을까 싶을 정도다.

도시에 진입하고 5분이나 지났을까. 중세시대 순례자들의 안전을 위해 창설한 템플기사단이 주둔하던 템플라리오 성이 모습을 드러낸다. 작은 잔디언덕 위에 당당한 자태를 뽐내며 서 있다. 투박한 돌로 조성되었음에도 외관은 수려하다. 특히 성의 입구는 질박함과 화려함이 잘 조화되어 보는 눈이 즐겁다.

성벽 중간 중간 돌의 색상이나 축석(築石) 형태가 이질적인 부분이 보인다. 도시화 과정에서 이 성의 돌을 무단으로 채취해 건물을 짓기도 했다더니 그 흔적인 것 같다. 이렇게 하나를 죽이고 다른 하나를 살리는 것은 괜찮은 일일까. 하나를 죽이고 둘이나 셋을 살리는 일은 더 괜찮은 일일까. 아니다. 열을 살릴 수 있어도 하나를 죽이는 것은 잘못이다. 설령 열이 죽더라도 억울한 한 사람을 희생시키는 것은 최악의 전체주의다. 하나를 살리기 위해 열 사람이 자신을 바치는 것은 고귀하지만 열을 위해 한 명의 타자를 희생시키는 것은 죄악이다.

저 흔적은 오래 갈 것이고, 볼 때마다 아픈 상처는 덧날 것이다.

건물이나 사람이나 이렇게 입지 않아도 될 상처를 입는 일만은 없어야 하건만 그게 쉬운 일은 아니다. 다만 그 상처가 자기연민으로 이어지지 않게 해야 한다. 자기연민에 빠진 사람에게는 아무도 연민을 느끼지 않는다. 셀프 연민만으로도 차고 넘치기 때문이다. 상처마저 자신의 일부로 여기며 사랑할 수 있어야 한다. 상처를 딛고 새로운 빌드 업을 즐길 때 최고의 복수는 완성된다.

들개 생활 5년 차 무렵 뜻하지 않게 또 하나의 생채기를 입는 사건이 찾아 왔다.

영구집권을 꿈꾸다 몇몇 주구들의 배신으로 연임에 실패한 십진필은 권토중래를 노리며 주구들을 앞세워 세력확장에 들어갔다. 37명으로 구성된 종의회도 협잡과 회유, 내 편 밀어 넣기 등으로 개체 수 조절을 해왔던 그와 주구들은 종권탈환에 혈안이 돼 있었다.

그때 자칭 배부른 집개는 감찰기관의 일원이면서도 행정부 수장 선출의 선거권을 갖고 있었다. 삼권분립의 원칙은 쓰레기통에 들어간 지 오래였다.

십진필의 충견이었던 그는 이번 선거에서 자신의 몸값을 올리기 위해 은밀히 가까운 동료들을 포섭해 나가고 있었다. 십진필 진영의 유권자 중 집개와 한 몸이 되어 여차하면 상대 후보 지지로 돌아설 졸개들이 필요했던 것이다.

십진필로서는 구미에 맞는 인물들을 의회에 밀어 넣어 왔다고는 해도 자신의 표 3~4장이 상대후보에게 귀순해 버린다면 치명적인 타격이 불가피해진다. 거털면에 이어 종권을 잡았던 십진필이 연임에 실패한 것도 믿었던 홍위병 출신의 주구들 몇몇이 작당하여 상대후보 지지로 돌아서는 바람에 일어난 일이었다. 십진필로서는 같은 악몽을 두 번 겪어야 할 수도 있다. 반면 집개는 십진필과의 거래 테이블에 다리를 꼬고 앉을 수 있게 된다.

그 무렵 나는 조용히 한 후배를 불러 종교 지도자로서, 한 인간으로서 매우 부적절한 행동에 대한 해명을 요구했다. 그는 자기가 알아서 처리하겠다더니 결국 노코멘트 하겠다며 버텼다.

얼마 후 감찰기관의 집개로부터 전화가 왔다. 불길했다. 이상한 소문이 돌고 있더라면서 내가 진원지 아니냐고 물었다. 나는 당사자만 불러 조용히 말한 게 전부이며, 소문이 났다면 진원지는 저쪽이라고 대답했다. 그는 불문곡직 '다친다.'고 경고부터 했다.

나는 뻔히 결과가 보이는 싸움을 준비해야 할 상황이 왔음을 직감했다. 그렇다고 백기투항 후 덤터기 쓰는 건 자살이다. 결말이 뻔한 이 싸움의 결과는 타살이다. 나는 자살과 타살 중 하나를 선택해야 할 처지였다. 내 생애 가장 힘든 시간이 시작되고 있었다.

비라리 칠 곳도, 하소연 할 대상도 없었다. 햄릿식의 '죽느냐, 사느냐'가 아닌 '자살이냐, 타살이냐'를 잠시 고심하던 순간부터 나는 이미 유령이었다. 산 채로 죽어 있고, 죽은 채로 살아 있는 반생반사(半生半死)의 상태였다. 자살보다는 전사가 낫다는 결론을 내리는 날도 세상은 전혀 특별하지 않았다. 천둥이 치거나 갑자기 하늘이 어두워지거나 하는 일도 일어나지 않았다. 오직 하늘 아래 나 혼자만 무너져내리는 하늘을 보았다.

템플라리오 성 정문의 왕관 모양을 한 화려한 두 기둥에는 스페인 국기 로히구알다와 템플기사단 깃발이 힘차게 나부낀다. 상처 입은 영혼에도 저렇게 깃발 날리는 날이 올 수 있을까.

이 고비 뒤에 진짜 내 인생 나타날까

성의 내부에는 템플기사단 관련 자료와 물품, 장비 등이 전시된 박물관
도 있다고 하나 들어가 보지는 못했다.

폰페라다가 도시 기반을 확립한 시기는 11세기 무렵이었다. 고대 로마가
지배하던 시기에는 금속과 광물을 채취해 로마제국으로 가져갔다. 80년
대 광산 폐광 이후부터 관광업, 농업, 포도주 산업이 주산업이 되었다.

템플라리오 성을 지나자 다리 아래로 거울처럼 맑은 작은 강이 흐른다.
폰페라다에는 보에시강과 실강 등 두 개의 강이 도시의 젖줄 역할을 한다.
이 강은 그중 하나인 실강이다. 실강을 따라 길게 늘어선 아파트들이 강물
과 함께 흐르는 듯 조화롭다.

도심을 살짝 지난 한적한 곳에 공원이 나타난다. 나무 그늘 벤치에 앉아
심신을 추스른 후 다시 배낭을 둘러멘다. 예약을 하지 않고 가는 길이라
순번에 밀려 숙소 체크인을 못하는 불상사는 피해야 한다. 작은 마을에서
는 얼마든지 일어날 수 있는 일이다.

불길한 예감은 꼭 들어맞는다더니 콜룸브리아노스의 알베르게가 문을
닫았단다. 숙소 바에서 일하는 중년남자의 말하는 품새가 난해하다. 오늘
영업이 끝났다는 건지 아예 폐업을 했다는 건지 정확한 의미를 모르겠다.
어느 쪽이건 달라질 건 없다. 이럴까 봐 중반까지 꼬박꼬박 예약을 했다.
하지만 선착순에 밀려 투숙이 되지 않는 경우는 흔치 않아서 자유로움을

누리기 위해 중반 이후부터는 예약을 하지 않았다. 가끔 예약을 하다 보면 난감할 때가 있어 은근히 기피하게 되기도 한다.

나의 예약 매뉴얼은 간단하다. 숙소 직원이 전화를 받으면 '리세르바(예약)'라고 말하고 첫 번째 질문에는 이름을 말해주고 두 번째 질문에는 우노(하나), 세 번째엔 뜨레스(셋)라고 대답하는 것이다. 경험상 첫 질문은 이름을 묻는 것이고, 두 번째는 몇 명이냐는 질문이고, 세 번째는 몇 시에 도착하느냐는 질문이다. 세 번째 질문에 무조건 뜨레스(3시)라고 하는 건 조금 일찍 가거나 조금 늦게 가거나 별 문제가 되지 않기 때문에 어림잡아 하는 대답이다.

대개 이쯤에서 상대가 오케이, 하는데 더러 네 번째 질문을 던져 오는 경우도 있다. 질문도 가장 길다. 나는 아직도 그게 무슨 질문인지 정말 궁금하다. '당신은 어떤 가치관으로 인생을 살아왔으며, 자신에 대해 부끄러움을 느끼며 살아가고 있는가.' 뭐 이런 걸 물어 볼 리도 없을 텐데 말이다. 대답을 얼버무리면 몇 번 반복하다가 전화를 끊어 버리는 걸 보면 나름 중요한 질문이긴 한 것 같았다. 그래서 더 그 질문이 궁금하다. 다음 생을 예약하는 것도 아닌데 뭐가 이렇게 까다로운지 알다가도 모를 일이다.

허탈한 마음으로 요깃거리를 주문하며 근처의 다른 알베르게를 물었다. 호스트가 '여기에는 없고 4킬로미터를 더 가면 캄포나라야에 두 개의 알베르게가 있다.'고 알려준다. 지금이 3시 20분이니 4시 30, 40분께 도착할 수 있는 거리다.

다시 길을 나선다. 여전히 아스팔트 포장도로다. 왼쪽 발바닥 종자골의 통증과 아치 부분의 작열감이 걸음을 무겁게 한다. 체력 소모도 심하다.

통증을 줄이려 갓길 끄트머리의 잡초들을 밟으며 간다.

산티아고 데 콤포스텔라까지 200여 킬로미터가 남았음을 알리는 까미노 이정표가 보인다. 점점 종착지가 가까워지고 있다. 끝이 다가온다는 것은 언제나 묘한 감정을 불러온다. 끝의 기본 정조(情調)는 아쉬움이나 비애감이다. 심지어 불행의 끝에도 묘한 비애감은 조용히 깃들어 있다. 이 800킬로미터의 까미노가 끝나는 순간 어떤 정조를 느끼게 될지 조금씩 궁금해지기 시작한다.

캄포나라야로 가는 걸음이 조급해진다. 발은 불편하고, 계획과는 다르게 추가로 더 걸어야 하고, 다음 마을에서의 투숙 여부도 불투명한 탓이었다.

여행길도, 인생길도 계획대로만 되지 않는다. 계획대로 된다면 이미 그것은 여행이 아니고, 인생이 아니다. 그럴 때 조급함은 금물이다. 성급한 빌드 업을 시도하다가는 운명의 역습에 무방비로 당할 수 있다.

고난의 시간을 버리는 시간으로 여겨서도 안 된다. '이 고비 뒤에는 진짜 내 인생이 시작되겠지.' 하며 흘려보낸 그 시간들이 고스란히 내 인생이었음을 깨닫게 될 때는 너무 늦다. 어떤 상황에서도 자신의 가치관에 복무하는 삶을 살겠다는 의지가 중요하다. 단연코 가장 좋은 방법은 청경우독(清耕雨讀)의 자세다. 복숭아뼈에 세 번이나 구멍이 날 정도로 집필에 몰두했던 저 초당의 다산(茶山)처럼 담백하게, 혹은 처절하게.

이 무렵 다산을 만나기는 했으나 그의 정신까지 본받지 못했던 것은 온전히 정돈되지 못한 내 성정 탓이었음을 통렬히 인정한다.

'다친다.'는 경고를 날린 집게는 자신이 포섭해 있던 한 어설픈 끄나풀을 내게 보내 스모킹 건이 무엇인지 넌지시 탐지해 갔다.

연임을 꿈꾸던 집행부의 몇몇도 선거에 이용하기 위해 나를 불렀다. 조사위원 중에는 나와 각별한 이도 있었다. 어떤 이는 아예 나와의 대면 자체를 회피해 버렸다.

집행부의 조사가 시작되자 집개가 '즉시 사감원으로 이첩하라.'고 요구하고 나섰다. 먹잇감을 빼앗길 수 없었던 것이다. 조사에 임하고 있는 내 귀에까지 들려오는 '그 놈 목소리'에서 나는 '다친다.'는 그의 경고가, 경고가 아닌 예고였음을 깨달았다. 집개의 예고대로 선거권이 없는 나만 다치는 최악의 국면으로 접어들기 시작했다.

집개의 송치 요구가 의미하는 것은 단 하나였다. 나 하나를 죽이고 후배와, 그 후배와 관련된 상대방을 살려서 졸개 둘을 추가로 확보하겠는 의도였다. 그들에게는 말 그대로 일석이조였다. 그렇잖아도 휘청대는 들개 한 마리에게 집개들이 떼로 몰려와 송곳니를 드러내고 있었다.

비굴하지만 집행부에 중재를 요청했다. 나의 절박하고 비굴한 중재 요청에 집행부는 고개를 가로저었다. 소문이 너무 많이 퍼져 버렸다는 황당한 이유를 댔다. 나는 아직도 진도 7.8규모로 흔들리던 그들의 눈빛을 잊지 않고 있다. 소문은 자신들이 정략적으로 퍼뜨린 것이었다. 문제의 그 후배를 십진필 진영의 표로 인식하고 있었던 그들로서는 사건을 키우는 것이 유리하다고 본 것이다. 그러다 집개의 송치요구에 깜짝 놀라 그 옹색한 전략도 집어던져 버리고, 중재요청도 외면해 버린 것이다. 십진필 측에도, 집행부 측에도 선거권이 없는 들개 한 마리 따위는 꿈에 네뚜리였다.

들개는 아직도 순진했고, 여전히 종단 정서를 모르고 있었다. 법계는 아무도 특별히 편애하지 않는다. 법계는 인간의 일에 일일이 참견할 겨를이 없고, 신은 이미 오래전 스스로 목숨을 끊어버리지 않았던가.

　나는 인간에 대한 절망으로 왕배야덕배야 진저리쳤다. 인간이 왜 이렇게 비인간적인지, 종교집단이 왜 이렇게 비도덕적인지 도무지 헤아릴 수가 없었다.

　어떤 사회에서도 문제가 있는 당사자를 불러 사실관계를 확인하고 주의를 준 것이 죄가 되어서는 안 된다. 가장 먼저 알게 된 내가 침묵하는 것은 공동체 파괴의 공범이 되는 것이라고 나는 생각했었다. 그러나 이 집단은 진실을 알게 되는 순간, 침묵을 깨는 순간 위험해 지는 곳임을 나는 여전히 알지 못하고 있었던 것이다.

'잉간'에 대한 슬픔

작은 도시 캄포나라야는 고요하고 적막하다. 거리에 사람이라고는 보이지 않는다. 간간이 지나가는 차량들 외에는 길도, 건물들도 숨을 죽이고 있다. 흡사 공습경보라도 내려진 마을 같다. 모든 사물이 부동자세다.

첫 번째 알베르게가 굳게 문을 닫아 걸고 있었다. 아무리 두드리고, 소리치고, 뒤를 돌아가 보고, 다시 앞으로 와 봐도 반응이 없다.

체력도 다 떨어져 가고 투둑투둑, 빗방울도 떨어지기 시작한다. 콜룸브리아노스의 바 호스트는 이곳에 알베르게가 두 개 있다고 했는데 그 중 하나가 문을 닫았다면 곤란하다. 다른 하나의 알베르게가 문을 열었을지, 열었다고 해도 내게 돌아올 베드가 남아 있을지 걱정이다.

아까부터 얼핏얼핏 보이던 다른 순례자 하나가 이쪽으로 다가온다. '닫혔어?' 그가 말을 걸어온다. '아마도….' 내가 난감한 표정으로 대답하자 그는 지체 없이 가던 길을 간다. 나는 다른 알베르게를 찾느라 주변을 배회한다. 그림자도 보이지 않는다. 아까 그 순례자는 뒤도 돌아보지 않고 어디로 간 걸까. 그의 걸음은 뚜렷한 목적지가 있는지 확신에 차 보였다. 그를 따라갈 걸 그랬나.

그가 간 방향을 살펴봐도 거리엔 고양이 한 마리도 보이지 않는다. 사방을 둘러봐도 모든 문들은 닫혀 있고 움직이는 것이라고는 나 하나뿐이다. 순간 세상에 나 홀로 남겨진 느낌이 든다. 당장에라도 벗어던져 버리고 싶었고 다시는 기억하고 싶지도 않았던 그 느낌이었다. 그것은 오랫동안 내 의식의 심연을 지배해 오고 있었다. 지금쯤은 벗어났겠지 막연하게 생각 했지만 그게 아닌 모양이었다. 열리지 않던 스크린 도어와 방화셔터, 아무 리 둘러봐도 아무도 없던 그 상황이 지금 내 눈앞에 재현된 것 같았다.

이대로 있을 순 없다. 어디로든 가야 한다. 서둘러 걸음을 옮겼다.

감찰기관으로 이첩하라는 집개의 요구를 받기 무섭게 집행부는 예쁘게 토스했다. 중재를 하거나 붙들고 앉아 제대로 조사해 볼 능력도, 배짱도 그들에겐 없었다. 오히려 십진필 진영의 심기를 건드리지 않으려 눈치 보 기에 급급했다.

십진필이 장악한 감찰기관으로 송치되는 순간 단두대에 오른 셈이었다.

조사는 집개의 졸개들이 맡았다. 하나는 집개의 지령을 받고 접근해 스 모킹 건이 있는지 염탐해 간 인물이었다. 오래전부터 은밀히 야심을 키우 면서 정치적 줄을 모색하더니 집개의 휘하로 들어간 모양이었다. 다른 졸 개는 표리부동과 의뭉함으로 널리 알려진, 야비다리가 심한 인물이었다.

그들은 묻지도, 따지지도 않고 허위로 만들어낸 근거 없는 모함으로 결 론짓고 징계를 내렸다. 당사자에게 확인한 것을 모함이라는 것이다. 그들 이 그렇다 하면 그런 것이다. 그들은 자신들이 거털먼과 나에게 했던 짓이 야말로 모함이었다는 사실은 꿈에도 생각하지 않을 것이다. 그들이 그렇 지 않다고 하면 그렇지 않은 것이다. 만물의 척도는 그들이었다.

두 번째 헬 게이트가 열렸다. 5년 만에 지옥에서 더 깊은 지옥으로 들어 가고 있었다. 또다시 세상 한 쪽이 무너졌다. 사람들에겐 머리 위의 구름 하나가 떠가는 일이었다.

아무리 둘러봐도 비대발괄할 대상도 없었다. 딱 한 사람 떠오른 얼굴이 있었다. 거털면이었다. 심지가 곧고 강직해서 산을 산이라 하고 물을 물이라 할 수 있는 사람이었다. 누구의 눈치도 보지 않고 '하루빨리 종조의 유법인 출가제도를 도입해야 한다.'며 재가수행자만으로 구성된 집단의 한계를 지속적으로 지적해 온 사람이기도 했다. 출가를 부담스러워 하거나 출가자를 받았을 때 일어날 자신들의 위상변화가 두려워 쉬쉬하던 사람들에게는 눈엣가시 같은 존재였다.

평생을 바쳤던 곳에서 온갖 오물을 뒤집어쓰고 내몰리는 마지막 순간까지도 인간의 품격을 잃지 않았던 사람이기도 했다. 십진필의 비릿한 냄새에 대해 누구보다 잘 알고 있으면서도 그는 끝까지 함구했다. 아무렇지도 않게 남을 밟고 지나가는 것이 일상인 집단의 풍토에서는 다시 나오기 어려운 유형의 인물이었다. 하지만 그는 너무 멀리 있었다.

사방에서 초나라의 노랫소리가 들려왔다. 고립무원의 섬뜩한 공포감이 덮쳐왔다. 자신의 사찰 정문을 들어서다가 두억시니떼에 의해 밀려나 '눈물을 흘리며 돌아섰다.'는 거털면에 비하면 아무것도 아니었지만 나에게는 이것만으로도 감당하기 벅찬 고통이었다.

나는 '공동체를 무너뜨릴 수 있는 문제를 알고도 침묵하고 있어야 했느냐?' '도대체 나의 죄가 뭐냐?'고 항변했다. 아무도 대답하지 않았다. 하지만 그들은 말하는 듯 했다. '너의 죄는 너다!'

그들에게 나는 신발 속 작은 돌멩이였다. 종단기원 61년에 발생한 '육일사화' 이후부터 집요하게 내부매체를 통해 비겁하고, 비굴하고, 비열하고, 비정하고, 비루한 '5비 잉간'의 행태를 꼬집어 그들의 심기를 불편하게 한 것은 용서받지 못할 죄였다. 그런 죄인이 그물에 걸렸는데 때깔 나는 진주 두 알까지 물고 있으니 얼마나 유쾌, 상쾌, 통쾌했을까.

일부 동료들은 등 뒤에서 '혼자만 의로운 척하다 과보 받았다.'고 수군댔다. 1차 지옥행 때 자폭 테러라며 나를 염려해 주는 듯 했던 이는 먼 객석에서 안전모를 눌러쓴 채 턱을 괴고 조용히 관전했다. 이번 사태 초기 상황에 직접적으로 연루돼 있던 이는 자신이 거론될까 봐 숨도 크게 쉬지 않고 죽은 듯이 납작 엎드려 있었다. 웬만하면 스스로도 자신이 비천해 보여 자괴감에 힘들어 할 법도 한데 그는 아무렇지도 않아 보였다.

나는 또 한 번 잉간 앞에서 절망에 떨어야 했다. 지옥에서 더 깊은 지옥으로 내던져진 사실보다도 잉간에 대한 환멸이 더 나를 힘들게 했다. 법당에 앉으면 기도는 겉돌았고, 염송은 헛돌았다.

십진필은 잃었던 권력을 손쉽게 되찾아 영구집권의 기틀을 마련했다. 주구들은 치열한 논공행상 끝에 한 자리씩 꿰찼다. 헤게모니 다툼이 시작됐다. '투견대회'에서 대회 초반 탈락한 집개는 이너서클에서 추방당해 병든 시골 개로 전락했다. 순식간에 병든 시골 개가 된 그는 연일 서울 쪽을 향해 짖어대기 시작했다. 친일 순사가 갑자기 항일투사라도 된 양 그는 난데없이 종단 민주화를 거론했다.

전화를 걸어 딱 한 마디를 해 주었다.

"그 입에서 나올 말이 아니다. 부끄러운 줄 알아라."

아까 다른 순례자가 사라진 까미노 진행 방향으로 무작정 걸었다. 기억하고 싶지 않은 기억으로부터 빨리 달아나야 했다. 다행히 얼마가지 않아 도로 우측에 라 메디나 알베르게가 보인다. 실내로 들어서자 아까 그 순례자가 막 체크인을 마치고 2층 계단을 오른다.

최고의 히트 상품 – 면죄부

이튿날 아침 8시 언저리, 쌀쌀한 아침 공기 속에서 게으른 순례자 하나가 휘적휘적 알베르게를 나선다. 어쩐지 허둥대는 모습이다. 알베르게 건물 앞을 몇 번 오가다 휴대 전화기를 꺼내 뭔가를 확인하는가 하면 이리저리 방향을 바꾸어가며 걸어본다.

언제나 처음 출발할 때 길에 잘 오르는 것이 중요하다. 출발 직후에 몇 번 길어귀를 찾지 못해 경로이탈 후 까미노에 오르기까지 시간을 허비한 적이 있었다. 이날도 알베르게를 나서는 순간 그만 방향을 잃어버린 것이다. 어제 투숙할 때 들어간 입구와 아침에 나오는 문이 달랐던 탓이다. 처음 방향을 잘못 잡으면 모든 것이 꼬여버린다. 까미노도, 인생도.

겨우 방향을 잡아 걷는 발걸음이 무겁다.

오늘은 베가 데 발카르세까지 31킬로미터다. 중간에 일곱 개의 마을이 있어 부담이 적다. 날씨도 우호적이다. 하늘엔 연속 사흘째 구름이 많다. 유난히 쌀쌀한 아침 기온이 걷기엔 최적이다. 오직 발이 문제다.

포장도로를 따라 1시간가량 가자 카카벨로스가 반긴다. 바에 들러 그랑 데 또르띠야 두 개와 오렌지 주스로 아침 식사를 한다. 배고픔이야 음식으로 간단히 해결할 수 있건만 발의 통증은 해결불가다. 1시간 남짓 걸었는데도 하루치를 다 걸은 듯 통증이 밀려온다. 어제 무리했던 모양이다. 문득 발이 아플 때 여성용 패드를 붙이면 도움이 된다던 정 선생의 얘기가 떠오른다.

카카벨로스 도심을 통과하다 마침 약국을 만났다.

약국 출입문 옆 작은 벤치에 앉아 패드를 붙여준다. 발을 불편해 하는 순례자가 걱정됐는지 약사가 나와서 지켜보며 괜찮겠냐고 묻는다. 나는 패드를 붙인 발바닥을 툭툭 치며 문제없다고 웃어 보인다. 다른 손님도 많은데 약국 밖에까지 나와 이국의 순례자를 신경 써주는 국경 없는 친절이 고맙다.

포장도로를 1시간가량 걷다가 도저히 견딜 수 없어서 위험을 무릅쓰고 좁은 갓길에 퍼질러 앉았다. 길은 멀고 기온은 점점 오르는데 발이 버텨주지 못하면 그보다 더한 낭패는 없다. 추가로 패드 한 장을 덧대 붙인다.

거기가 비야프랑카였을까, 제법 큰 도시였다. 점심때도 다가오고, 발도 아파서 눈에 띄는 작은 바에 들어간다. 노상 테이블에 앉아 빵과 콜라를 먹는다. 길 건너에는 '신원'을 알 수 없는 고풍스런 건물이 보인다. 성(城) 같기도 하고.

까닭없이 아는 얼굴을 만날 것 같은 예감이 드는 순간 정 선생이 불쑥 나타난다. 인사를 나누고 어제 리에고 데 암브로스의 바에 두고 온 물병의 안부를 물었다. 자신도 물병을 봤다면서 필터가 있는 좋은 물병이라 혹시 내가 빠뜨리고 갔나 생각만 하고 그냥 두고 왔다고 안타까워한다. 다음 날 이렇게 다시 만날 줄 몰랐으니 당연한 일이다.

정 선생은 오늘 여기서 묵는단다. 아직 12시도 되지 않았는데 많이 힘이 드는 모양이다. 프랑스 아레스에서부터 1,400여 킬로미터를 걸어왔으니 지칠 만도 하다. 꼭 지치지 않았더라도 여유가 있으면 이렇게 오전에만 걷는 것이 여러모로 좋다. 오후의 무더위도 피할 수 있고, 체력도 비축할 수 있다. 느긋한 점심을 즐긴 후 행군 모드에서 여행 모드로 전환해 천천히 마을을 구경할 수 있는 것은 최고의 수확이다.

나중 알고 봤더니 정 선생이 여기서 묵은 이유가 따로 있었던 것 같다. 몇 년 전 모 방송국에서 하숙집을 운영하며 한식을 제공하는 프로그램을 촬영한 곳으로 유명세를 탄 지역이 바로 이 비야프랑카라고 한다. 아기자기하고 예쁜 도시여서 한국인들에게 인기가 많을 듯 했다. 아주 크지는 않아도 까미노상에서 만나는 도시 중에서는 꽤 규모 있는 축에 드는 곳이라 볼거리도 많을 것이다.

비야프랑카는 나폴레옹의 이베리아 침공으로 시작된 반도전쟁 때 치열한 격전지로도 유명하다. 이로 인해 수많은 청동기 시대 유물과 유적지들이 파괴되었다고 한다. 정부는 1965년부터 도시 전체를 스페인역사문화유산으로 지정, 관리하고 있다.

12세기부터 18세기 사이에 지어진 성당이 많은 것도 순례자들에게 인기 있는 이유 중의 하나이다. 순례자들은 오늘날에도 발급해 주는 면죄부를 받아가기도 한다.

면죄부는 종교가 발명한 최고, 최대, 불세출의 히트 아이디어 상품이다. 중세말기 재정압박에 시달리던 교황청은 면죄부가 죽은 사람에게도 유효하다며 판매에 열을 올린다. 이 희대의 상품은 단박에 부실기업이 상종가를 치게 하는 반전을 안겨주는 효자상품이 된다. 죄를 사하여 없던 것으로 해 준다는 것만큼 죄 많은 중생들에게 매혹적인 게 또 있을까.

'너의 죄는 너다!'

나의 죄가 '나'라면, '죄인'인 내가 면죄부를 받으려면 '나'를 포기해야 한다. 함께 외눈박이가 되지 않겠다는 나를, 인과와 참회를 팔면서도 스스로는 그것들을 믿지 않고 행하지 않는 자들을 비판하는 나를, 인간이 인간으로, 종교집단이 종교집단으로 돌아가야 한다고 호소하는 나를 버려야 한다. 그래야만 면죄부의 'ㅁ'이라도 받아들 수 있다. '순진하다.' '종단정서를 모른다.' '화합하지 않는 독불장군이다.' 등의 비난에서도 벗어날 수 있다. 찬달라에서 수드라까지 신분상승을 꾀할 수도 있게 된다.

지옥에서 장기체류하던 나를 돕겠다며 나선 이가 전혀 없지는 않았다. 나의 비판 대상 '5비 잉간'(비겁, 비굴, 비열, 비정, 비루한 인간) 중의 1인인 한 인물은 나를 도와주겠다며 손을 내밀었다. 면죄부까지는 아니더라도 수드라로 계층 이동의 사다리를 오를 수도 있다.

고마웠다. 미안했다. 믿었다.

그러나 이곳은 믿는 순간 속기 시작하는 곳이라는 사실을 또 망기하고 있었다. 나는 줄기차게 순진했으며 종단정서를 모르고 있었다. 그는 충분히 폼 나게, 우아하게 천천히 보복을 즐겼다. 그는 이미 가식의 끝판 왕으로 정평 난 인물이었다. 나는 한참 뒤에야 그걸 알았다. 공적이고 대의적 차원에서 가한 나의 비판을 사적 감정으로 치환해서 보복한 그에게 분노보다는 비민심(悲憫心)이 일었다. 협량하고 조야한 그의 근본이 그를 그렇게 이끈 것이니 노여워 할 일은 아니다.

『경덕전등록』에 흙덩이를 던지면 사자는 사람을 물지만 한로(개)는 흙덩이를 쫓아간다고 했다. 이때 한로를 비웃으면 안 된다. 본성이 그런 것을 한로인들 어찌할까. 정당하고 공적인 비판을 접하고 부끄러운 자신을 보았다면 그는 본질을 바로 본 사자다. 그러나 던져진 비판에 분개했다면 그는 흙덩이를 쫓아간 한로가 아니겠는가. 한로가 한로 본성대로 한 것을 한로 탓으로 돌리고 미워하면 똑같은 한로가 돼버린다.

경조부박했던 자신에게 부끄러움을 느끼지 못하는 한 그에게 개전의 정을 기대하기는 어렵다. 부끄러움은 더 나은 자신으로 나아가는 첫 걸음이다. 그렇지 못 하면 그는 계속 한로로 살 것이다. 자신이 한로라는 것도 자각하지 못한 채.

나는 그의 의도와 행동은 혐오하지만 그를 미워하지는 않는다. 그저 그의 위선과 가식은 '하늘의 이치를 다했고 오묘한 교언영색은 땅의 이치를 깨우쳤으니' 부디 명주 고름 같은 말로 타인을 현혹한 후 상처 입히는 일은 이제 그만두기를 바랄 뿐이다. 나를 끝으로 그의 천부적인 야비다리 치기에 당하는 사람이 더 이상 없어야 하기 때문이다.

일면으로 그는 고마운 사람이다. 만약 그가 정말 나를 이끌어 올려 주었더라면 결과적으로 나는 거기서 자신을 버리고 비전향 장기수의 삶을 마감해야 했을 것이다. 이후로는 안수정등(岸樹井藤)의 나그네 같은 한심한 여생을 살다 가는 최악의 길을 걸었을 것이다.

나를 버리고 면죄부를 받았더라면 나는 모든 것을 잃어버렸을 것이다. 신학자이자 사상가 에크하르트는 '비록 왕국을 버려도 자신을 버리지 않으면 아무것도 버리지 않은 것이지만, 자신을 버린 사람은 그 무엇을 지켜도 모든 것을 버린 것'이라 했다. 다행히 나는 모든 것을 잃었지만 나를 버리지는 않았다. 그 덕에 베수비오 화산의 비탈과 근접한 곳에서 순간순간 나를 깨어 있게 하는 삶을 살 수 있게 되었다. 안수정등의 끔찍한 삶을 끝낸 것만으로도 나는 절반의 해탈을 이룬 셈이다.

마지막까지 잉간에 대한 환멸감을 안겨줌과 동시에 결과적으로 내게 새로운 길을 열어준 그는 지금 어디 있을까. 그가 십진필의 주구이자 '5비 잉간'으로서, 그 집단의 풍토를 오염시킨 공범으로서 지금이라도 침단(針端)의 부끄러움이라도 보여준다면 기꺼이 나는 한 가닥 혐오감마저 폐기처분할 수 있다.

비야프랑카를 벗어나 포장도로를 따라 산을 넘어간다. 차도와 인도 사이에 허리춤까지 오는 콘크리트 펜스를 쳐 놓아 편안하게 걷는다. 요즘 다른 순례자들은 거의 보이지 않는다. 그나마 길 왼쪽 계곡으로 풍부한 수량의 맑은 개울이 흐르고 있어 적적하지 않다.

그 작은 마을이 아마 페레헤였을 것이다. 2시쯤 바에 들러 대구 스테이크를 주문했다. 감자와 완두콩, 당근을 넣은 붉은 스프가 먼저 나온다. 얼추 얼큰한 감자찌개다. 입맛이 돈다. 아헤스의 레스토랑에서 먹었던 그 스프다. 레스토랑 바깥주인 안토니오는 여전히 아내의 호통에 쩔쩔매며 홀을 누비고 있을까.

고국의 맛을 기대한 스프는 너무 짜다. 스테이크와 함께 먹으니 먹을 만하다. 모처럼 점심을 배불리 먹은 힘으로 남은 10여 킬로미터를 걸었다. 아스팔트길이긴 해도 구름도 많고, 숲도 울창해 걷기에 나쁜 조건은 아니건만 오늘도 힘든 것은 순전히 물집 잡힌 발 탓이다.

별난 자들을 위한 변명

베가 데 발카르세 초입에 예약한 엘 로블 알베르게가 홀로 서서 순례자를 기다리고 있다. 멀리까지 마중 나온 가족처럼 일찍 나타나 줘서 고맙다. 어제 전철을 밟지 않으려 예약해 두길 잘했다. 지금 상태로는 한로가 쫓아온대도 더는 못가겠다.

도로에 바짝 붙어선 알베르게는 단층건물에 리셉션과 8인실 방 두 개가 전부다. 방 안에는 2층 침대 네 개가 놓여 있다. 투숙객은 나 하나. 옆방에도 젊은 여성 순례자 하나만 투숙해 있다. 한산해서 좋기는 한데 이렇게 해서 어떻게 먹고사는지 또다시 나의 글로벌한 오지랖이 발동한다.

복도 벽에 아마존 소수부족 조에족의 얼굴상이 소품으로 걸려 있다. 조에족은 아래턱에 20센티미터 가량의 뽀뚜루라고 하는 나무토막을 꽂고 있어 한눈에 알아볼 수 있다. 이들은 지구상 유일하게 다부다처 제도를 유지하고 있다. 다자간 사랑(폴리아모리)의 대표 격이라고 할까. 뽀뚜루는 피어싱의 원조라 할 만 하고.

우리의 시선에 이런 조에족의 문화는 이해불가다. 그러나 모든 문화는 그 자체로 의미와 가치를 존중받아야 한다. 남편과 아내를 공유하고, 아직 어린 아이에게 마취도 하지 않고 뽀뚜루를 장착시키는 이 부족을 비난해서는 안 되는 이유이다. 부부싸움을 하거나 뽀뚜루를 거부하는 아이는 거의 없다고 하니 문화, 관습의 힘이 실감난다. 조에족의 이 같은 문화는 선악이라고 하는 것도 그 시대, 그 지역 사람들 간의 잠정적 합의일 뿐 절대적 기준이 될 수 없음을 말해 주는 듯하다. 모든 시시비비의 근원은 기준이다. 기준을 정하는 순간 다른 것은 잘못된 것이 되고 만다.

노자가 공자를 비판한 것은 바로 이 지점이다. 노자는 공자가 쓸데없이 인이니 예니 하는 기준을 정해 놓음으로써 다른 것은 잘못된 것, 틀린 것으로 만들어 버렸다고 보았다. 효자의 기준을 만드는 순간 불효자가 생겨나 버리는 것이다. 공자의 경직된 생각에 비해 분명 노자의 유연성이 돋보이는 대목이다.

그렇다고 노자의 손을 들어주기도 꺼림칙하다. 기준을 정하면 안 된다는 것도 또 다른 기준이 아닌가. 노자가 공자를 비판하는 것 또한 자신의 생각과 다르기 때문 아닌가. 노자가 애초에 자기 기준을 갖고 있지 않았다면 공자를 향해 '쓸데없는 기준' 운운하지는 않았을 것이다. 물론 최소한의 방편이었겠지만.

내가 한동안 십진필을 위시한 두억시니 떼를 비난하자 별나다, 부정적이다는 지적이 잇따랐다. 그때마다 자신과 다른 사람을 별나다고 한다면 내게는 당신들이 별난 사람이다, 나를 부정적으로 보는 그 시각이 '부정적'이라고 되받아 주곤 했다. 만약 그들이 긍정적이라면 나의 비판과 비난도 긍정해야 하지만 그들은 그러지 않았다. 두억시니 떼는 긍정하면서도 그들을 문제 삼는 나를 부정적이라고 비난하는 사람들 앞에서 나는 질식할 것 같았다. 비록 자살로 생을 마감하긴 했지만 조물주가 피조물의 콧구멍을 두 개 뚫어 놓은 것은 탁월한 판단이었다.

부정적인 현실을 부정적으로 바라보는 사람을 '왜 부정적으로 보냐.'고

하는 말은 '하필이면 왜 나야', '내가 죽으면 이 집안이 어찌 될꼬.'라는 말과 함께 인류 최악의 멍청한 말이다. 멍청한 말은 5천만 명이 5천 년 동안 떠들어대도 여전히 멍청한 말에 지나지 않는다.

조금만 생각해 보면 그런 말이 얼마나 모순적인지 알 수 있을 텐데 그들은 대뇌피질에 다림질을 해서 주름을 없애버리기라도 한 것일까. 과연 호모 사피엔스가 맞기는 한 것일까.

세상이 조금씩 진보한 것은 현 상태를 부정한 별난 사람들이 있었기 때문이다. 현실을 긍정만 하고 앉아 있었다면 인류는 아직도 4족보행을 하고 있을 것이다.

개인의 발전도 불완전한 현 상태를 부정하고 현실을 변화와 극복의 대상으로 여길 때 가능하다. 싯다르타는 당시 인도사회도, 자신의 삶도 부정적으로 보았다. 싯다르타가 현실을 긍정적으로만 바라보았다면 출가도, 고행도, 깨달음도 없었고, 불교도 탄생하지 못했을 것이다. 불경에는 유독 무(無), 불(不), 비(非) 등 부정적인 단어들이 많다. 진리는 하나하나 부정해 가면서 찾아내는 것이기 때문이다.

싯다르타는 별나고 부정적이었기에 붓다가 될 수 있었다. 깨달음은 별난 싯다르타의 치열한 부정의 산물이었다. 예수도, 소크라테스도 별난 사람들이었다. 별나지 않은 사람은 이 세상에 아무런 공헌을 한 게 없는 사람들이다. 누군가를 별난 사람이라고 규정하는 순간 자신은 별나지 않은 사람, 별 볼 일 없는 사람이 되고 만다. 세상의 진보에 아무런 이바지도 하지 않은 채 숟가락만 얹은.

긍정적인 그들은 십자가에 못 박혀 죽은 예수와 아테네 암굴감옥에서 죽은 소크라테스를 향해 별난 사람들이 세상을 부정적으로 바라본 대가라고 말할 건가. 그렇다면 자신들이 나중 죽게 되면 별 볼 일 없는 사람이 죽음을 긍정적으로 본 대가를 치르는 것인가.

저 방법적 회의론자인 근대철학의 아버지 데카르트의 'Cōgitō ergo sum(의심한다, 고로 존재한다)'에서 코지토(Cōgitō)는 통상 생각하다로 번역되지만 의미상으로는 의심하다에 더 가깝다. 단순한 생각이 아니라 의심하는 생각이다. 부정하고 의심할 때부터 인간은 비로소 신으로부터 벗어날 수 있었다. 기존의 질서를 의심하지 않는 사람은 존재 자체가 의심스럽다. 나는 의심하지 않는 자를 의심한다. 나는 부정하지 않는 자를 부정한다.

세상의 단순무지한 자들이여, 부디 저런 저급한 말을 늘어놓지 마라. 다시는 '물병에 물이 반 남았을 때 부정적인 사람은…' 따위의 진부하고 멍청한 소리를 늘어놓지 마라. 부정적인 사람은 반만 남은 물을 아끼고, 미리 대책을 세우지만 당신들이 신봉해 마지않는 긍정적인 사람은 끝까지 '저에게는 아직도 한 방울의 물이 남아 있습니다!' 하고 누워 있을 것이다.

다시는 자신과 다른 사람을 별나다고 폄하하지도 마라. 별나지 않으면 기껏해야 당신과 똑같은 수준밖에 더 되겠는가.

진짜 문제는 인류의 문명사적 진보와 생물학적 진화의 배경에는 언제나 현 상태에 대한 부정이 있었다는 사실을 부정하는 당신들의 매끈한 대뇌피질이다. 그래도 별난 것, 부정적인 것이 싫다면 4족보행하는 침팬지로 다시 돌아가라. 긍정은 나무를 타다 지겨우면 친구의 털을 헤집고 찾은 이나 먹으면서 실컷 하시라. 당신들은 긍정을 좋아하니까 내 말도 긍정할 것이다.

조에족의 별나게 다른 문화와 관습은 나와 다른 대상을 어떻게 볼 것인가에 대한 뜨거운 화두를 던져준다. 이른바 문명을 누리며 사는 사람들이 조에족을 미개하다고 비난해서는 안 되는 이유는 그러한 시각 자체가 반문명적이며 미개하기 때문이다.

　다시 한 번 세상만사는 '꼭 그래야 한다는 법도, 꼭 그러지 말아야 한다는 법도 없다(無可無不可)'는 『논어』 구절을 생각하게 된다. 그러고 보니 공자도 꼭 막힌 기준만 고집한 사람은 아닌 셈이다.

어디로 갈거나

저녁을 먹으러 알베르게에 딸린 레스토랑으로 간다. 레스토랑은 50여 미터 정도 뚝 떨어진 곳에 있다. 도로에서 좀 들어간 곳에 넓은 마당을 안고 초라한 행색으로 서 있다.

밖에서 볼 때보다 내부는 깔끔하다. 입구 왼쪽에 길게 바가 설치돼 있고 벽에는 다양한 주류와 음료들이 사열하는 의장대처럼 차렷 자세로 손님의 선택을 기다리고 있다. 음식점은 붐벼야 제 맛인데 커다란 홀은 텅 비어 있다.

헤밍웨이처럼 흰 수염과 짧은 백발을 한 중년의 호스트가 바에서 일을 하다 반긴다. 사람 좋은 미소와 함께 손가락으로 K-하트를 날려주는 센스까지 갖췄다. 이곳에 한국 순례자들이 꽤 다녀갔다는 방증이다. 휴대전화로 한국인들과 찍은 사진이 즐비한 홍보용 페이스 북을 보여준다. 댓글도 많이 달렸다. 그러나 정작 홀은 비었다. 내가 텅 빈 홀을 가리키며 안타까워해도 그는 괜찮다고 웃기만 한다.

저녁메뉴 중에 먹을 만한 게 없다. 투숙객이 이렇게 없으니 다양한 음식 재료를 갖춰 놓았을 리가 없다. 삶은 감자를 주문한다. 호스트가 주방에 음식주문을 하고 온다. 그나마 주방 이모가 월차 휴가 중이 아니라서 다행이다.

내가 바늘과 실을 좀 갖다 줄 수 있냐고 묻는다. 아물어 가는 물집 옆에 새로 생긴 물집을 잡아야 할 것 같았다. 어제 보고도 작다고 그냥 무시해 버린 것이 화근이었다. 토레스 델 리오에서 로그로뇨로 갈 때도 전날 대수롭지 않게 여겼던 물집 때문에 그 고생을 하고도 똑같은 우를 범하고 말았다. 우리의 인생길에서 정말 우리를 힘들게 하는 것은 큰 문제들이 아니다. 작고 사소한 것들이 주는 고뇌와 고통이 의외로 견디기 힘들다.

먼 길에는 신발이 편해야 한다는 생각에 좋은 신발을 신은 게 이런 결과를 가져왔다. 순례길 800킬로미터를 포함한 유럽 13개국을 휘뚜루마뚜루 다 훑고 다닌 후에야 볼이 좁은 신발 탓이었음을 알고 땅을 쳤으니 나도 참 어지간히 미련하다 싶다. 좋은 신발이란 인체공학적인 고가의 유명 메이커 제품이 아니라 내 발에 맞는 편안한 신발이다. 좋은 사람이란 출세하고 돈 많은 사람이 아니라 나의 카르마에 딱 맞는 사람이다.

여행길이든, 인생길이든 가장 기본적인 게 말썽을 부리면 전체가 흔들려버린다. 물론 그 흔들림의 고난과 고통을 극복하는 과정이 그 길을 더욱 가치 있게 해 주고, 그를 더욱 성장시켜 주는 것만은 분명하다.

삶이 어차피 못 먹어도 고(苦), 잘 먹어도 고라면 그 고를 통해서 무엇인가를 얻어내는 것이 중요하다. 불행이란 자신이 겪은 고통에서 아무것도 얻어내지 못 한 상태를 이르는 말이다.

한껏 부풀어 있는 물집에 호스트가 가져온 실을 연결해 배수로를 설치해 주고, 저녁으로 나온 삶은 감자에 소스를 끼얹어 먹는다. 한적한 알베르게, 한산한 레스토랑, 호스트마저 자리를 비운 텅 빈 바, 소스를 덮어쓴 감자, 그리고 포크로 감자를 찍어 먹는 늙수그레한 중 하나. 그림은 기묘하고 감자 맛은 오묘하다. 이럴 때 음악이라도 한 곡 흘러나오면 제격이겠다. 휴대전화를 뒤져 저장해 둔 노래 한 곡을 찾는다. 이런 분위기엔 역시 이 노래다.

어디로 가야 하나요, 난 어디로 가야 하나요

희망이 나의 목적지예요. 나 홀로, 나 홀로 외로이….

멕시코 계 미국인 티시 이노호사가 스페인어로 부른 〈돈데보이〉(어디로 가야 하나)다. 죽음을 무릅쓰고 미국 국경을 넘은 멕시코인들이 불법체류자가 되어 쫓기며 살아가는 애환을 그린 노래다. 애절한 가사와 애조 띤 멜로디가 잘 어우러진 명곡이다. 특히 후렴구는 호소력 짙은 가수의 음색이 더해져 나도 몰래 따라 부르게 하는 중독성까지 있다.

'돈데보이, 돈데보이. 에스뻬란싸 에쓰 미 데스띠나시온. 솔로 에스또이. 솔로 에스또이. 뽀르 엘 몬떼 뿌로푸고 메 보이(어디로 가야 하나요, 난 어디로 가야 하나요. 희망만이 나의 목적지예요. 나 홀로, 나 홀로 외로이 사막을 떠도는 도망자처럼 나는 가고 있어요.)'

텅 빈 레스토랑에 〈돈데보이〉가 울려 퍼진다. 나는 지금 나만을 위한 콘서트 장에 앉아 있다. 감미로운 듯 애조 띤 선율이 마음을 아리게 한다. 기분 좋은 비극미가 온몸을 감싸고 돈다. 삼계화택(三界火宅)을 벗어난 노지(露地)에 앉아 있는 기분마저 든다. 세상의 종말이 온다 해도 이대로 있고 싶다.

대여섯 번을 반복해 듣는 동안 홀을 오가는 호스트는 통 노래에 반응을 보이지 않는다. 모르는 노래라도 스페인어로 부르는 노래라 관심을 보일 만도 한데 태무심이다. 단 한 번도 어디로 가야 할지 몰라 고뇌하고 방황해 본 적 없는 사람이라면 그럴 수도 있겠다. 그것이 축복인지 불행인지는 차치하고.

아무래도 〈돈데보이〉와 삶은 감자의 조합은 좀 그렇다. 이름 모를 붉은 음료 한 잔을 주문해 홀짝거리며 한껏 이국에서의 나그네 설움을 만끽해 본다. 어떻게 비극적인 감정과 쾌감이 공존할 수 있는지, 이 나른한 디오니소스적 희열은 어디에서 오는지 알다가도 모를 일이다.

다시 일자진

10여 년을 지옥도(地獄圖)의 중심에 있던 나는 기어코 자의 반 타의 반 그 집단을 떠났다. 시인의 말처럼 이대로 살 수도 없고, 이대로 죽을 수도 없는 잔인한 딜레마에 빠져 허우적댄 지 10년 만이었고, 집단에 몸담은 지만 24년 만의 일이었다.

그곳은 『적과 흑』의 도시 베르에르였다. 속물적인 권력자와, 권력을 추구하는 위선과 가식에 찬 성직자들의 천국 베르에르.

베르에르를 떠나는 날 비가 내렸다. 책을 정리하던 중 정체를 알 수 없는 이상한 공포감이 덮쳐왔다. 내 발로 대학병원 응급실을 찾았다. 공황장애 진단이 나왔다. '육일사화' 직후의 뇌졸중에 이은 두 번째 병마였다.

노래가사처럼 어디로 가야 할지, 어디서 희망을 찾아야 할지 헤아릴 수 없었다. 영광은 없고 상처와 고통만 남은 쓰라린 중도하차였다.

필생의 도반과도 메별의 아픔을 나누어야 했다. 나의 허물 탓이 8할이었고 지옥생활이 끼얹은 기름 탓이 2할이었다. 거대한 화마는 모든 것을 집어삼켜 버렸다. 한들한들 언제나 주변을 환하게 물들이던 '코스모스'는 다시는 한들거리지 않았다……. 그리고 암전(暗轉).

속인이 된 나는 1년의 공백기를 가졌다. 운명의 주먹을 맞아 정신을 잃고 쓰러져 있었다고 해야겠다. 공황장애가 덮쳐올 때는 뒷산으로 달려 올라갔다. 어딘가로 달아나기라도 해야 정체를 알 수 없는 그 공포로부터 멀어질 수 있을 것 같았다.

여기서 끝나는 것은 나와 너무 어울리지 않는다는 생각이 지배적이었지만 언뜻언뜻 그만 여기서 게임이 끝나버렸으면 좋겠다는 생각도 비집고 들었다. 이기고 지는 게 다 무슨 소용인가. 더구나 상대는 운명 아닌가. 일어서서 출구를 찾아 봐야 한다는 생각과 그만 쉬고 싶다는 생각이 갈마들 때 가끔은 이 노래를 들었다. 그때마다 예술의 위대함을 실감했다.

슬픈 사람이 슬픈 음악이나 연극을 감상하면 슬픔은 사라지고 사람과 음악(연극)만 남는다. 이때 슬픔은 어디로 가는 걸까. 슬픔에 젖은 사람이 슬픈 음악을 들었는데 왜 개운함과 후련함이 찾아오는 걸까. 예술이란, 카타르시스란 슬픔마저 힘이 되게 하는구나. 산다는 것은 슬픔을 딛고, 고통을 딛고 앞으로 한 발을 내미는 것이구나.

베이스캠프를 차리고 일자진을 쳤다. 상대가 운명이라서 더 지고 싶지 않았다. 캠프는 남루했고 일자진은 초라했으나 나에게는 아직도 가야 할 먼 길이 있었다.

영화 〈록키〉에서 록키 발보아가 아들에게 말한다.

"강한 펀치를 날리는 건 중요하지 않아. 끝없이 얻어맞으면서도 조금씩 앞으로 나아가는 게 중요해. 승리는 그렇게 쟁취하는 거야!"

나는 운명의 펀치를 맞아 자주 쓰러졌다. 그러나 나는 매번 다시 일어섰고, 이번에도 다시 일어섰다. 또 다시 무수한 펀치를 허용하겠지만 마지막 순간까지 나는 조금씩 앞으로 나아갈 것이다. 언젠가 운명이 내게 질려 흰 타올을 던지는 순간이 올 때까지.

지옥의 화마가 남긴 잿더미를 걷어내고 하나씩 벽돌을 쌓으며 리빌딩을 시작했다. 예전 건물과는 확연히 다른 형태, 다른 구조의 건축물을 짓고 싶었다. 한 번 가 본 길보다는 가 보지 못한 길을 더 좋아하고, 진부함을 죄악시 하는 나에게 새로운 건축물을 쌓아 올리는 일은 즐거운 놀이였다.

어린 시절 책상 앞 벽에 E. 헤밍웨이의 브로마이드 얼굴 사진을 붙여 놓은 적이 있었다. 단순히 헤밍웨이의 흰 수염과 강인한 얼굴이 멋져 보였기 때문이었다. 거기에는 『노인과 바다』에 나오는 한 문장이 적혀 있었다. 어린 나로서는 알듯 모를듯한 그 문장에 시선이 갈 때마다 이상한 감동이 일었다. 그때마다 수시로 의미를 생각해 보았던 그 문장은 내 무의식에 깊숙이 자리 잡고 있으면서 매번 나를 일으켜 세워 주는 주문(呪文) 같은 것이 되었다.

'인간을 파괴할 수는 있어도 패배시킬 수는 없다.'

운명이 나를 파괴할 수는 있을 것이다. 그러나 나를 굴복시키고 패배시키지는 못한다. 파괴는 운명의 몫이지만 굴복과 패배는 나의 몫인데 안 됐지만 나의 사전에는 그 두 단어가 없다. 두려운 것은 저간에 겪었던 고난과 고통이 아무런 가치가 없게 되는 것이다. 물론 그럴 일은 없다. 나의 리빌딩은 그것들 위에서 이루어지고 있기 때문이다.

〈돈데보이〉가 울려 퍼지는 텅 빈 홀은 이제 나만을 위한 디오니소스 원형 극장이다. 여섯 가닥 기타 줄이 서로 밀었다가 당겼다가 한 몸으로 어우러졌다가 다시 멀어질 듯 다가서며 이어지는 탄주가 나그네의 심금을 흔들어 댄다. 노래 속에서 화자는 지속적으로 묻는다. 자신이 어디로 가야 하는 거냐고. '돈데보이 돈데보이…'

아마도 머지않아 그는 알게 될 것이다. 앞으로, 계속해서 앞으로 가야 한다는 사실을. 자신이 가야 할 곳은 등 뒤에 있지 않고 저 앞에 있다는 사실을.

야고보가 바람 속을 걷는 법

트리아카스텔라로 출발하는 이튿날 아침이 꽤 쌀쌀하다. 얇은 반장갑을 낀 손이 시리다. 폴대를 옆구리에 끼고 입김을 호호 불며 걷는다.

어제 물집을 제거한 덕분에 발걸음은 가볍다. 산세도 좋고 길도 좋다. 이런 길을 걸을 때면 늘 내가 좀 더 나은 사람이 되는 기분이다.

정상에 도달하기 직전 레온 주가 끝나고 이제부터 갈리시아 주가 시작된다는 표지석이 나타난다. 화려한 색상과 섬세한 조각이 하나의 예술품으로도 손색없다. 빈틈없이 채워진 순례자들의 낙서들도 작품을 크게 해치지 않는 선에서 재잘거리고 있다.

정상에 올라서자마자 갈리시아의 첫 마을 오 세브레이로가 기다리고 있다. 오 세브레이로는 성체(聖體)와 성배(聖杯)의 기적으로 유명한 곳이라고 한다. 스페인 건축물 중 가장 원시적 형태의 고 건축물인 빠요사를 개조한 민속박물관도 유명하다.

바가 보인다. 무작정 들어선다. 또르띠야 두 개와 그랑데 오렌지 주스를 받아온다. 또르띠야가 두툼하니 실하다. 얼마나 컸던지 다 먹지 못하고 남겼다. 족히 두어 시간은 위장을 달래 줄 전투식량이 돼 줄 크기다.

남은 또르띠야와 식전 빵을 잘 포장해 받아서는 테이블 위에 다소곳이 놓아두고 떠났다. 물병도 그러더니 또.

이렇게 인연이 닿지 않으면 안타까운 교차를 피할 길 없다. 그러므로 매사에 애면글면 굴 것 없다. '안 되면 말고' 한 마디로 매조지면 될 일이다. 물건이건, 일이건. 설령 사람이나, 사랑이라 할지라도.

마을을 통과하자 이제부터 서서히 내리막길로 접어든다. 우측으로 산을 넘어온 LU-633 도로가 나타난다. 다행히 까미노는 도로를 옆에 두고 숲으로 들어간다. 전혀 이국적이지는 않지만 내가 좋아하는 분위기의 오솔길이다. 당시 촬영한 동영상을 켜 본다. 카메라가 쩔뚝쩔뚝 다리를 전다. 하늘 높이 솟아 있는 나무들 사이로 오솔길은 유려하게 흐르고 있다.

한동안 새소리와 발자국 소리, 간간히 지나가는 자동차 소음만 들리던 영상에서 '도옹구바아악 과아수워언기일….'로 이어지던 영상은 저 앞 두 순례자와 점점 거리가 좁혀지자 온다간다 말도 없이 툭, 하고 끊어져 버린다. 부끄러운 줄은 안다. 그래도 내가 이날 어떤 길을 어떤 기분으로 걸었는지 알기에는 충분하다.

한참을 이어지던 오솔길이 끝나가는 지점에서 산악자전거를 탄 두 여성 라이더가 지나간다. 그들이 사라진 지점에 오르고 보니 까미노가 다시 LU-633 도로와 만난다. 사방이 화발허통하다. 바람의 언덕 알토 데 산로케 언덕이다.

도로를 따라 몇 발짝 내려가자 머리에 쓴 모자를 누르며 강한 바람 속을 걷는 성 야고보 동상이 시선을 사로잡는다. 강풍에 모자가 날아갈세라 한 손으로 모자를 강하게 누르고 몸을 살짝 뒤틀어 바람을 피하고자 하는 동작이 잘 표현되어 있다. 바람에 날리는 옷자락 표현이 섬세하다. 그에게 불어 닥친 바람은 자연의 바람뿐이었을까. 그는 그 모진 바람들을 어떤 마음으로 받아내었을까.

동상 가까이 다가가는 내게 아까 앞질러 가던 두 여성 라이더가 사진을 찍어 달라 한다. 흔쾌히 찍어 주었더니 나도 찍어 주겠단다.

야고보 동상 옆에 가서 같은 포즈를 잡고 선다. 두 사람이 '와우, 굿 아이디어!'라며 깔깔거린다. 오른손으로 폴대를 짚고 왼손으로 모자를 누르며 엉덩이를 뒤로 빼 몸을 앞으로 꺾는다. 이 정도면 싱크로율 100%겠지, 하는 순간 두 사람이 박장대소한다.

왜? 포즈가 잘못됐나? 야고보의 포즈를 뒤돌아봐도 너무 가까워서 전체적인 자세가 한눈에 들어오지 않는다. 이리저리 포즈를 바꾸는 나를 보며 두 사람은 연신 배꼽을 잡고 웃기 바쁘다. 중생이 성인을 따라하는 것은 이렇게 생각만큼 쉽지 않은 것일까. 성인의 내면이 아니라 겉모습을 따라하는 것도 이리 어려운 것을.

이리 저리 시키는 대로 연출하자 카메라 감독이 그제야 오케이 사인을 준다. 이국의 라이더들에게 한바탕 웃음을 안겨주고 먼저 자리를 뜬다.

LU-633 도로를 따라 5분쯤 내려가자 아까 그 여성 라이더 둘이 내리막길에 속도를 내고 달려가면서 손을 흔들어 인사한다. 내리막길을 신나게 달리는 그들의 뒷모습을 보며 그들의 청춘도 저와 같이 신나는 질주가 되기를 빌어본다.

LU-633 도로와 헤어져 싱그러운 초목 사이로 난 흙길로 접어든다. 앞서가는 순례자들을 추월하며 속도를 높인다. 모처럼 시원한 질주다.

몽골의 게르를 닮은 둥글납작한 알베르게 건물로 들어선다. 리셉션의 친절한 남자 직원이 배낭을 받아들고 나무 계단을 올라 2층 방으로 안내한다. 마침 한국인 모자가 먼저 투숙해 있다.

소통이라는 이름의 모두스 비벤디

모자는 종교적 신념으로 까미노를 걷는다고 했다. 60세가량의 어머니와
30대 중반의 아들이 함께 걷는 순례길이라…. 아무리 종교적 신념으로 나
섰다지만 부모와 함께 다니기란 말처럼 쉽지 않을 텐데 아들이 참 대견하

다.

저녁거리로 산 빵을 1층 바에서 다 먹었는데도 얼마 가지 않아 슬슬 또 허기가 느껴진다. 내일 아침용 빵과 음료수를 들고 다시 바로 내려간다. 한국인 모자가 바 테이블에 앉아 주방에서 조리한 음식으로 저녁 식사 중이다. 나란히 붙은 옆 테이블에 앉아 내일 아침에 먹어야 할 빵과 음료를 미리 당겨 먹는다. 양자역학이 따로 없다. 같은 공간인데도 시간은 따로 흐른다. 모자는 오늘 저녁을 먹는 중이고 중은 내일 아침을 먹는 중이다.

들려오는 모자의 대화가 심상찮다. 어머니는 결혼에는 뜻도 없이 지구촌 곳곳에 발자국을 찍으며 시간을 탕진하는 아들을 걱정하고, 아들은 자기 방식대로 살아가게 제발 그 걱정 좀 넣어두라고 볼멘소리다. 경상도 억양의 엄마 목소리에는 행여 아들의 심기를 건드릴까 조심하는 티가 역력하다. 서울 말씨의 아들은 집에서도 듣던 엄마의 K-잔소리에 짜증을 감추지 못한다.

서로에게 한 발도 다가서지 못한 채 공회전만 거듭하던 모자는 결국 내게 중재를 요청한다. 어설픈 중재는 확전의 불씨가 될 수 있다. 이럴 때는 오직 등거리 외교만이 중재자의 안위를 보장해 준다.

문제는 이런 게 가장 어려운 것 중 하나라는 점이다. 등거리 외교의 기본은 인간세계의 콘셉트인 '속마음 따로 말 따로'인데 언제나 말은 뒤도 돌아보지 않고 마음을 따라 가버린다. 난치병, 고질병을 넘어서 이젠 지병이자 카르마 수준이다. 하긴 나의 까미노 원칙 중 세 번째가 '머리가 아닌 마음을 따른다.'는 것이니 그 약속 하나만큼은 제대로 지킨 셈이라고나 해야할까.

어느새 청년의 어머니를 설득하는 방향으로 흘러간다.

지금 청년세대는 한 번 뿐인 자신의 삶을 어떻게 하면 보다 더 의미 있게 살 수 있을까를 고민하면서 자신에게 투자하는 것을 최고의 가치로 생각한다. 부모가 자신들을 희생해서 이룬 것을 바탕으로 더 나은 가치를 위해 살아 보겠다는 것이다. 이것은 부모세대의 삶을 부정하는 것이 아니라 그 은혜와 감사를 바탕에 깔고 한 차원 더 높은 것을 추구하겠다는 것이다. 자식이 나보다 더 나은 삶을 살기를 바란다면 내가 다져 놓은 터를 딛고 더 나은 곳으로 올라가 보라는 격려가 필요하지 않을까. 세상 여러 곳에서 체험한 모든 것들이 아드님의 삶을 행복하게 해 주는 동력이 된다고 믿고 그 과정을 지켜보고 지지해 주는 것도 필요할 것 같다. 아드님은 분명 여행길에서 자신의 인생길을 찾고 있을 것이다. 누구나 자신의 삶을 자신이 살아보고 싶은 대로 살아볼 권리가 있는데 우리 세대는 그냥 그렇게 살아야 한다는 어른들의 말대로만 살았다. 다음 세대는 좀 다르게 살아 보는 것도 좋지 않을까. 내가 미처 살아 보지 못한 방식대로.

밖에는 추적추적 비가 내린다. 알베르게 입구 앞 무성한 버드나무 가지를 타고 빗방울이 미끄럼을 타고 있다.

까미노에서 친구, 부부, 연인, 부녀끼리 어깨를 맞대고 대화하며 걷는 모습을 많이 보았다. 그들 중에는 틀어져 버린 관계 복원이 목적인 이들도 있었을 것이다. 하지만 서로의 차이만 확인한 사람들도 있었을 것이다. 그들은 안타까운 공회전만 거듭하다 둘의 거리가 크레바스처럼 벌어지는 것을 애 터지게 바라보아야만 했을지도 모른다.

소통이 쉽지 않은 것은 생각의 적확한 개념화 자체가 불가능하기 때문이다. 생각을 언어로 변환시키는 과정에서 이미 오염은 발생한다. 이 단계에서의 오염은 용케 피한다 해도 타자의 개념화 과정에서 일어나는 오염은 또 어찌 할 것인가. 두 번의 개념화 과정은 오염과 왜곡을 심화시켜 양자의 거리를 더 벌려 놓는다.

'그 때 네가 그랬잖아.' '난 그런 뜻이 아니었어.' 이런 흔하디흔한 대화가 바로 개념화가 가져오는 오염의 결과이다. 대화로 표면화 되지 않은 내면의 섭섭함과 오해도 대개 개념화에서 온다. 화자와 청자 사이에 운명처럼 가로놓인 강에는 다리가 없다. 그 다리는 언어가 아닌 마음으로 놓아야 한다.

그렇다면 서로 소통이 잘 이루어지는 듯한 현상은 무엇일까?

타자의 영향 때문이 아니라 내부의 원인으로부터 발생한 영향 탓일 가능성이 높다. 우리가 흔히 말하는 소통이란 기껏 '좋은 게 좋은 거니까 두루뭉술 일단 오케이.'일 뿐이다. 일종의 모두스 비벤디(modus vivendi, 잠정적 합의)인 셈이다.

왜 석가세존의 정법안장(正法眼藏)이 말과 문자가 아닌 이심전심으로 가섭존자에게로 가게 되었는지 이해가 된다. 진정한 소통이란 개념화의 과정을 과감히 걷어낸 상태, 즉 불립문자, 언어도단의 경지에서만 가능한 것이다. 글과 말이 끊어진 바로 그 자리가 소통이 가능한 유일한 통로인 셈이다.

이러한 소통을 충격요법으로 즐기는 선승들의 놀이가 바로 선문답이다. 답변자(제자)는 질문자(스승)의 말을 뛰어넘는 곳에 있는 본질을 볼 수 있어야 답을 할 수 있다. 둘 사이의 완벽한 소통은 이때 비로소 이루어진다.

모든 존재의 질료는 고독이다. 그러므로 굳이 소통에 집착할 필요는 없다. 고독을 두려워하지 말고 더 큰 고독 속으로 침잠해 들어가야 한다. 그때 비로소 자신과, 세계와, 우주와 소통을 이룰 수 있다. 저 니련선하 강가의 보리수 아래 고오타마 싯다르타가 그랬던 것처럼.

청년은 그것 보란 듯 반색하고 어머니는 한시름 내려놓을 수 있겠다는 반응을 보여 다행이었다. 그래도 어머니의 생각은 다시 원래 자리로 되돌아갈 가능성이 높다. 기성복이란 이미 다 만들어진 옷이란 뜻이고, 기성세대란 자기 틀이 완고하게 갖춰진 세대라는 뜻이다. 나이 든 사람들의 생각이 잘 바뀌지 않는 이유다. 아마 이 모자는 내일도 여전히 이 문제로 설왕설래하게 될 것이다. 어쩌면 모자는 내심 이 문제의 접점을 찾고자 까미노를 걷기 시작했는지 모른다.

같은 방향으로 걸으면서 주고받는 대화는 때로 소통을 담보한다. 석가도, 예수도, 소크라테스도, 공자도 함께 걸으면서 제자들과 대화를 통한 소통을 추구했다. 가까워지고 싶은 사람이 있거든 같은 방향으로 나란히 걸어라. 그러면 어느 순간 두 사람은 놀라울 정도로 친근한 관계가 되어 있을 것이다.

그러나 이것은 어디까지나 쌍방이 소통의 의지를 어느 정도 가졌을 때 이야기일 뿐 그렇지 않은 경우엔 큰 효과를 기대하기 어렵다. 각자의 카르마가 다른 데다 존재의 질료는 고독이기 때문이다.

불통지옥, 불신지옥

이튿날 아침 알베르게를 나와 또 다시 길어귀를 찾지 못하고 한동안 헤맸다. 어제 청년의 얘기로는 자연경관이 좋은 길과 평범한 길이 있으며, 전자는 거리가 멀고, 후자는 거리가 짧다고 했는데 어느 길이 경치 좋은 길인지 기연가미연가하기만 하다.

그냥 마음이 가는 쪽으로 몸을 밀어 넣는다. 갈리시아 주 아니랄까 봐 역시 아침부터 안개가 자우룩하다. 기온도 낮고 구름도 많고 자연도 좋다. 숲길은 어제도 오늘도 이국적이지는 않다. 기왕이면 이국적인 정취를 느끼며 걷고 싶지만 원시림을 지나는 이런 길도 나쁘지 않다. 출발 직후에 잠깐 아스팔트길을 걸은 이후부터는 사리아까지 비슷한 분위기의 숲길이 이어졌다.

왼발의 통증 외에는 어려움이 없어 편안하게 걷다 보니 생각보다 이른 시각에 사리아에 들어섰다.

사리아로 막 진입했을 무렵 저 앞에 남녀가 나란히 걷는 모습이 아무래도 한국인 같다. 복장이나 분위기를 보면 한국인임을 어렵잖게 판별해 낼 수 있다. 거리를 좁혀 점점 다가가자 두 사람의 목소리가 바람을 타고 들려온다. 혹시 어제 그 모자인가, 하는 찰나 아들의 목소리가 들린다. 분위기가 심상찮다. 맙소사! 이들은 아직도 공회전 중이다.

이럴 때 누가 나타나면 서로가 곤란해진다. 속도를 늦춰 거리를 유지하려는 순간 어머니가 나를 발견하고 만다. 어색한 짧은 인사만 나누고 먼저 앞질러 간다. 공연히 뒤통수가 뜨겁다. 하필이면 이럴 때 나타난 죗값이다.

예상보다 일찍 도착한 사리아에서 묵고 가기엔 너무 싱겁다. 발은 불편해도 몸은 가볍다. 복잡한 사리아를 지나 바르바델로의 두 번째 마을 오 모스테이로로 가기로 한다. 아직 12시도 채 되지 않은 시각이라 5킬로미터를 더 가도 1시 언저리에는 도착 가능하다.

추가로 걷는 5킬로미터가 생각보다 힘이 든다. 오 모스테이로에 들어섰으나 알베르게는 마을에서 한참 떨어진 곳에 나 홀로 있다. 알베르게가 시야에 들어옴과 거의 동시에 후두둑, 굵은 빗방울이 떨어지기 시작한다. 다행이다.

잔디밭이라 할까, 들판이라 할까. 넓은 공간을 앞에 두고 덩그러니 선 알베르게 앞에 세 명의 순례자들이 빨랫감처럼 앉아 있다. 혹시 문 닫은 알베르게인가 했으나 다행히 아직 체크인이 시작되지 않았을 뿐이다. 입구에서 안을 들여다보니 여성 직원이 분주히 쓰레기봉투를 들고 오가며 1분만 기다려 달라 한다. 10분이 넘어서야 문을 열어준다.

제법 큰 공간에 베드도 많은데 유럽 청년과 스페인 중년남자, 나 셋뿐이다.

그나저나 귀국 비행기표를 지금 예약해야 하나 말아야 하나 고민이다. 코로나19가 다소 진정국면으로 접어들자 팬데믹에 지친 사람들이 해외로 쏟아지기 시작하면서 항공료가 급등하는 현상이 발생했다는 소식 탓에 은근히 걱정이 된다. 순례를 끝내고 그리스로 넘어가는 항공 표는 국내에서 예약했으나 귀국일은 특정하지 않고 탄력적으로 결정하기로 한 터라 고민이다. 예정대로 약 2개월 후에 귀국하더라도 지금쯤 예약을 해 둬야 든든한데 그러자니 몇 배로 폭등했다는 항공료가 걱정이다.

지금 구입을 해야 할지 조금 더 지켜보고 구입해야 할지 갈등이 어제부터 심각한 수준까지 이르고 있다. 일단 인터넷으로 항공편 사정을 구체적으로 확인해 보아야겠다. 그런데 아무리해도 와이파이 연결이 안 된다.

리셉션으로 가 직원에게 연결을 부탁한다. 여직원이 전화기를 한참 주물러도 도통 연결을 시키지 못 한다. 하다하다 내 영문 이름자까지 물어본다.

몇 번을 반복해도 안 된다. 지칠 대로 지친 내가 전화기를 받아 돌아서자 직원이 등 뒤에서 '쏘리'를 연발한다.

잠시 후 내 베드로 온 그녀가 다시 해보게 전화기를 달라 한다. 여전히 버벅댄다. 급기야 전화번호와 생년월일까지 묻는다. 또 몇 번을 반복해도 안 된다. 기가 찬다. 이쯤 되니 혹시 전화기로 무슨 장난을 치려는 걸까 하는 의심마저 든다. 참다 참다 내가 버럭, 하며 전화기를 빼앗다시피 돌려받자 두 눈을 동그랗게 뜬다. 놀람과 미안함이 동시에 담겨 있다. 검은 마스크 위 두 눈동자가 한없이 측은해 보인다. 금방이라도 두 눈에서 눈물방울이 굴러 떨어질 것 같다. 애써 그 눈을 피한다. 나의 냉갈령에 그녀가 맥없이 돌아선다.

식당에 밥 먹으러 가면서 리셉션에 들러 미안하다고 사과를 했는데도 마음이 무겁다. 측은한 두 눈이 계속 떠오른다.

그깟 와이파이가 뭐라고, 오늘 당장 항공권을 구하지 않으면 귀국이 불가능한 것도 아닌 것을. 설마하니 자신이 근무하는 알베르게 투숙객의 전화기로 나쁜 장난을 하려 했을까.

무리아스의 알베르게에서 기침 감기를 앓던 스페인 중년 남자에게 감기약을 주었다가 씁쓸한 불신지옥을 체감했던 내가 불과 며칠 만에 불신지옥을 창조해 내고 말았다. 그대, 모순 그대로의 '잉간'이여!

3시 무렵 아까 지나온 길을 한참 되돌아가 식당을 찾아 들어간다. 무작정 생선과 쌀이 있는 음식을 달라고 주문한다.

검은 플라스틱 식판에 붉은 소스를 뒤집어 쓴 생선 튀김 하나와 주먹보다 작은 밥 한 덩이가 담겨 나온다. 딱 양심불량 초등학교 부실급식이다. 학부모들이 피켓 들고 항의할 수준이다.

다 먹어도 먹은 것 같지가 않다. 작은 생선 요리 하나를 추가한다. 그래도 마찬가지다. 아쉽지만 어쩔 수 없다. 결제를 한다. 한화 2만 6천 원이란다. 헛웃음이 났다. 어쩜 이렇게 수미쌍관할까. 까미노에서 가장 허술하고 비싼 식사였다.

곤자르로 떠나는 아침이 어수선하다. 비도 오락가락하고 어디서 나타났는지 갑자기 판초우의를 둘러쓴 많은 순례자들이 무리지어 걷는다. 어린 학생들이 단체로 걷는 모습도 보인다. 문득 사리아에서 산티아고 대성당까지 100여 킬로미터만 걷는 단체 순례자들이 많다는 말이 떠오른다. 산티아고의 순례자 사무소에서 마지막 100여 킬로미터만 걸어도 완주증을 주기 때문에 시간이 부족한 사람은 이런 방법을 쓴다고 한다. 나로서는 그렇게 해서 받는 완주증이 무슨 의미가 있는지 모르겠다. 하긴 의미라는 건 각자가 붙이기 나름이긴 하니까.

두 번 오고 싶지는 않다

　곤자르 초입쯤이었을까. 아니면 그 전 어디쯤이었을까. 몇 안 되는 인가
가 있는 고샅길을 걷는 중 생게망게하게 코에 익은 된장찌개 냄새가 훅 덮
쳐온다. 다시 잡아보려 가만히 '코를 기울여' 보았으나 다시는 포착되지 않

는다. 아무리 K-푸드가 주목받는다지만 아무려면 스페인 시골마을에서 된장찌개를 끓이는 주부가 있으려고. 일종의 환취였다. 특별히 된장찌개가 간절한 것도 아닌데도 일어난 이런 현상이 조금은 당혹스럽다.

냄새에 의해 과거의 기억이 소환되는 프루스트 현상은 환취를 통해서도 일어났다. 한들한들 '코스모스'가 주변을 온통 환하게 밝혀 주던 무렵 뚝배기 안에서 보글보글 끓던 된장찌개는 지미(至味) 중의 지미이자 궁극의 맛이었다. 하지만 그것은 방금 지나가 버린 환취처럼 다시는 접할 수 없으리라는 것을 나는 알고 있다. 비 때문인지, 까미노가 얼마 남지 않았기 때문인지, 내일이면 들이닥칠 예순 번째 생일 때문인지 살짝 우울해진 기분에 된장찌개 환취까지 껴든다. 그래도 순례자는 길을 가야 한다. 나그네는 걸음을 멈추어서는 안 된다.

카사 가르시아 알베르게가 마을 깊숙한 곳에서 기다리고 있다.

이튿날이 밝았다. 예순 번째 생일 아침이다. 특별한 감흥 없이 7시 40분에 멜리데를 향해 출발한다. 오늘은 열다섯 개의 마을을 거쳐 간다. 마을 간 거리가 가까운 곳은 500미터, 멀어야 4킬로미터다.

포장도로를 따라 팔라스 데 레이로 가는 중이었다. 여든 살가량의 할머니가 휠체어를 타고 앉아 길 저쪽을 바라보는 뒷모습이 보인다.

휠체어에 앉아 하염없이 먼 곳을 바라보고 있는 노인을 지나쳐 가노라니 요양원의 침대와 휠체어에서 여생을 보내고 있는 어머니가 떠오른다.

수십 미터를 가다 뒤를 돌아본다. 노인은 미동도 없이 앉아 있다. 휠체어를 좀 밀어 드릴까 물어볼 걸 그랬나? 이런 저런 생각에 젖어 있을 무렵 저 앞쪽에서 백마를 탄 두 남자가 강아지의 호위를 받으며 천천히 오고 있다. 좀처럼 보기 드문 장면이다.

두 사람이 닮았다. 앞사람이 형, 뒷사람이 동생 같다. 두 백마는 갓길을 앞뒤로 걷고 호위무사 강아지는 길 가운데를 걷는 모습도 재미있다.

뒤돌아보니 노인이 이쪽을 바라보며 그대로 앉아 있다.

백마를 탄 두 남자가 노인과 가까워지자 노인이 천천히 일어서더니 휠체어를 밀며 느린 걸음으로 뒤돌아간다. 먼 길을 간 두 아들이 온다는 연락을 받고 강아지와 함께 마중 나왔다가 강아지는 더 멀리 내 보내고 자신은 거기 앉아 있었던 모양이었다. 부모의 일생이란, 어머니의 일생이란.

잠시 걸음을 멈추고 동화 속 그림 같은 장면을 보며 세상의 모든 부모와 자식의 애틋한 정조(情調)에 대해 생각해 본다. 왜 아름다운 관계에는 슬픔이 배어 있을까.

멜리데로 가는 길은 그럭저럭 걸을 만했다. 하늘을 향해 쭉쭉 뻗은 유칼립투스 군락지도 좋았고, 갈리시아 지방에 들어서고부터 자주 보이는 특이한 구조물이 호기심을 자극해 준 것도 좋았다. 크기는 대략 가로 2, 3미터 세로 2미터, 폭 1미터 미만가량의 목재 구조물에 삿갓 형태의 지붕을 얹은 매우 단순한 모양새다. 얼핏 보면 옛날 우리네 헛간이나 뒷간 같은데 지상에서 50센티미터 이상 띄워서 지은 이 구조물에는 계단이나 사다리가 없다. 나중 알아 봤더니 갈리시아 지방 특유의 곡물창고 오레오라고 한다. 계단이 없는 것은 쥐의 침입을 막기 위해서라고 한다.

사실 사리아를 지난 이후부터는 걷는 재미가 급격히 줄었다. 길도 풍경도 마음에 와 닿는 게 없었다. 모든 게 진부하게만 보였다. 이 길을 걸어서 무슨 의미가 있을까 하는 생각에 이어 그만 이쯤에서 까미노를 끝내버릴까 하는 생각까지 들었다. 산티아고에 가까워질수록 아쉬움보다는 빨리 이 길이 끝났으면하는 마음이 더 커졌다. 살아야 하니까 사는 삶처럼 걸어야 하니까 걷는 길도 부조리했다.

아무리 까미노를 힘겹게 걸어온 사람도 남은 거리가 100킬로미터 아래로 떨어지는 순간부터 아쉬운 마음이 들기 시작한다고 한다. 충분히 공감 가는 말이다. 아무리 고달픈 인생길을 걸어온 사람도 막상 인생의 막바지에서는 '조금 더 있다 갔으면….' 하는 것과 같다. 그런데도 내게는 100여 킬로미터가 마치 끝없이 반복되는 노래의 후렴구를 듣는 것처럼 느껴졌다.

당시 나는 진부함의 원인을 늘 그렇고 그런 길 탓이라고 여겼다. 그런데 지금에 와서 생각해 보면 사리아 이후의 길도 그 이전보다 크게 나쁘지 않았던 것 같다. 내 기억과는 달리 카메라 속 사진들이 그것을 입증하고 있으니 인정할 수밖에 없다. 진부함의 원인이 길에 있지 않다면 필경 내게 있을 것이다.

어쩌면 길이 진부해서 걷는 재미가 없었던 것이 아니라 내가 재미있게 걷지 않아서 길이 진부하게 여겨졌던 것인지도 모른다. 그렇지 않고서야 사진 속 저 아름다운 광경들이 왜 그렇게 맹물처럼 여겨졌을까.

남은 인생의 후반 길도 내가 즐겁게 걷지 않으면 까미노 후반처럼 지루하고 진부할 것이라는 징조일까. 『화엄경』의 일체유심조 구절이 떠오른다.

멜리데의 아라이고스 알베르게에 도착한다. 쉰가량 돼 보이는 리셉션 남자 호스트가 한국어로 '환영합니다.' '감사합니다.' 인사를 건넨다. 국가별 인사말을 한두 마디씩 외워 둔 모양이다. 정성이 대단하다.

배정받은 2층 베드로 뒤따라 온 호스트가 한글로 감사의 인사말이 담긴

A4용지까지 놓고 간다.

어디서 "안녕하세요?" 하는 또 다른 목소리의 한국어가 들린다. 1층 베드의 여성 투숙객이다. 깜짝 놀라는 내게 이름을 묻고는 베드 바닥에 손가락으로 내 이름을 한글로 적어 보인다. 두 번째 이름자부터 약간의 버퍼링이 있긴 했지만 놀랍다. 더 놀라운 것은 이국에서 모국어를 들은 나보다 한국인을 만난 그녀가 더 반색하며 기뻐한다는 점이었다.

남아프리카 케이프타운에서 왔다는 팔로마 해리스는 스터디 그룹에서 한국어 공부 중이라고 했다. 카톡도 이용하고 있다. 내 전화기로 자신과 친구 설정까지 한다. 한국어를 배우려는 의지가 대단하다.

그녀는 귀국 후에도 명절 등 특별한 날 한글과 영어를 섞은 안부를 물어 오기도 한다. 최근에는 일문일답식 자문자답 짧은 한국어 영상을 보내오기도 했다.

팔로마의 사례는 대한민국의 위상이 급상승하고 있다는 보도가 이른바 '국뽕'만은 아니라는 것을 실감하게 해준다. 사실 까미노 출발지 프랑스에 입국하던 날 공항 수하물 찾느라 진땀을 흘릴 때 도와준 공항 직원도, 파리의 몽파르나스 버스 터미널에서 바욘행 버스 티켓 때문에 우왕좌왕 할 때 도와준 매점 직원도 한국어를 능숙하게 하는 여성들이었다. K−팝과 K−드라마의 영향일 것이다. 백범 김구 선생께서 그토록 그리던 문화강국이 내 생전에 이루어지는 것을 보다니 이 또한 감사한 일이다.

작은 백을 걸친 팔로마가 외출을 나가면서 '안녕히 계세요.' 한다. 상황에 맞지 않는 인사에 새어 나오는 실소를 삼키며 잘 다녀오라고 응대해 주고 샤워와 세탁을 마쳤다.

응접 소파 앞 테이블 위에 방명록이 펼쳐져 있다. 불현듯 까미노 750킬로미터와 인생 60년을 갈무리 하는 한 마디를 남기고 싶어진다. 펜을 든다.

'까미노를 60년 인생을 살아온 스타일대로 걷고 있다는 사실을 알게 되었다. 종착지가 멀지 않은 지금 돌아보면 아쉬움 속에 외로움도, 괴로움도, 잠깐의 설움도 있었지만 이 길은 참 아름다웠다. 그러나 다시 오고 싶지는 않다. 인생도, 까미노도 한 번이면 족하다. 잘 있거라, 내가 걸었던 길들아.'

니체는 '지금 이 인생을 다시 한 번 완전히 똑같이 살아도 좋다는 마음으로 살라.'고 했다. 자신의 인생길이 진흙탕길이건, 벼랑길이건 처음부터 다시 걸어야 된다고 해도, '좋다. 기꺼이 그렇게 하겠다'는 마음으로 인생을 살라는 것이다. 그가 말하는 초인이란 바로 이런 자세를 가진 사람일 테다. 한데 다시 오고 싶지 않다는 나는 아무래도 초인은 못 될 그릇인가 보다.

유언장을 쓴 것도 아니건만 공연히 비장한 기분이다. 밖으로 나간다. 날씨가 쌀쌀하다. 목에 머플러를 두르고 바람막이 점퍼를 입었는데도 그렇다. 식당을 찾아 무작정 주변을 걷는다. 아무리 둘러봐도 썩 마음에 드는 식당이 보이지 않는다. 혹시 혼밥 중일지도 모를 팔로마라도 보일까 하여 여기저기 기웃거려 봐도 그녀도 안 보인다. 같이 나가자고 할 걸 그랬나?

한참을 배회하다 내일 가야 할 까미노 길처에 있는 한 음식점에 들어가 60번째 생일 저녁 식사를 마쳤다. 생일상치고는 너무 빈약했던 탓일까, 왠지 아쉽다. 생선요리 하나를 추가할까 하다가 20유로라는 말에 그냥 일어섰다.

멜리데는 뽈뽀(문어 요리)로 유명하다. 꼭 뽈뽀를 먹어보라는 글을 어디선가 본 적이 있었으나 그곳이 멜리데라는 건 기억하지 못해 좋아하는 문어를 먹어 볼 기회를 놓쳤다. 악착같이 걷는 사람, 노자가 말한 허(虛)가 없는 사람은 이럴 수밖에 없다. 악착같이 걷지 않겠노라 그렇게 다짐을 하고서도 지키지 못한 것은 인생길에서 허를 두지 않고 걸었던 스타일 그대로 까미노를 걸었기 때문이다. 자신이 어떻게 살고 있는지 알고 싶다면 까미노를 걸어보라. 까미노의 당신이 바로 자신이다.

까미노는 처음에 아름다운 자연과 사람을 만나고, 다음엔 지역과 문화를 만나고, 이후엔 야고보를 만나며, 마침내 자신의 내면에 깃든 신성(神性)과 자성(自性)을 발견하는 길이다. 모두 허가 있어야 가능한 일이다. 순례길의 도시와 마을도 제대로 만나지 못한 내가 무엇인들 제대로 만났을까.

다시 걷게 된다면 보다 느리게 걷고 싶다. 많은 것들을 보려 하기보다는 더 자세히 보고 싶다. 더 멀리 가기 보다는 가까이 있는 들풀과 들꽃과 유적지를 오래 들여다보고 싶다. 입에 맞거나 편하게 먹을 수 있는 음식보다는 그 지역의 전통음식을 먹어 보고 싶다.

그러나 이 모든 것은 두 번째 걸을 때의 이야기다. 딱 한 번뿐인 길을 이렇게 걷기는 쉽지 않다. 인생도, 까미노도 딱 한 번이라면 어떻게 해도 아쉬움은 남기 마련이다. 이래도, 저래도 아쉬움만 남는다면 내 방식대로 살고, 내 방식대로 걷는 게 상책이리라.

'안녕히 계세요.'라는 인사를 남기고 외출한 팔로마는 아직 돌아오지 않고 있다.

이제 800킬로미터의 산티아고 순례길도 47킬로미터만 남겨 두고 있다. 이틀만 걸으면 한 달간의 까미노는 종지부를 찍는다. 팔로마도 어쩌면 남아 있는 짧은 여정의 아쉬움을 달래느라 이리 오래 멜리데의 저녁을 놓아 주지 못하고 있는 모양이다.

딱 한 번뿐인 길에서 아쉬움을 남기지 않기는 어렵겠지만 아쉬움의 유무가 그 길의 가치를 결정하는 것은 아닐 것이다. 아쉬움은 더 나은 자신으로 향하는 새로운 동력이 되기도 하고, 오래 오래 첫사랑처럼 추억할 수 있게 해 주기도 한다.

하지만 대부분의 사람들이 아쉬움을 느낀다는 까미노의 막바지에 이르러 나는 무거운 짐을 내려놓게 된다는 후련함을 더 크게 느꼈다. 아쉬움은 까미노를 마치고 한참 후에 찾아 왔다. 어쩌면 진짜 아쉬움은 이렇게 찾아오는 것인지도 모른다.

세라비 – 인생이 원래 그래

　24년간 몸담았던 곳을 속절없이 떠나던 날은 거의 패닉 상태여서 아쉬움 따위를 느낄 겨를도 없었다. 일자진을 치고 시작한 빌드 업은 젊은 시절, 마저 가지 못해 아쉬운 기억으로 남아있던 그 길로 이어졌다. 묵은 아쉬움이 달래짐과 동시에 새로운 아쉬움이 깨났다. 그래도 묵은 아쉬움이 달래지는 안온함이 더 크게 다가왔다. 저간에 잉간으로 입은 상처도 인간으로 조금씩 아물어 갔다. 공황장애도 다시는 찾아오지 않았다.

　운명이 보내는 화해의 시그널이었을까. 높은 수행력과 포교력으로 세인들의 큰 주목을 받고 있던 한 스님의 난데없는 제안이 들어왔다. 24년 만에 돌아온 길에서 그 분야의 로망을 막 이루려는 순간 날아온 제안이어서 갈등이 컸다.

고심 끝에 그 손을 잡았다. '다시 돌아가시라.'며 두 손 단정히 모아 합장 올린 이의 영향도 컸다.

새로운 세상이 열렸다. 처음 경험한 출가의 세계는 강렬했다. 지난 시간들에 대한 분에 넘치는 보상을 받는 기분이었다.

그새 '두억시니 떼'에 의해 떠밀려난 후 불교진각종금강원을 창립한 거털먼이 나의 출가소식을 접하고 '재가인의 한계를 넘어 종조의 유법인 출가 수행자로 함께 가자.'고 손짓했다.

망설였다. 결국 너도 그쪽 편이어서 그랬던 거냐는 저급하고 모욕적인 비난을 피할 길이 없어 보였기 때문이었다.

갈까 말까, 할까 말까의 순간에는 항상 가고 하는 쪽을 선택하던 도전적 관성이 다시 살아났다. 몸과 마음을 관성에 맡겼다. 꼭 2년 전의 일이다.

그새 권력의 아우토반을 무한 질주하던 십진필에게도 말로는 찾아왔다. 권력은 시간을 가게 하고 시간은 권력을 가게 한다.

몰락의 시나리오는 진부하고 통속적이었다. 2인자로 키웠던 자를 비롯한 주구들의 배신, 혈육의 추악한 범죄에 대한 언론 보도 등이 연이어 터지자 십진필은 무너지기 시작했다. 그의 몰락은 오랜 측근이자 주구의 언론사 제보가 결정타였다는 은밀한 소문도 있다. 하지만 그것이 그의 최종 말로라는 보장은 없다. 그를 비롯한 홍위병들과 그 주구들의 진짜 말로는 아직 오지 않았다. 법계의 CCTV에는 사각지대가 없고, 인과에는 공소시효가 없기 때문이다.

독재자 십진필은 역사의 뒤안길로 사라졌고, 죽창을 휘둘러대던 홍위병들을 위시한 두억시니 떼 역시 대부분 유사한 상황에 처해 있다. 그러나 아직도 남아있는 친일파의 망령처럼 십진필의 아이들과 기회주의자들은 여전히 마궁(魔宮)을 진동시키고 있다. 집개의 졸개들은 그새 고위층이 되었다. 역사는 반복되고 자정능력을 잃은 오염된 풍토는 끊임없이 새로운 십진필과 두억시니 떼와 '5비 잉간'들을 양산해 낼 것이다. 그 와중에 또 얼마나 많은 순진하고, 종단정서를 모르는 사람들이 내부자들로부터 집단 이지메를 당해 상처 입을지 걱정이다.

60년 종단의 위업을 하루아침에 파훼하고 사익만 추구하다 몰락한 십진필을 추종했던 사람들 중 누구도 자신의 과오를 돌아보지 않는다는 점에서 단순한 노파심은 아니다. 십진필이 본디 그런 사람이라는 것을 몰랐다면, 그래서 그를 인정했던 것이라면 지금이라도 '내 실수였다.'고 자책할 것이다. 그러나 아무도 그러지 않는다는 것은 모두가 십진필이 어떤 사람인지, 어떤 행태를 보일지 알고 있으면서도 그를 추종했다는 반증이다.

소극적 묵인이나 내적 망명을 선택한 일부 스승들은 제외하더라도 적극적 추종자들에게는 엄격한 책임을 물어야 마땅하건만 그럴 사람도, 의지도 없다. 십진필이 좌초하기 시작하자 돌연 태도를 바꿔 '맞장'을 뜨며 권력을 잡아보려 했던 사악한 이들조차 자신들이 어떤 잉간인지, 무엇을 잘못했는지 여전히 모르고 있다는 점이 불길하다. 그러거나 말거나 그들은 '참회하라.'는 법문을 입에 달고 살테지만.

육십갑자를 돌고 인생의 두 번째 챕터가 시작된 첫날 아침 산타 이레네를 향해 길을 나선다. 날씨는 연일 흐리고 쌀쌀하다. 덕분에 걷기엔 최적이다.

출발 후 이제 겨우 등에 땀이 맺히려는 무렵 웬 사람이 다리에 긴 막대기를 이어 붙이고 지팡이를 짚으며 어기적어기적 걷고 있는 모습을 본다. 옆에는 청년 하나가 속도를 맞춰 걸음을 옮기고 있다. 청년이 영상을 촬영하는 나를 돌아보며 '사진 찍어줄까?' 한다. 전화기를 건네주고 다리에 목발을 이어붙인 '키다리 아저씨'와 나란히 서서 포즈를 취하자 이번엔 놀라는 표정을 지어 보라며 연출까지 시킨다.

키다리 아저씨를 뒤에 두고 청년과 앞서 걸으며 '저 사람 왜 저러고 걷는데?' 물으니 '도전하는 거라는데 재미있긴 하지만 미친 짓이지 뭐.' 한다.

청년의 말처럼 그의 도전은 미친 짓일까. 도전하지 않고 이룰 수 있는 것이 얼마나 될까. 만약 돈키호테가 곁에 있다면 이렇게 일갈하지 않았을까. '도전하는 자와 도전하지 않는 자, 누가 미친건가?'

30킬로미터를 걸어 산타 이레네에 도착한다. 예약한 알베르게는 한적한 길처에 울창한 숲을 거느리고 홀로 서 있다.

이튿날 까미노의 라스트 댄스가 시작됐다. 까미노 800킬로미터가 한 사람의 일생이라면 생장에서의 출발은 탄생이었고, 산티아고에 도착하는 오늘은 신산했던 생의 닻을 내리는 퇴임일이다. 한 달 전 얼떨결에 길벗들에 묻어서 시작한 까미노가 생각보다 싱겁게 막을 내리려 하고 있다.

그때 애초 계획대로 생장에서 며칠 더 머물며 채비를 더 잘하고 까미노를 시작했더라면 지금보다 만족도가 훨씬 높았을까. 분명한 것은 지금과는 명백히 다른 까미노가 전개되었을 것이라는 점이다. 인생이나 까미노에도 역사처럼 '만약'은 정말 의미 없는 것일까. 그렇지 않을 것이다. 이런 가정이 역사와 인생과 까미노를 더욱 입체적으로 바라보게 해 줄 것이라고 나는 믿는다.

다시 한 번 '인생은 탄생과 죽음 사이의 선택'이라고 한 사르트르의 말에 고개가 끄덕여진다. 인생이란 자신이 선택한 벽돌로 쌓아올린 탑이다.

오전 7시 50분부터 시작된 마지막 17킬로미터는 단조롭고 지루했다.

생장 출발 28일 만인 6월 26일 일요일 오후 3시 30분 대성당에 도착했다. 짧은 거리를 8시간 가까이 걸었다. 누가 알면 아쉬움 때문이라 짐작하겠지만 지겨워서 걷는 재미가 없었던 탓이었다. 스스로도 실망스러웠다. 어제까지만 해도 매주 일요일 오전 10시에 시작된다는 그 유명한 향로 미사에 참여할 뜻도 있었다. 마지막 날 거리를 짧게 남겨 둔 것도 그 때문이었다. 그런데 출발부터 너무 늦어버렸다. 남은 17킬로미터를 무의식적으로 7킬로미터로 여기고 두어 시간이면 충분히 오전 미사를 볼 수 있다고 착각한 게 문제였다. 출발 직후에야 대성당의 향로 미사에 참여할 수 없게 된 사실을 깨달았다.

이렇게 사람이든 미사든 '만인어만 못인어못'의 법칙을 피하지 못 한다. 뜻대로, 계획대로 되지 않는 것, 그것이 여행이고 그것이 인생이다. ―세 라비(Cest la vie).

대성당 광장 한 쪽 그늘에 전단지처럼 널브러져 있는 순례자들을 봐도 '여기가 종착지구나.', 하는 생각만 들 뿐 한 조각 상투적인 감흥조차 일지 않았다. 사람들 얘기로는 벅찬 감동에 젖어 울기도 하고, 서로 끌어안고 축하도 주고받고, 마라톤 완주자처럼 환희의 세리모니를 하기도 한다는데 나는 그저 무덤덤했다. 100여 킬로미터 전 사리아 근처부터 너무 오랫동안 진부해 하고 지겨워 한 탓인지 그저 싱거운 영화의 결말을 보는 듯한 느낌과 유사했다.

광장에서 잠시 숨을 고른 후 대성당을 향해 합장 묵례로 한 성인의 생애를 추모하고는 자리를 떴다. 순례자 사무소에 들러 완주 인증서를 받고 다시 길을 3킬로미터 가까이 되돌아가 예약한 알베르게에 투숙했다.

저녁을 먹으러 이곳저곳을 지치도록 배회하다 결국 숙소 옆 레스토랑으로 돌아와 해결했다. 치킨 스테이크는 그저 그랬다. 가끔 최선을 다한 결과가 이렇게 역설적이기도 하다. 애초에 가까운 곳에서 한 끼를 해결했더라면 헛품을 파는 일은 없었을 것이다.

실망스럽고 허탈한 하루였다. 착오로 참여하지 못 한 대성당 미사, 3킬로미터를 되돌아와야 했던 숙소, 1시간 이상 헛품만 팔다 제 자리로 돌아와서야 먹은 저녁. 이런 결말은 내 머릿속에 없었다. 하지만 이런 경우의 수는 얼마든지 일어나는 게 세상이다. 인생이란 찰나 찰나 무수한 경우의 수 중 하나를 타고 흘러가는 조각배 조각배 같은 것. 세라비— 인생이 원래 그래.

다음 날 아침 숙소에서 무시아로 가기 위해 가까운 버스 정류장으로 간다. 대성당 근처로 가야 무시아로 가는 시외버스를 탈 수 있다. 숙소를 대성당 근처로 잡았다면 이런 수고는 덜 수 있었을 텐데 사서 이 고생이다. 이 또한 여행의 일부이고 선택의 결과이므로 달게 받아야 한다. 그것이 자신의 선택에 대한 책임 있는 자세이다.

시내버스를 기다리는 중에 길 건너편에서 '안녕하세요?' 하는 소리가 들려온다. 반가운 얼굴, 팔로마 해리스다. 대성당으로 가는 길인 듯하다. '바이 팔로마, 굿럭!' 손을 흔들어 주며 그녀의 남은 길을 축원해 주었다.

버스를 탔는데 어제 갔던 대성당 방향으로 직진하지 않고 우회전해서 계속 간다. 잘못 탔다. 급히 내려서 택시를 잡으려 해도 빈 차도 안 태워준다.

무시아행 버스 출발 시각이 임박했다. 더 우왕좌왕하다가는 버스를 놓칠지도 모른다. 선택의 여지가 없다. 뛰듯이 걷는다. 터미널에 도착했을 때는 9시 15분발 버스의 매연 냄새만 남아 있었다. 어쩔 수 없이 10시 45분 버스를 탔다. 버스는 다행히 예정보다 빠른 12시 20분에 무시아 해변에 도착했다. 점심을 먹고 세상의 끝 피스테라를 향해 걸었다.

사실 애초의 계획은 산티아고 대성당에서 추가로 88킬로미터를 더 걸어 세상의 끝 피스테라로 가는 것이었다. 그러나 왼쪽 발이 허락을 하지 않았다. 온전치 못한 발로 피스테라까지 더 갈 생각을 하니 끔찍했다. 반면 무시아에서 세상의 끝 피스테라까지 29킬로미터는 갈라쇼를 하는 기분으로 걸어 보고 싶었다.

무시아는 야고보가 예수로부터 '세상 끝까지 가서 선교하라.'는 명을 받고 생애 막바지 선교활동을 한 북부의 작은 어촌이다.

무시아에서 선교활동을 하던 야고보는 예루살렘으로 돌아가 참수당해 순교한다. 한동안 발견되지 않던 야고보 사도의 시신은 산티아고 데 콤포스텔라에서 극적으로 발견된다. 산티아고는 야고보의 스페인식 이름이고 콤포스텔라는 별들의 들판이라는 뜻이다. 산티아고 데 콤포스텔라 대성당에는 산티아고 사도의 유해가 안장돼 있다.

무시아와 피스테라 구간은 지금껏 걷던 산티아고 길과는 다른 느낌으로 다가왔다. 대서양이 숲에 가려 보이다 말다 애태우는 것도 재미있었고, 피스테라에서 무시아로 오는 사람들이 대부분이라 나는 역주행을 하는 셈이어서 그것도 신선했다.

오후 9시, 예약해 둔 피스테라 알베르게에 도착해 이미 퇴근한 직원을 전화로 불러 간신히 체크인 했다.

세상의 끝에서 뒤돌아서다

긴 하루가 지나가고 새 날이 밝았다.

그렇게 2022년 6월 28일 월요일, 나는 더 이상 갈 곳이 없다는 0.00킬로미터 표지석 뒤로 펼쳐진 검푸른 대서양을 바라보며 오랫동안 상념에 젖어있다. 난생 처음 보는 대서양은 늘 보던 바다고, 세상의 끝이라는 피스테라도 늘 밟던 땅이고, 그곳을 보고 밟으며 서 있는 나 역시 어제의 나다. 다른 것은 없고 달라질 것도 없다.

10여 년 전 이 순례길을 꿈꾸기 시작했을 때는 순전히 아름다운 길을 걷고 싶었을 뿐이었다. 그러다가 하나 둘씩 다른 것들이 껴들기 시작했다. 그 중 하나가 머릿속 뿌연 안개를 걷어내고 싶다는 것이었다. 800킬로미터의 아름다운 까미노 데 산티아고를 걸으며, 나의 60년은 무엇이었으며, 남은 시간은 무엇이라야 하는지를 확인하고 싶었다. 머릿속 안개를 걷어내면 형해화 한 60년 삶의 너머로 무엇인가 조금은 또렷하게 보이리라 여겼다.

까미노를 걸으며 2천 년 전 야고보 사도와 같은 성자의 마음을 닮아보고 싶었다. 예수 그리스도의 제자로서 부끄럽지 않게 한 생애를 살다간 그를 흉내라도 내는 삶을 살아보고 싶었다. 맹세컨대 누군가를 용서하고, 나 자신을 용서하자거나 운명과의 화해 따위의 진부하고 가식적인 목적은 안중에도 없었다.

나는 누군가를 용서해야 할 만큼 치명적인 피해를 입은 사람도 아니고,

나 자신을 용서할 만큼 뻔뻔하거나, 혹은 관대한 사람도 아니다. 나는 여전히 타인을 수단과 도구로 삼는 잉간들을 혐오할 것이며, 여전히 잉간에 대한 혐오를 놓아버리지 못하는 나의 협량함을 부정적으로 바라볼 것이다.

나는 한 줌의 이익을 위해 초개처럼 의(義)를 저버린 '5비 잉간'들과 '두억시니 떼'와 '침묵의 선한 사람들'에 대한 원망은 진즉에 다 소각해 버렸다. 낙엽은 가을바람을 원망하지 않는다고 했다. 다만 그들에 대한 혐오와 경멸은 지금의 내 마음그릇과 수행력으로는 어찌할 도리가 없다. 산티아고 순례길 한 번 걸었다고 갑자기 성자라도 된 듯 가식을 떨고 싶지는 않다. 이런 정신적 방귀가 반복되면 결국 거기에 질식하는 것은 자신이기 때문이다.

단지 언젠가는 야고보 사도가 형장으로 끌려가면서도 자신을 밀고한 자에게 했다는 그 말을 나도 할 수 있는 날이 오기를 고대할 뿐이다. 야고보 사도는 자신을 따라오며 용서를 구하는 밀고자를 따뜻이 안아주며 '평화가 그대와 함께 하기를 바란다.'고 축원해 주었다.

내가 얼마나 더 깊어지고, 얼마나 더 곰삭아야 그런 날이 올지는 모르겠다. '잉간'에 대한 참을 수 없는 경멸을 거두어들이는 그날, 나는 비로소 해탈하고 견성(見性)할 수 있을까.

'마흔이 넘어서도 인간에 대해 환멸을 느끼지 않는 사람은 한 번도 인간을 사랑해 본 적이 없는 사람.'이라는 말대로라면 나는 인간을 사랑한 대가를 치른 것에 불과하다. 나는 인간관계에서 그 무엇도 잃은 적이 없다. 모두 성공했거나 배웠을 뿐이다. 처음에는 너무도 많은 것을 잃어버렸다고 탄식했지만 생각해 보니 나는 아무것도 잃은 것이 없었다. '얻었다고 하지만 본래 있었던 것이며, 잃었다고 하지만 본래 없었던 것.'이라는 옛 성현의 말씀은 전적으로 옳았다.

나는 운명과의 화해 대신 도전하고 싸울 것이다. 운명이 나를 굴복시켜 내가 절망과 비탄 속에서 언제까지나 쓰러져 있기를 바랐다면 운명의 계획은 완전히 실패했다. 나는 나의 상처를 사랑하며, 운명의 광풍이 아니었으면 살아볼 기회조차 갖지 못했을 지금의 내 삶을 사랑한다. 나는 새롭게 펼쳐진 내 삶을 충분히 사랑하고 즐기는 것으로 운명을 내 앞에 무릎 꿇릴 것이다.

피스테라에 도착한 순례자들은 저마다의 의식을 치른다. 신발이나 옷가지, 혹은 특별한 물건을 태우기도 하고, 기도를 하기도 한다. 곳곳에 무언가를 소각한 흔적들이 보이는 것은 그 때문이다. 사람들은 그런 의식을 통해서 스스로를 위로하고, 용서하고, 잊어버리고, 새로운 약속과 다짐으로 자신을 추스르고 내일을 도모한다.

나는 아무것도 버릴 것도, 태울 것도 없다. 간절히 기도를 올릴 것도 없다. 오직 걸어온 길을 톺아보고 걸어갈 길을 가늠해 볼 따름이다. 어떻게 하는 것이 저간에 내가 겪었던 고통을 가치 있게 만들지, 어떻게 하면 운명을 내 앞에 굴복시킬 수 있을지, 어떻게 하면 삶을 즐거운 유희로 만들수 있을지를 생각할 따름이다. '왔다가 그냥 갑니다.'가 아니라 '신나게 놀다 갑니다.'라고 할 수 있는 삶을 살기 위해서 무엇을 해야 할지를 생각해볼 뿐이다.

니체는 『짜라투스트라는 이렇게 말했다』에서 인간 정신의 3단계를 역설

한다. 낙타의 단계, 사자의 단계, 어린 아이의 단계가 그것이다. 낙타는 주어진 운명에 복종하고 순응한다. 무거운 짐을 지고 불평 없이 현실을 받아들인다. 사자는 현실을 부정하고 운명에 저항하며 자유를 갈망한다. 어린 아이는 천진난만하며 긍정과 창조의 존재답게 모든 것을 즐거운 놀이로 만든다.

나는 지금 사자의 단계를 통과하고 있는 중이다. 나는 나쁜 감정을 쌓아두지 않으며 자신의 삶을 유희로 만들어 즐기는 어린 아이의 단계에 빨리 이르고 싶다. 그러기 위해 내가 해야 할 가장 중요한 일은 철저한 사자가 되는 것이다. 더 용맹하고 사나운 사자가 되어 운명과 맞서 싸워야 한다. 그래야만 마지막 단계인 어린 아이의 단계에 진입할 수 있다.

남은 시간이 길지 않을 것이다. 머지않아 '인생의 남은 거리 0.00킬로미터'라는 표지석이 곧 눈앞에 나타날 것이다. 그러기 전에 『노인과 바다』의 노인처럼 운명과 유감없는 한판승부를 벌여야 한다. 노인은 거대한 물고기를 향해 이렇게 말한다.

"오, 나의 형제여, 나는 너보다 아름답고, 강인하고, 고귀한 물고기를 본 적이 없다. 자, 나를 죽여도 좋다. 누가 누구를 죽이든 이제 나는 상관없다."

저 노인의 경지에 이르면 죽어도 즐겁게 죽을 수 있을 것이다. 삶이 유희라면 죽음인들 어찌 유희가 아니겠는가.

돌아보면 모두가 한 바탕 꿈이었다. 지난 24년, 아니 60년간의 꿈은 지금의 나를 있게 해준 고마운 시간이다. 이제 나는 돌아갈 것이다. 가면 또다시 꿈을 꾸게 될 것이다. 어떠한 경우의 수를 받아들게 되든 나는 그 꿈을 즐길 준비가 되어 있다. 나는 그 꿈속에서 매 순간 조금씩 더 성장해 갈 것이다.

아무도 혐오하거나 경멸하지 않고, 아무것도 마음에 담아두지 않는 경지를 향해 스스로를 고양시켜 갈 것이다. 모든 것에 천진무구한 웃음으로 대응하는 어린 아이처럼 남은 길을 즐겁게 놀며 빈둥빈둥 걸을 것이다. 무슨 일이 있어도 악착같이 걸으며 자신을 몰아세우지 않을 것이다.

관광객은 목적지에 도착해서야 비로소 즐거워하지만 여행자는 가는 도중에 이미 행복하다. 나는 불완전한 나를 성장시켜 나가는 과정 자체를 즐길 것이다. 내게 결과는 아무런 상관없다. 운명이 나를 파괴하든 내가 운명을 무릎 꿇리든 이제 나는 상관없다.

그 성장의 과정에서 백조의 처음이자 마지막 노래 스완송 하나 남길 수 있으면 좋고. 안 되면 말고.

세상의 끝은 내가 뒤돌아서서 걷자 다시 세상의 시작이 되었다.

에필로그

여행자로 사는 사람은
경우의 수도 즐깁니다

까미노 데 산티아고는 세상에서 가장 아름다운 길 중의 하나였습니다. 그 길에서 만난 수많은 순례자들 역시 아름다웠습니다. 심지어 저 같은 사람도 누군가에게 아름다운 사람들 중 하나로 기억될지도 모릅니다.

우리는 흔히 '여행길에서 만나는 사람들은 모두 좋은 사람들'이라는 말을 합니다. 산티아고 순례길을 걷는 사람들은 말할 것도 없습니다. 아닌

게 아니라 우리는 여행길에서, 산티아고 순례길에서 수많은 천사 같은 사람들을 만나 감동하기도 합니다.

　생각해 보면 좋은 사람들만 여행을 가거나, 좋은 사람들만 산티아고 순례길을 걷지는 않을 것입니다. 그런데 왜 여행길, 순례길에는 좋은 사람들이 지천일까요.
　그것은 여행길, 순례길에서는 누구나 좋은 사람이 되기 때문입니다.

　우리가 만약 여행자처럼 세상을 산다면 개개인의 삶은 훨씬 행복해질 것이고, 세상은 훨씬 평화로워질 것입니다.
　세상만사는 무수한 '경우의 수'에 의해 천변만화하며 전개됩니다. 언제 어떤 고난과 고통이 덮쳐 올지 아무도 모릅니다. 그럴 때 여행자의 눈으로 세상과 자신을 들여다본다면 조금은 그 고난과 고통이 다르게 보일 것입니다.

　지난 해 산티아고 순례길을 비롯한 유럽 13개국을 여행하며 귀국길에 이런 메모를 남겼습니다.
　'이제 열네 번째 여행국가인 대한민국으로 간다. 기대된다. 즐거운 여행길 되기를.'
　아직 더 많은 나라를 다녀 보고 싶지만 살아 보니 인생에는 경우의 수가 너무나 많아서 여기서 이대로 생을 마감하게 될지도 모르겠습니다. 그러나 열네 번째 여행하는 나라에서 죽는 것도 좋습니다. 그곳이 어디이든 여행길에서 여행자로 죽을 수만 있다면 행복한 인생일 것이기 때문입니다.

여행자는 이 100년의 드라마가 자신의 뜻대로만 전개되지 않는다는 것을 알고 있기에 어떠한 경우의 수에도 일희일비하지 않습니다. '되면 되는 대로, 안 되면 안 되는 대로!' 이것이 여행자의 콘셉트입니다.

세상의 끝 피스테라에서 대서양의 일몰과 일출을 보면서 생각했습니다.

'나의 까미노는 이제부터 시작이다.'

이 책의 독자 여러분들 모두 부디 목적지에 가서야 즐거워하는 관광객이 아니라 가는 도중에 이미 행복한 여행자의 삶을 사시기를 축원합니다. 여러분의 행복한 인생길에 인사를 전합니다.

부엔 까미노!

2023년 8월
대덕산 아래에서 현각 두 손 모으다.